I coralli

www.einaudi.it

ISBN 978-88-06-24154-4

Stefania Bertola

Divino Amore

Einaudi

Divino Amore

Una sera di gennaio

Lucia accende una sigaretta e inspira con passione. Sa che al ristorante non si fuma, e che dovrebbe uscire, ma piove fitto e freddo, quasi nevischia, e si sta meglio dentro. Calcola di avere il tempo di fare qualche tiro prima che il giovane chef, o qualcun altro dello staff, metta fine a quell'incanto della sera. Sí, io fumo, pensa. Ho quarantatre anni, sono bassa, single e amareggiata. La sigaretta mi piace, e mi sta bene. La sigaretta mi dona. Poche cose mi fanno sentire attraente e vincente quanto tirare fuori il pacchetto morbido e ammaccato, prendere una Marlboro, e accenderla con il mio volgare Cartier d'oro.

Una bella boccata e via. E pochi secondi dopo ecco la cameriera con un sorriso: se la signora vuole fumare dovrebbe gentilmente accomodarsi fuori.

Ah, poter essere nello stesso tempo banale e aggressiva, e strillare roca, anche grazie alla sigaretta, che non sono una signora! Sono una che fuma e non si è mai pentitaaaa!

– Non avete una sala fumatori? – dice invece per prendere tempo, perché lo sa benissimo che il Quadre non ha una sala fumatori.

La cameriera sorride, ma non risponde. La Lombardi è una cliente regolare, e la sta prendendo in giro.

– Volete ordinare? – chiede.

Lucia finalmente spegne la sigaretta e apre, svogliata, il menú.

Lucia Lombardi, castana naturale, grandi occhi da cerbiatta che a vent'anni hanno fatto la sua fortuna e a trenta glie l'hanno portata via, coda di cavallo da ragazzina, incongrua ma che passa liscia grazie all'assenza di trucco. Charme chiuso a chiave da qualche parte, chissà dove, chissà quando. Guarda il menú senza vero interesse, ha lo stomaco serrato dall'ansia, e l'unica cosa che ordinerebbe volentieri sarebbe un piatto di piccole prospettive positive impanate e fritte.

Gemma invece è pronta. Lei il menú lo ha già studiato, e ha molta fame perché in tutto il giorno ha mangiato solo mezzo pacchetto di patatine al wasabi e mela verde. Adesso ci vuole un autentico secondo, ad esempio *la calma* a base di maiale. Splendido nome, *la calma*, per un secondo a base di maiale. Per Carolina, le *girandole*, sarde a beccafico con composta di cipolle rosse. Il marito di Carolina preferisce *perfidia*, ovvero petto d'anatra. E Stella? Per lei l'insalata *indo-moscovita*. Alla fine Lucia si decide per *benvenuti al sud*, cioè gli gnocchetti con fave, pecorino e pepe. Ha letto da qualche parte che le fave, almeno se trovate nella ciambella della Befana, portano fortuna. Poi vino, acqua frizzante e naturale, e una birra per Gemma.

– I dolci li ordiniamo dopo, – dice Lucia. E aggiunge, tanto per metterli subito all'erta: – Ne avrete bisogno.

Attende che la ragazza si allontani, riaccende la sigaretta, e guarda una a una le persone raccolte attorno al tavolo.

Gemma Diamanti, la sua principale collaboratrice, trent'anni traboccanti di energia. Stella Martinelli, in arte Stella Martin, stilista specializzata in abiti da sposa, sua cognata Carolina, con gli occhi allegri, la piú recente acquisizione dello staff, e il marito di Carolina, che è lí solo perché ci sono sua moglie e sua sorella.

– Ho bisogno di un consiglio. Cioè, veramente ho bisogno di cinquantamila euro, ma il modo per ottenerli ce l'avrei. Solo che è un crimine. Vorrei il vostro parere.

I suoi commensali non sono avversi al crimine in assoluto e dunque la guardano con interesse.

– Potremmo saperne qualcosa di piú? – chiede Gemma, interpretando il pensiero comune.

Tre giorni prima

1.

La Storia di noi due

– Non ce l'avrebbe un palazzo con quei lampadari enormi di cristallo tipo la Bella e la Bestia?

Sí, pensa Gemma, ce l'ho e spero che quando tu, Cinzia Treppici, e tua figlia Eloisa Treppici vi troverete lí sotto, quel lampadario vi crolli addosso schiacciandovi fino a trasformarvi in crêpe.

– Ci sarebbe Palazzo Cabriola, che nel Salone delle Morti Violente ha un lampadario in cristallo di Boemia con un metro e venti di diametro... aspetti che lo trovo...

– Salone delle Morti Violente? – guaisce la sposa.

– Cosí detto perché nel 1541 vi furono uccisi tutti i cognati del Duca Cabriola di Fusnengo.

– Ah! Quindi ci saranno pure i fantasmi! – Cinzia Treppici già fibrilla all'idea di un banchetto di nozze allietato da spettri di cognati, e con nuovo entusiasmo intima a Gemma: – Mi faccia vedere il lampadario.

Gemma clicca il sito di Palazzo Cabriola: eccolo lí, un lampadario grande come una tenda dei Tuareg.

– Che ne dite? E ce ne sono altri sei dello stesso genere, nel palazzo.

Madre e figlia si guardano. Sí sí. Sulla grandezza non si discute. Ma...

– Non è che brillano tanto, i cristalli, – si lagna la madre.

– Sara a casa sua ha un lampadario Swarovski che brilla molto di piú.

E allora perché non lo fate a casa di Sara il vostro ricevimento di nozze, che possiate strozzarvi con la torta a sette piani e vi si conficchino tutti i confettini in gola, pensa Gemma. Che invece dice:

– Volete rifletterci ancora? Vi mando un file con le location che trattiamo e voi decidete con calma.

– Ma che calma! Mancano sei mesi alle nozze!

– Cinque e mezzo, mamma, – bela la figlia.

– Cinque e mezzo. Non c'è piú tempo per niente. Pigliamo questo, va bene.

– Sicure? – È l'ottava volta che le Treppici cambiano idea riguardo al luogo in cui allestire il banchetto nuziale. Ottava.

– Sí, sicurissime.

La Treppici senior ha un tono definitivo. Il lampadario dei Cognati Morti non brillerà come quello di Sara, ma è molto piú grande. Nessuna sposa recente di sua conoscenza ha potuto sfoggiarne uno con quell'apertura alare.

– Benissimo. Ora le dico il costo…

Le Treppici assorbono i prezzi senza soffrire, e con piena soddisfazione generale si stabilisce che il ricevimento per le nozze di Eloisa e Marco si terrà a Palazzo Cabriola. Almeno fino a quando quelle due inesauribili fucine di incertezza non cambieranno di nuovo idea.

– Per l'addobbo floreale? Volete fissare un appuntamento con il vivaista?

– Dopo. Ora è piú importante vedere i tutú.

Gemma le guarda. Ma veramente? I tutú?

– Siete sempre convinte di volere i tutú?

– Le vorrei ricordare, – aggiunge la Treppici senior con il sarcasmo degli ignoranti, – che il tema delle nozze è «Sulle punte»…

Gemma rivolge un'occhiata eloquente, o almeno lei spera che sia eloquente, a Eloisa Treppici, una bella ragazza di corporatura tradizionale. Ci sarebbero parecchi modelli che le donerebbero piú di un tutú. Ma niente, da quando è esplosa la moda dei matrimoni a tema le spose sono impazzite.

Eloisa ignora l'occhiata, e Gemma annuisce.

– Certo, signora Treppici, ha ragione. E adesso la signora Lombardi vi aspetta...

Lucia Lombardi è la titolare dell'agenzia di wedding planning «Il Palazzo degli Sposi» e toccherà a lei passare in rassegna innumerevoli modelli di tutú fino a trovarne uno che trasformi Eloisa in una credibile étoile. Le Treppici si stanno già estraendo a fatica dalle poltroncine (anche Cinzia è una donna di corporatura molto tradizionale) quando Eloisa sobbalza.

– Mamma. Ci siamo dimenticate della Storia di noi due!

– Uh già! Uh già! – La madre Treppici si ricolloca nella poltroncina. – Lo fornite voi, quel servizio?

– Che servizio, signora?

– La Storia di noi due!

A furia di trattare con le spose e le loro mamme, Gemma ha imparato a essere cauta. Mai ammettere, mai negare. Tergiversare sempre. Perciò sorride:

– La Storia di noi due... sí...

– Nel sito non c'è, – accusa Eloisa.

– Non tutti i nostri servizi sono presentati nel sito. Scusate un attimo.

Si alza e va a bussare alla porta dell'ufficio accanto, quindi sussurra come una spia che venne dal freddo:

– Lucia, la signorina Treppici chiede se forniamo il servizio la Storia di noi due.

Lucia Lombardi chiude gli occhi affranta: – Sentiamo anche questa.

Spinge indietro la sedia, e con un'espressione di odio purissimo in volto, segue Gemma nell'altra stanza. Né per la prima né per l'ultima volta, Gemma si chiede perché mai Lucia si sia fatta regalare da Tony Cosenza proprio un'agenzia di wedding planning. Per fare questo mestiere, pensa, sarebbe meglio avere un atteggiamento anche solo vagamente benevolo nei confronti del matrimonio.

La Storia di noi due è, come ben presto si chiarisce, un optional offerto a un'amica di Eloisa che si è fatta plannare il wedding negli Stati Uniti.

– Ha sposato un ragazzo americano... uno con i soldi... e hanno fatto il matrimonio a Detroit. Una favola. Non le sto a dire. Ma la cosa piú pazzesca per Selene è stata lo storitelli. Perché vede, i video e le foto saranno anche belli, per carità, ma essere protagonista di un romanzo d'amore... quello è il sogno!

– Un sogno che potrà realizzare, signorina Treppici. Anche lei avrà il suo story-telling. La nostra agenzia ha a disposizione fior di scrittori in grado di trasformare perfino la piú semplice storia d'amore in un romanzo mozzafiato.

– Ma scrittori veri? Perché sa, ci vogliono dei professionisti. Gente che scrive di mestiere. Giornalisti, persone che pubblicano.

E non, sembra intendere Cinzia, persone che normalmente progettano impianti idraulici, e che scrivono perché sono cugini della wedding planner.

– Chiunque lavori per noi è un professionista. I dilettanti si accomodino presso qualcun altro.

– E quanto ci costerebbe?

– Dipende, potete scegliere fra un racconto di otto, dieci cartelle a mille euro, o una versione piú ampia con prezzo da stabilirsi.

Gemma ascolta stupefatta. È certa che fino a pochi minuti prima Lucia non abbia mai sentito parlare della Storia di noi due. E invece sembra la massima esperta mondiale nel settore. Una scodellatrice seriale di Storie di noi due. E se le chiedono di fare un esempio?

– Ce ne farebbe vedere una per capire? – Eccola lí, Eloisa, che il diavolo se la porti...

– Abbiamo un modello standard, perché non possiamo certo diffondere le vere storie dei nostri clienti. Sempre a disposizione, massima discrezione, questo è il motto del Palazzo degli Sposi.

Abbiamo un modello standard? Ma è pazza? E pure un motto? E da quando?

– Possiamo vederlo?

– Certamente, glielo inviamo via mail. È un esempio dello stile, della freschezza e del forte impatto emotivo che i nostri autori sanno garantire a queste brevi storie di vita. E ora, se volete seguirmi, ho pronti per voi diversi modelli di tutú.

Lucia si porta le due agnelle sacrificali nel suo studio e le mette davanti al megaschermo su cui iniziano a sfilare ballerine di ogni tempo e paese.

– Cinque minuti e sono da voi.

Poi torna nell'ufficio di Gemma, chiude la porta e bisbiglia.

– Tua sorella scrive, giusto?

– No. Mia sorella corregge le bozze.

– È uguale.

– Mica tanto.

– Sí, comunque è nel ramo. Ha la competenza. Chiamala e dille di scrivere immediatamente dieci pagine con una Storia di noi due.

– Ma...

– Dài. Tu sei sveglia e tua sorella pure. Forza, che per mangiare bisogna lavorare.

2.

Il Palazzo degli Sposi

Il Palazzo degli Sposi è veramente un palazzo. Piccolo. Un palazzino di stucco rosa che i casi della vita hanno collocato nei pressi del cimitero Monumentale. Intorno c'è un grande prato verde, come quello dove nascono speranze, di fronte una strada molto trafficata, e dall'altra parte della strada il vivaio di Rodrigo Calbi, partner privilegiato. Ai confini tra centro e periferia della città, in un punto di difficile definizione, tra campagna, case operaie e vecchie manifatture dismesse, il Palazzo degli Sposi sta bene dove sta, e la vicinanza con il camposanto non lo ha mai penalizzato.

La struttura ha due piani. Il primo ospita l'appartamento di Lucia, mentre al pianterreno ci sono gli uffici, una sala riunioni, un saloncino di bellezza dove provare trucchi e pettinature, l'atelier in cui Stella Martin crea abiti da sposa in ogni foggia, epoca e stile, e la Panic Room, una saletta attrezzata dove le clienti possono riposare e sorbire tisane, mandorle, estratti di frutta e verdura e altri generi di conforto, quando la confusione generata dai preparativi minaccia di far perdere loro la ragione.

Qui, in questa campagna urbana, da quindici anni si avvicendano spose, madri di spose, sorelle, cognate, cugine e amiche di spose, e qualche raro sposo o padre di sposa, le cui visite son sempre brevi e non ripetute. Il maschio si sente a disagio all'interno del Palazzo degli Sposi. Saranno i fregi in colori variabili dal pesca al corallo, le tende a mazzolini di rosa canina, gli specchi finto barocchi, i tappeti cinesi, chissà, in questo luogo c'è qualcosa di vagamente nauseante per l'animo maschile, tant'è che in una memorabile occasione un'aspirante sposa comprese che il suo Giorgio era gay sentendogli dire: «Questo posto è divino, Erminia. Casa nostra dobbiamo farla cosí».

Erminia, che non era scema, aveva messo insieme questa frase con le prolungate gite di Giorgio e il suo amico Franco sui pascoli del Trentino, e pof, aveva rotto il fidanzamento.

Il Palazzo degli Sposi è stato a lungo un marchio di successo. All'inizio ha tratto abbrivio dal fatto che Lucia Lombardi è una ex famosa vip, in quanto ex fidanzata del famosissimo vip bomber Tony Cosenza, il centravanti del Toro, poi del Milan e della Nazionale. Un mito trasversale tra calcio, moda, cazzeggio e delinquenza soft.

Lucia era una ragazzina che lavorava al bar dello Stadio Comunale, quando si erano conosciuti, e Tony era ancora una riserva. Lui diciannove anni, lei diciassette, sembravano destinati a quei matrimoni di un tempo, quando i calciatori si sposavano presto e poi non se ne sapeva piú niente, della loro vita sentimentale. Ma Tony era passato dal Torino al Milan, e di conseguenza da Torino a Milano, e il suo stile di vita aveva virato alla sfrenatezza. Come tanti suoi colleghi si era trovato invischiato in una ragnatela di Intimissime, ovvero le modelle di biancheria intima, quelle distese sulle pagine dei supplementi illustrati dei quotidiani avvolte in pochi centimetri di pizzo. Per un po' era riuscito a tenersi sia la fidanzatina che le modelle, grazie a quel mix di pietismo e bugie che spesso sostituisce poco a poco l'amore. Ma poi era arrivata l'Intimissima piú furba di lui, che gli aveva fregato un singolo, energico e ben disposto spermatozoo. Fine del fidanzamento ufficiale con Lucia, inizio del fidanzamento ufficiale con Intimissima, nascita del piccolo Gol.

Cosí, in segno di rammarico e ringraziamento, Tony aveva chiesto a Lucia se voleva una boutique, o un ristorante, o un piccolo allevamento di cavalli, ma la scelta della saggia ragazza era caduta su un'agenzia di wedding planning, e per favore non a Milano. Aprimela a Torino, aveva detto, che lí alle cose ci arrivano sempre dopo, e le ragazze ancora non sono abituate a farsi fare tutto il matrimonio in un pacchetto.

Per un po' era andata bene, almeno dal punto di vista professionale. Mentre Tony faceva altri figli con altre modelle, smetteva di giocare, diventava commentatore televisivo, testimonial e imprenditore, e conservava inalterato il suo status di symbol, lei non si era piú fidanzata. Riversava tutta la sua energia nelle nozze altrui, che osservava con disgusto temperato dall'avidità.

Ma adesso, da qualche mese, le cose non girano piú tanto. Le agenzie di wedding planning perfino a Torino si moltiplicano a un ritmo conigliesco e tutte s'ingegnano per offrire qualcosa di piú alle avide spose.

Sí, loro hanno il vantaggio di questo palazzetto bianco e rosa che dà accesso direttamente alla favola. Fidanzate & parenti arrivano al portoncino lungo un sentiero sempre fiorito, estate e inverno, e già prima di suonare il campanello si sentono principesse. All'interno trovano competenza, fantasia e, soprattutto, ciò che piú placa le ansie di signorine di ogni ceto e possibilità: il coordinato.

Grazie a Lucia e alle sue collaboratrici, le clienti si lasciano trascinare nel turbine infinito della perfetta sintesi tra abito, trucco, pettinatura, fiori, foto... possono scegliere ristoranti in tinta con lo smalto per unghie, e confetti nella stessa nuance dell'abito delle damigelle. Il Palazzo degli Sposi è un nido di piume di marabú in cui la donna entra fidanzata ed esce moglie, senza mai dover affrontare un solo problema, una sola grana, un solo ostacolo, perché Lucia e il suo staff li rimuovono con l'efficienza di un commando del Mossad.

In particolare, Lucia è un genio del posizionamento, uno dei momenti piú penosi nell'organizzazione di un matrimonio. Ha un dono innato per disporre alla perfezione gli invitati anche in caso di molteplici ex presenti contemporaneamente, colloca plurime suocere senza offenderne nessuna, e fa in modo che cugini che si detestano ritrovino l'armonia attorno a un aperitivo indimenticabile.

E allora perché, perché da un paio d'anni le cose non girano piú tanto bene?

La risposta ha un nome e un cognome. Il nome è MATRIMONI, il cognome è A TEMA.

Il matrimonio a tema, questa piaga d'Egitto che i reality hanno scagliato sulle wedding planner! Le spose guardano la tivú, e alla tivú vedono il matrimonio «Pirati dei Caraibi» su una goletta attraccata a Montego Bay. Vedono il matrimonio «Isola che non c'è» dove gli invitati volano appesi a liane, vedono il matrimonio «Moulin Rouge» con le cameriere che servono gli antipasti facendo la spaccata, e allora perché loro non potrebbero avere il matrimonio «Cattivissimo Me» con tutti gli invitati vestiti da Minions? Non basta piú che le nozze siano una festa, ora devono essere anche la puntata di uno show in tivú. Ma il matrimonio a tema è costoso, imprevedibile, pericoloso come un cobra. Il matrimonio a tema va bene se lo organizzano quelli di Disneyland. Il Palazzo degli Sposi non ce la può fare. I gladiatori, i vascelli dei pirati, la pista di pattinaggio, la notte dei fuochi fatui nel bosco, sono elementi infidi che ti si possono rivoltare contro, spolpandoti fino all'ultima monetina di rame. Non è piú come un bel matrimonio nell'agriturismo e se piove tutti dentro. O le nozze al castello che se il catering tarda li porti sulla torretta a guardare il panorama.

Perciò, riflette Lucia, mentre stacca le Treppici dallo schermo e le prepara psicologicamente ad affrontare la versione «Tutú da sposa taglia forte» elaborata da Stella, bisogna spremere ben bene i matrimoni in corso, e cercare di rastrellarne al piú presto degli altri.

3.

La vera storia di Vera Storia

Vera piegò con strema cura il copriletto a rose gialle e con un sospiro lo ripose nell'armadio della biancheria. Non lo avrebbe tirato fuori mai piú, decise. Sarebbe rimasto per sempre lí, ripiegato, con il suo pesante carico di responsabilità. E proprio in quell'istante sentí la voce stridula di Olivio chiamarla con urgenza: «Signorina Storia! Signorina Storia! È arrivato un pacco da Vilnius. Ma noi non conosciamo nessuno in Lettonia…»

«Con strema cura?» Carolina non è convinta. E quella ripetizione, «piegò» e «ripiegato»? E Vilnius in Lettonia? Purtroppo l'autrice anni fa ha vinto l'ambito supremo alloro, il Premio Isolabella, e quindi le è concessa una libertà di sciatteria superiore agli altri. Le è concesso anche di essere molto permalosa, e ogni volta che Carolina le telefona per sottoporle qualche dubbio (Scusi, volevo chiederle, è sicura che «mutandini» sia maschile?) reagisce con ira, accusandola di voler costringere alle squallide regole della banalità le sue brillanti invenzioni lessicali.

Va bene, «strema» lo lascio perdere, ma la geografia? E se poi è voluto?

«Voluto»: la parola piú detestata dal revisore editoriale. Carolina sostituisce «Lettonia» con «Lituania» e si alza per farsi un Nescafé. La distanza da coprire è poca, perché sta lavorando al tavolo della cucina. Piccola è, la sua casa. Una camera da letto, una cameretta tutto fare, una cucina che invece si prende lo spazio che le serve, un bagno. E un terrazzino, che in questo giorno di gennaio si fregia delle felici bacche rosse di una nandina. C'è anche un limone, concentrato nello sforzo di far crescere due minuscoli frutti verdi approfittando dell'esposizione a mezzogiorno e della triste consapevolezza che gli inverni, nemmeno lí al Nord, sono piú quelli di una volta. Carolina ci conta per fare una minibottiglia di minilimoncello miniprodotto in casa.

Di solito lí, tra stanze e terrazzino, ci vivono in due, ma adesso, da qualche mese, ci vivono in tre.

E in quel momento preciso, mentre Carolina riempie il bollitore rosso rubino, squilla il telefono.

Come il roveto ardente nella vita di Mosè, la telefonata di Gemma porta scompiglio nella vita di Carolina. Dopo aver riattaccato, sente che quel Nescafé non è piú un piacere, bensí una necessità. Mentre il bollitore inizia a scaldarsi, si rivolge a Penny Lane, la sua micetta nera e bianca. Lei, distesa tra un cesto di mele e un vaso di ciclamini, ascolta mezza addormentata.

– E adesso? Secondo te ce la posso fare? Entro il pomeriggio? Ho fatto una stupidaggine, eh, Penny?

Forse sarebbe stato meglio dire subito di no. Prima di tutto perché lei non è una scrittrice, è una redattrice, una editor, e a parte un romanzo fantasy intitolato *La Terra delle Felci Parlanti*, scritto a quindici anni, non ha pratica di narrativa. Come fa a mettersi lí, in una tarda mattinata qualsiasi, e inventare al volo la Storia di noi due di due che neanche esistono?

E poi non può abbandonare *La vera storia di Vera Storia* proprio ora: superata la questione del pacco da Vilnius (ovvero una scatola di cuoio rosso il cui contenuto sarà svelato fra circa 280 faticosissime pagine), Vera Storia sta discutendo animatamente con l'amica Agesila.

«Non è questione di sfarbarullare i precotti, Agesila. È che da quando sono tornata da Oakland ho una specie

di pensiero dominante, come scriveva Pascoli. E questo pensiero dominante, tu lo sai, è Gualtiero».

Agesila guardò Vera con profonda pietà. Era giunto il momento di dirle che Gualtiero era in realtà il dottor Assenzi?

Carolina sospira. Se solo quella cretina di Agesila si decidesse a dire a Vera Storia che Gualtiero in realtà è il dottor Assenzi, l'uomo che ha rapito sua madre (di Vera) in Lituania (o forse in Lettonia) tanti anni prima, Vera lo pianterebbe qui, a pagina 92, invece che a pagina 581, fra tanto, tantissimo tempo. Non per la prima volta, Carolina vorrebbe scambiare due chiacchiere con i personaggi dei libri che revisiona, per indurli a comportarsi in maniera sensata e chiudere un po' prima tutta quanta la faccenda.

E invece, naturalmente, Agesila decide di non dir niente a Vera, e poi, sette pagine dopo, viene misteriosamente uccisa mentre fa jogging al parco di notte da sola sotto la pioggia nel tratto abitualmente frequentato da spacciatori e indicato come preferito dai rapinatori in un recente sondaggio nel mondo del crimine. E per altre centinaia di pagine quel miserabile del dottor Assenzi alias Gualtiero sta fra due cuscini. Carolina lo odia, ma odia molto di piú Vera Storia, e infinitamente piú di entrambi quella mangiapane a tradimento dell'autrice. Decide quindi di liberarsi di loro almeno per qualche ora, e dedicarsi invece alla…

STORIA DI NOI DUE

Era un giorno di marzo come tanti altri, quando Giuliana uscí di casa per andare in palestra. Si era appena iscritta alla Fast and Furious e non vedeva l'ora di iniziare il corso di arti marziali.

Ed era un giorno di primavera come tanti altri, lo stesso giorno di primavera, quando Augusto parcheggiò davanti alla palestra Fast and Furious, dove lavorava ormai da qualche mese.

Ma quel giorno smise di essere come tanti altri nel momento in cui Giuliana e Augusto si fermarono quasi contemporaneamente davanti alla macchinetta del caffè.
«Ciao», disse Giuliana.
«Ehi», rispose Augusto.

Carolina rilegge e sente che è un incontro fiacco. Nessuna storia di noi due avrebbe potuto prendere il volo da quell'incontro di noi due.

Ma quel giorno smise di essere come tanti altri nel momento in cui Giuliana prese una terribile scossa dalla cyclette difettosa su cui stava pedalando.
«Aaah!» gridò, e cadde sul tappetino, scuotendo i lunghi capelli...

Biondi? Scuri? Ramati? La sposa media italiana?

«Aaah!» gridò, e cadde sul tappetino, scuotendo i lunghi capelli castani impreziositi dai colpi di sole.
Augusto arrivò di corsa, e vide due splendide gambe fasciate nei fuseaux, e sormontate da due intensi occhi color ambra.

Sí!, pensa Carolina entusiasta, questo è un bel tocco. Le ragazze con gli occhi marrone chiaro: ambra. Le ragazze con gli occhi marrone scuro: more. Sto prendendo la mano.

«Ti sei fatta male?»
Giuliana non rispose, rapita dallo sguardo rapace di quel magnifico esemplare di istruttore che si chinava su di lei, porgendole la mano per aiutarla.
«Ho ricevuto una forte scossa...» ansimò, perdendosi in quell'intensità.
«Anche io...» sussurrò Augusto, mentre lei si rialzava agile, ma fragile.

Bello, pensa senza falsa modestia Carolina. Bello, sí. Ci

siamo. Ma rileggendo si rende conto con orrore che Giuliana dovrebbe fare arti marziali, non la cyclette.

«Come ti chiami?» le chiese Augusto, togliendole con intensità pari a quella dello sguardo un pelucco dalla spalla.

«Giuliana Pecci».

«Ah... ma... ho visto il tuo nome... sei iscritta ad arti marziali».

«Sí... solo che prima volevo fare un po' di cyclette...»

«Giuliana... sai chi è l'istruttore di arti marziali?»

Giuliana lo sapeva, come la rondine sa dov'è il nido, come la perla sa dov'è l'ostrica, come la nota sa dov'è l'accordo:

«Tu», rispose, sfrontata e angelica.

Carolina continua a scrivere e a rileggere e a correggere e a cambiare, interrompendosi soltanto per mangiare un panino con la mortadella, un'arancia e un caffè, e per le quattro la Storia di noi due è finita: Giuliana e Augusto sono usciti, hanno mangiato sushi in un ristorante fusion, hanno fatto l'amore, litigato quando lei ha scoperto che lui vede anche una certa Luisa, fatto pace quando Augusto ha lasciato Luisa e acquistato un vistoso anello per Giuliana, che nel frattempo ha rinunciato alle arti marziali perché un compagno di corso, Radames Alí, ha provato ad applicare l'arte e la marzialità al suo prosperoso seno. E finalmente, in una radiosa ma temperata giornata di settembre, Giuliana e Augusto sono andati a ordinare le bomboniere.

Carolina li lascia lí, tra cerbiatti che cambiano colore col tempo e portacellulari madreperlati, incerti fra il timer che suona la Marcia nuziale quando è ora di spegnere il forno, e una ciotola per il pot-pourri. È una mossa astuta chiudere la Storia di noi due con un minimo di suspense.

Invia il file a Gemma. Sono le quattro. Ce l'ha fatta. Ora però bisogna tornare da Vera Storia, che ha appena trovato il cadavere di Agesila nell'ascensore. Chi ce lo ha portato? E perché?

Carolina è ancora alle prese con la crisi isterica ed esistenziale di Vera, quando sente la chiave girare nella porta.

È tornato Kevin!

No, non il grande Spacey, e neanche il celebre Kostner, ma piú realisticamente il marito di Carolina, a cui i genitori hanno dato questo nome nel 1984, anno in cui parecchi bambini di Santa Brigida venivano battezzati Kevin, Maicol, Christian e Samuel. Questi bambini, appena la lunghezza dei capelli lo consentiva, sfoggiavano dei codini sottili sulla nuca, e indossavano giacchette. Crescendo, alcuni smettevano, e Kevin Martinelli è fra questi. Esile, biondo, orecchino, l'aspetto ingannevole di un primo ballerino del Mariinskij. Kevin, che va al lavoro in bicicletta e quindi torna dal lavoro in bicicletta, e il lavoro è un avviato laboratorio di falegnameria in zona Barriera di Milano. A Kevin si rivolge chi desidera un bellissimo mobiletto della misura giusta per quell'angolo e non vuole neanche sentir parlare dei pacchi piatti dell'Ikea. Vi serve un letto con il baldacchino a colonne corinzie? Un portone intagliato? Uno scaffale circolare? Un parquet personalizzato? Kevin Martinelli è l'uomo a cui rivolgersi. Kevin, Kevin, Kevin!

Infatti il lavoro non gli manca, e il giovane guarda con serenità alla nascita del piccolo Papageno o Papagena che sta mettendo le alucce nella pancia di Carolina.

– Ehi, schizzetta!

Kevin acchiappa Carolina al volo, e abbraccia la sua vispa moglie arruffata, occhi screziati di verde e un corpo che cinque mesi di gravidanza non hanno ancora strappato all'esilità.

– Come state?

– Bene, hai preso il pane?

– Dimenticato.

– Meglio. Andiamo insieme cosí ti racconto una cosa che è successa oggi. Lucia mi ha proposto un lavoro.

– Lucia la capa delle sorelle?

– Lei. Mi ha proposto un lavoro.

Intanto escono di casa, diretti verso il panettiere di corso Verona, che vende pane buonissimo e focaccia buonissima.

Abitano, Kevin e Carolina, nel quartiere Regio Parco, lo stesso in cui si trova Il Palazzo degli Sposi, ma nella parte di questo elastico borgo piú vicina al centro della città. Per la precisione, nella semi piazzetta che si apre al termine di via Catania, con vista sulla Dora e sul ponte Rossini. Un bel posto in cui abitare, sotto casa c'è una ferramenta, una gelateria e, davanti alla gelateria, il Triangolo, un tentativo di giardinetto di cemento azzurro in cui giocano i bambini, e in cui molto presto si potrà ammirare Carolina stessa con tanto di carrozzina. Qui, in questo quartiere artigiano che sta timidamente tentando di diventare trendy, si sono stabiliti i giovani Martinelli e Diamanti, a distanza di poche vie gli uni dagli altri. Sorelle, fratelli, che quasi si vedono dalle finestre.

– Che lavoro? Damigella per una sposa che non ne ha?

– No, veramente. Mi ha proposto un lavoro vero. Un lavoro di scrittura.

– Partecipazioni? Sono stufi del solito Aldo e Monetina Pitosfori sono lieti di annunciare il matrimonio della figlia Clodovea?

– No. Dovrei scrivere la Storia di noi due.

– Noi due?

– Non io e te. Gli sposi. In America c'è questa moda, che alla festa del matrimonio insieme ai confetti si regala un librino con la storia degli sposi.

– Cioè? Come sarebbe?

Carolina si pianta davanti alla panetteria e impedisce a Kevin di entrare, nonostante manchino cinque minuti alla chiusura.

– Ne ho già scritto uno perché gli serviva un esempio da far vedere alle clienti. La storia di due tipi, Giuliana e Augusto, che si conoscono in palestra quando lei cade dalla cyclette. E poi s'innamorano, ma anche se nella vita vera non succede niente di speciale, io devo renderlo come un romanzo. Un po' romantico, un po' sexy. Sai, no?

– Mmm… taroccare la banalità del quotidiano?

Carolina annuisce, orgogliosa della vasta conoscenza che suo marito ha dell'animo umano in generale, e delle spose che vanno dalla wedding planner in particolare, grazie alle non richieste informazioni che sorella e cognata gli forniscono.

Entrano nella panetteria, e prima di farsi dare tre panini coi semi e quindici centimetri di focaccia, Carolina aggiunge: – Sono 500 euro per sedici pagine.

La panettiera fischia.

– Caspita. Sarebbero piú o meno 200 chili di pane.

E poi Kevin & Carolina si avviano verso casa con il pane profumato che penzola nella borsina di tela. Carolina è il tipo che ha sempre una borsina di tela nella borsa. Magari dimentica a casa il telefono, le chiavi e il portafoglio, ma la borsina di tela mai.

4.

La bella Gigogin

Lucia finisce di leggere la *Storia di Giuliana e Augusto* e sospira. Brava, la sorella di Gemma. Lineare ma volgare, il mix giusto per la loro clientela. La invia a Cinzia ed Eloisa Treppici, poi torna a fissare il saldo del Conto in Banca della ditta, che le restituisce lo sguardo dallo schermo del Mac, impassibile. «Tu arranchi, Lucia Lombardi, e il tuo business, se continui cosí, si avvicinerà all'abisso. L'abisso è lí che aspetta. L'abisso ha spalancato le mascelle. L'abisso si lecca i baffi. Fai qualcosa, perché noi siamo al lumicino». Cosí parla il Conto della ditta, anche a nome del collega, il suo Conto personale, e Lucia non può certo dargli torto.

Sí, gli affari stentano, le spose sono sempre meno, e sempre meno disposte a spendere. La clientela si va restringendo a commesse, sciampiste, ausiliarie scolastiche. Simpatiche ragazze, ma non certo in grado di destinare decine di migliaia di euro alla festa di nozze. Le figlie di ricconi o le riccone medesime si assottigliano di giorno in giorno, richiamate da agenzie piú modaiole. Bisogna fare qualcosa per rilanciare Il Palazzo degli Sposi, che ristagna in acquette misere. Le servirebbe un piccolo capitale da investire nella riqualificazione. Ad esempio in un sito degno di questo nome, invece di quella miserevole paginetta fissa che hanno adesso. E poi… non so… pubblicità… eventi… qualcosa che lo porti al top della classifica.

Ma non ce l'ha, un capitale, neanche piccolo piccolo.

E quindi?

In attesa di un lampo di genio Lucia e il suo staff devono limitarsi a tenersi ben stretti i matrimoni in corso. Il matrimonio delle Treppici non presenta insidie particolari, se Stella riesce a escogitare un tutú in cui la sposa non sembri una delle ippopotame di *Fantasia*. Il matrimonio Corsi invece è ancora tutto da decidere, e bisogna assicurarselo perché, quello sí, è un bel boccone. Ci sono stati un paio di colloqui preliminari con la famiglia, onesti e benestanti commercianti di Chivasso, colloqui necessari ad affrontare le esigenze di un tema parecchio impegnativo. I Corsi le sono sembrati entusiasti e di portafoglio largo, ma non hanno ancora firmato niente. Oggi pomeriggio però papà Corsi chiuderà il contratto, e comincerà a sganciare. È un matrimonio da quarantamila euro come minimo, e lei conta di farci sopra un'abbondante cresta. Molto abbondante. Un crestone. Chissà perché si dice «fare la cresta», si chiede Lucia, che ha una passione per l'origine delle espressioni.

Riapre il Mac, ma lo chiude subito: nella pagina di Yahoo la aspetta una foto di Tony Cosenza su una spiaggia di aspetto caraibico con una tizia aquilina al suo fianco. «Nuova fiamma?» dice la didascalia.

Ma com'è possibile, riflette Lucia, che dopo tanti anni io provi ancora il desiderio di cacciargli le dita negli occhi, giú giú in fondo?

La famiglia Corsi, da cui tante sorti dipendono, si presenta compatta e puntuale alle ore 17, come convenuto. Lucia ha recuperato il buonumore: mamma Treppici l'ha appena chiamata, è entusiasta della Storia di noi due. Cogliendo l'occasione, Lucia le ha specificato che il prezzo base di mille euro non comprende stampa, copertina, carta, in pratica non comprende niente, e se Eloisa vuole il suo storitelli mami e papi dovranno sborsare almeno tremila.

Ora bisogna estrarre il piú possibile dai Corsi. Stavolta anche il padre e il fidanzato fanno parte della spedizione, in quanto attivamente partecipi del tema prescelto per le nozze: il Risorgimento. Tutto l'evento sarà all'insegna del

1860 e anni limitrofi. Complicato, inutile, costoso: l'essenza del matrimonio a tema.

Eccoli quindi seduti in fila davanti a Lucia: mamma Gisella, papà Beppe, la figlia Flora, e il fidanzato Massimo.

A Lucia basta uno sguardo per rendersi conto che qualcosa non va, e che il contratto vacilla, colpito in fronte da una mattonata. Mamma, babbo e fidanzato presentano un fronte compatto di gente che non vede l'ora di sposarsi, ma Flora sembra un'alunna convocata in presidenza.

– Allora... direi che siamo a buonissimo punto. Tutto procede assai bene. Oggi possiamo chiudere. Abbiamo riempito tutte le caselle. Noleggio abiti, ventaglio bomboniere, conferma di don Babuccio per la Cappella dei Santissimi Apostoli, ipotesi decorazione della chiesa, proposte location e catering... anzi, se oggi firmate, domani potreste andare a vedere un ristorante di Rivodora che ha in repertorio piatti originali dell'Ottocento. Sareste disponibili?

I Corsi senior lo sono eccome, e il fidanzato anche di piú: nonostante l'aspetto romantico, accentuato dal ciuffo nero alla Milord di Sailor Moon, Massimo è un geometra, al momento impegnato nella costruzione di un ponte in Ungheria. Da qualche mese, fa avanti e indietro fra casa e Debrecen, ma non vede l'ora di fermarsi per il tempo necessario a portare a termine un matrimonio risorgimentale con la sua Flora.

– Sí, certo, – dice infatti il languido geometra, – magari potremmo fermarci lí a pranzo, che ne dici cucciola? – Con questo sgradito appellativo si rivolge a Flora, che annuisce con aria assente. Mmm, pensa Lucia, no, non ci siamo. Questa ragazza ha qualcosa che non va.

– Si potrebbe, sí! – concorda con piú entusiasmo mamma Corsi.

– Una buona cucina piemontese, proprio quello che ci vuole, perché non ne posso piú di mangiare ungherese! Va bene gulasch, va bene pörkölt, va bene töltött káposzta, va bene Hortobágyi húsos palacsinta, anche i galuska sono buoni, ma mettono dappertutto tanta di quella Erös Pista.

– Massimo, – lo interrompe brusca Flora. – Basta. Non nominare altri piatti ungheresi.

– Però è bravissimo... – si leva stentorea la voce di Beppe Corsi. – È bravissimo, corpo di un DIAVOLO! Sa tutti 'sti NOMI! E li pronuncia, ANCHE! Ma come fai? COME FAI!

Beppe Corsi invecchiando ha preso l'abitudine di parlare spesso in maiuscolo, e non c'è niente da fare.

Massimo adora spiegare come fa:

– Eh, infatti. Proprio per questo hanno mandato me, perché sono dotato. Ho il dono delle lingue io, sennò per dire avrebbero mandato Piercarlo Bergagnini o Arturo Seppi. O Mario Certinfoschi, che come anzianità...

– Abbiamo capito –. Flora lo interrompe di nuovo, stavolta con ferocia: – Hanno mandato te perché impari facilmente le lingue. Puoi darci un taglio?

Lucia cerca di riprendere il controllo della conversazione.

– Bene. Allora vi fisso un appuntamento per domani. Per quanto riguarda la location, invece, avete confrontato il Castello di Montefosco d'Alba con Palazzo Cimasconi a Gassino? Spero che il materiale che vi ho inviato fosse...

– Alt.

Eccola lí. La sposa alza le mani come una vigilessa di fronte a un ingorgo, e un orribile presentimento serpeggia nel sangue di Lucia, destreggiandosi fra i globuli rossi.

– Adesso ascoltate me. Ascoltate tutti me.

Pausa durante la quale mamma Corsi pensa che Flora sia incinta di Massimo e Lucia che sia incinta di un altro, mentre papà Corsi e Massimo non pensano assolutamente niente.

– Riguarda il matrimonio.

Pausa. Forza, pensa Lucia, dillo.

– Io non posso farlo, il matrimonio risorgimentale.

Ah, che peccato, che queste parole appartengano alla vita vera e non alla fiction! Sarebbero perfette per un finale di puntata, se Flora fosse la protagonista di questa storia. Ma non lo è, non di questa.

La frase ha comunque il suo bell'effettaccio e Lucia, Gisella Corsi e Massimo la fissano come se le fosse sbucata una biscia dalla narice. Il signor Corsi invece guarda sua moglie, il suo infallibile sistema per capire qualcosa.

– Come sarebbe, non puoi fare il matrimonio risorgimentale? – sbraita la signora, appena si ripiglia.

– Non mi voglio sposare vestita da Contessa di Castiglione e circondata dai morti viventi. No.

– Beppe, l'hai sentita?

– Eh? COSA?

– Tua figlia sta dicendo che non vuole piú sposarsi.

– No, non è vero. Io voglio sposarmi. Ma normale. Con vestiti normali, e una cerimonia normale. Non voglio entrare in chiesa mentre suonano «Daghela avanti un passo, delizia del mio cuor».

– LA VEN, LA VEN, LA VEN A LA FINESTRA, L'È TUTTA, L'È TUTTA, L'È TUTTA INSIPRIADA! – parte in automatico papà Corsi, e sua moglie lo zittisce con una botta sulla mano.

– Sta' zitto! La senti questa? Si può sapere cosa ti prende?

– E poi! – grida Flora che ormai è partita e non vuole frenare. – Che nome è Gigogin? È il diminutivo di cosa? Vi pare possibile che una si chiami Gigogin? Io non lo faccio questo matrimonio.

– Le parli lei, signora Lucia! – è il grido uscito dal cuore di Gisella Corsi.

Lucia si sente come quei tizi di *The Ring* quando per l'ennesima volta guardano la videocassetta con la bambina dai capelli neri. Colpita da una maledizione che ha sentito arrivare, ma contro cui non ha alcun potere. Ma non può arrendersi. Naomi Watts ha combattuto. E lo farà anche lei.

– Flora… io la capisco. Lo stress, la fatica, il timore di essersi accostata a qualcosa di troppo impegnativo. Ma non posso credere che lei, proprio lei, che ha il temperamento di una grande eroina romantica, proprio lei possa veramente desiderare un matrimonio qualsiasi, senza storia. Una scialba cerimonia identica a tutte le altre. Io faccio questo lavoro da quindici anni e le assicuro che queste sono le prime nozze risorgimentali che organizzo. La sua sarà una cerimonia unica.

– E lo credo! Bisogna essere idioti per volersi sposare con addosso dei vestiti vecchi!

– Vestiti vecchi? Lei mi definisce «vestiti vecchi» un abito che è appartenuto alla Contessa di Castiglione, un pezzo storico, che i suoi genitori affitteranno a carissimo prezzo, un capo di grande valore che è stato indossato da una delle donne piú belle del suo tempo?

– Cosa me ne frega, questa contessa è morta e sepolta da tipo trecento anni e io voglio un vestito nuovo, comprato di zecca in un negozio! O al limite su Amazon.

– Su Amazon? Sei matta? Te lo devi provare –. Anche Gisella Corsi è pronta alla lotta. Proprio come il suo mito, Anita Garibaldi.

– Anche se non lo provo, mi starà sempre meglio di quella cofana della contessa. È sei taglie piú di me e quando l'ho messo sembrava che andasse in giro da solo, manco mi si vedeva che c'ero dentro!

– Oh, non stia a parlare di... Amazon... – Lucia riesce a pronunciare quella parola come se fosse un'oscenità. – In caso, possiamo pensare a un modello della nostra stilista, Stella Martin, che potrebbe realizzare per lei una copia su misura dell'abito della contessa...

– Ah, no! – stavolta è Beppe a parlare. – NON SE NE PARLA. Dev'essere tutto ORIGINALE.

– Sembrerà un matrimonio di zombie! – strilla Flora.

– Ma su, tesoro... – Gisella, che colpirebbe volentieri sua figlia con un destro alla mascella, tenta di risolverla con le buone. – È tutto deciso... tutto combinato... eri cosí contenta... sarà una festa bellissima... faranno anche il servizio su Tele Nordovest!

– No, non ero contenta. Mi avete convinta voi, e ancora non ho capito come ho fatto a lasciarmi infinocchiare. Anzi...

Di colpo, Flora si trasforma, come un'eroina della Marvel. È una ragazza di modeste dimensioni, incline a una certa eleganza naturale, ma in un attimo diventa una versione miniaturizzata delle famose Erinni, quelle che rovinavano la vita alla gente nella Grecia antica. Con gli occhi a palla, scaglia la borsetta per terra e urla: – Anzi, non ho ancora neanche capito perché VOI volete fare 'sto matrimonio dell'Ottocento!

– Allora te lo spiego io –. Mamma Corsi si alza anche lei, fronteggiando la figlia, ed eccole lí, come due reincarnazioni popolari di Scilla e Cariddi. Sarebbero il modello ideale per una coppia di saliere. – Vogliamo il matrimonio risorgimentale perché sono vent'anni che una volta al mese ci troviamo con i nostri amici e facciamo le serate Ottocento. Ci vestiamo tutti da Ottocento. Balliamo il valzer e le controdanze. Sventoliamo i ventagli. Ci parliamo con il voi. Ci piace, e ci diverte. Ma soprattutto, cara signorina, tuo padre ha chiesto un prestito in banca apposta, glielo hanno concesso, oggi firmiamo il contratto con la signora Lucia, e sono già in parola con un drappello di bersaglieri per l'uscita dalla chiesa perciò tu non fai storie e ti metti il tuo cavolo di vestito e ti sposi, chiaro?

– Un drappello di bersaglieri? – boccheggia Beppe.

– Sí, – conferma frettolosa Lucia. – Non era stato informato? Sua moglie ha pensato che...

– BERSAGLIERI?!

Flora si guarda intorno in cerca di qualcos'altro da scagliare, e purtroppo la scelta cade su *Pattinatrice Stanca*, statuetta di Jean Jubelin & Mariane Marin, che Lucia ha acquistato su TeleArte91. Per fortuna è di plastica, e una volta scagliata continua a stancarsi tranquilla sul pavimento.

– IO ESCLUDO di sposarmi in mezzo ai bersaglieri! Escludo! Annulliamo tutto, non se ne parla!

Massimo fino a questo momento è rimasto in silenzio, bello e impassibile. Ma adesso trova opportuno intervenire.

– A me piace il matrimonio risorgimentale. Voglio farlo. Sono soltanto incerto sull'uniforme. Non so se preferisco quella del Real Corpo di Artiglieria o quella del Reggimento Dragoni, entrambe appartenenti all'Esercito Sabaudo durante le...

– Non è vero! Tu credi di volerlo perché ti sei fatto convincere dai miei! A te andava benissimo sposarci normali, io con il vestito da sposa e tu con lo smoking tipo serata degli Oscar!

– Mi andava benissimo prima. Adesso preferisco l'uniforme.

– Ah, sí? E allora, se proprio vuoi fare il matrimonio risorgimentale, lo fai con qualcun'altra!

E a chiusura della sua fiction personale, Flora Corsi esce sbattendo la porta.

I Corsi residui e Massimo sono inebetiti dallo choc. Ma non cosí inebetiti da non specificare, mentre si avviano all'uscita: – Mi raccomando, signora Lombardi, blocchi tutto per il momento. Le faremo sapere.

– Ma... avevo già il contratto pronto...

– Lo tenga fermo. Non possiamo firmare, con Flora che dà di matto. Quella ragazza, dovevi darle piú ceffoni da piccola, Beppe!

– IO!? – Beppe Corsi è indignato. Sono le madri che devono educare le figlie. Cosa c'entrano i padri? – TU DOVEVI DARLE PIÚ CEFFONI, INVECE DI PORTARLA SEMPRE A FARE LO SHOPPING!

– Io voglio farlo, il matrimonio risorgimentale, – rammenta a tutti Massimo, e poi i Corsi svaniscono, per sempre.

Lucia non si sente cosí male da quella volta in cui, mentre stavano facendo la spesa al Gigante di Villasanta, e lei stava prendendo una confezione in offerta di caffè Crema e Gusto, Tony Cosenza le aveva detto:

– Ehm... sai... Sciantal è incinta.

A proposito di Flora Corsi, leggete l'ultima pagina di un romanzo intitolato Ragazze Mancine. *È importante.*

5.

Gemma Diamanti è felice

Tornando verso casa, Gemma sente la preoccupazione montare come una maionese ben riuscita. Dalla sua stanza ha colto la Tragedia Corsi quasi in ogni particolare, e quando ha provato a entrare da Lucia, è stata accolta dal lancio di Pattinatrice Stanca, che sta vivendo una nuova giovinezza come proiettile.

Lavora per Lucia da sette anni, e quello non è il primo oggetto contundente che abbia schivato. Il capo è una donna esacerbata, che non si è mai ripresa dal percorso di Cenerentola andata e ritorno che la vita, questa Maga Maestra, le ha affibbiato sghignazzando. Gemma immagina sempre la vita che sghignazza quando ci fa qualche brutto tiro. E che tiro, quello giocato a Lucia Lombardi. Da ragazzina impacciata di Settimo Torinese a fidanzata di un campione, presto assurto a campionissimo, e quindi lussi scriteriati, villone, viaggi e vacanze tropicali, personal trainer per ogni cosa, dagli addominali all'uovo alla coque, gioiellazzi un tanto al chilo e poi... piú niente. Sí, sí l'agenzia e l'appartamento, una bella macchina, ma tutto il resto, svanito come la carrozza a mezzanotte. Perfino i gioielli si era ripreso, anzi, non lui, sua madre e sua sorella, che una mattina, mentre Lucia era dall'estetista, erano passate dalla villona in Brianza e si erano rastrellate tutto. Era stata la prima avvisaglia della fine. Lucia aveva pensato ai ladri, ma piú semplicemente le due streghe di Benevento (non in senso figurato, la famiglia era di Benevento) avevano annusato l'aria e ripulito la ormai quasi ex. Ah, se Lucia li avesse adesso, quei gioielli, potrebbe venderli e investire nell'azienda. Perché Gemma lo sa benissimo, che se perdono il matrimonio Corsi si ritroveranno in balia della nona onda, quella fatale.

Cosí pensa, mentre torna in via Catania, dove abita col fidanzato, a due isolati da Carolina. Un percorso appena troppo lungo da fare a piedi, se non in giornate di estrema grazia, e quindi lei, che non ha aspirazioni agonistiche, di solito va avanti e indietro con la sua vecchia Seicento argento.

Gemma Diamanti è diventata l'indispensabile collaboratrice di Lucia Lombardi dopo una breve carriera di tuttofare da giardino, nel senso che si occupava di animali e piante per chi possedeva animali e piante ma non aveva il tempo di occuparsene. Asina a scuola, aveva interrotto gli studi appena possibile, senza alcun rimpianto. Dai diciassette anni in poi ha sempre lavorato, e lavorare le piace, solo che a un certo punto si è stancata di potare piante troppo veloci a ricrescere, di combattere contro la forza centrifuga dei guinzagli, e di trascinare sacchi di stallatico su e giú dalla Seicento, e ha cominciato a cercare un lavoro che si potesse fare da fermi e con stipendio regolare, ma che non prevedesse nessun titolo di studio. Lo ha trovato grazie a Stella, amiche fin da bambine, compagne di classe, e adesso anche qualcosa tipo cognate, visto che il fratello di Stella vive con la sorella di Gemma. Stella, una scriteriata capace di cucire vestiti da sposa d'inconsueta leggiadria, lavorava per Il Palazzo degli Sposi da un paio di mesi quando Lucia Lombardi aveva cominciato a cercare una nuova collaboratrice (quella vecchia era scappata col fidanzato di una cliente). Cosí Gemma è passata dai cani alle spose e tutto sommato le pare di averci guadagnato, solo che adesso stipendio regolare e lavoro sono a rischio, come spiega a Cesare, il suo fidanzato, appena entra in casa.

Cesare, stranamente, sembra intento a riordinare i cassetti della camera da letto. Proprio lui, che di solito neanche li apre, preferendo chiedere direttamente: – Scusa, ciccina, mi tiri un paio di mutande? – Gemma però è cosí presa dai guai che non fa troppo caso alle attività domestiche del fidanzato. Nota un pulviscolo di calze e camicie che si sta posando dappertutto, lo registra senza badarci, si sfila le scarpe e si getta sul letto.

– Ciao amore. Che casino. Abbiamo una pila di conti non pagati che arriva al cielo sopra Torino e quasi di sicuro oggi abbiamo perso un matrimonio. Se Il Palazzo degli Sposi dovesse chiudere, io che faccio? Mi rimetto a fare la dog sitter? Ci pensi? Cioè, forse potrei portare il curriculum da un'altra wedding planner, ormai ce ne sono talmente tante. È quello il guaio, che spuntano a mazzi. Ieri passavo in via Calandra e ce n'è una nuova pure lí, «Nozze e Cozze», ti pare un nome possibile?

Cesare non risponde, e anche se non è mai stato particolarmente facondo, Gemma lo guarda, finalmente perplessa. E vede che, contrariamente alla sua prima impressione, Cesare non sta riordinando. Sta riempiendo dei borsoni con la maggior parte del suo guardaroba.

– Che fai, parti?

– Sí, Gemma. Mi spiace tanto. Devo andare.

– E dove?

– Da Federica.

– Ma chi? La tua socia?

– Sí.

– Con la valigia? Partite?

– No.

– Cesare, a fare cosa, devi andare da Federica?

– A vivere con lei.

Gemma viene cosí informata che da tempo fra Cesare e Federica è in corso una tresca, che quel giorno il marito di Federica li ha beccati e l'ha buttata fuori casa, e che quindi Cesare, da gentiluomo qual è, ha intenzione di offrire alla sua amante conforto, riparo e convivenza. Questa notizia ha su di lei un effetto nucleare.

Dunque è possibile che Dio, o chi lo sostituisce in caso di bisogno, abbia davvero cura di noi, formichine della sua visione celeste. Puntini di polvere di caffè nella cucina dell'universo. Dio veramente realizza i nostri piú reconditi desideri, prende per mano il nostro cuore e lo porta a casa. Dio è buono!

Da mesi Gemma considerava conclusa l'esperienza fidanzamento e vita con Cesare, ma non riusciva a trovare il modo, il momento, lo slancio per dirlo anche a lui. Com'è difficile lasciare qualcuno quando è lui a doversene andare! Perché quel piccolo appartamento in via Catania è proprio di Gemma, concesso in uso da una zia eccentrica e senza figli, e quindi non può essere lei a fare le valigie. Mai, in tutti questi mesi, Gemma ha avuto il coraggio di privare Cesare dell'amore e della casa nello stesso tempo, e adesso, con una gioia intensa ma pacata, scopre che sta per liberarsi di lui senza toglierglí né l'una né l'altra cosa. Capisce però che quando il tuo fidanzato ti lascia dopo una storia di sette anni tu non puoi esultare come a un goal della Juve, e quindi cerca di fare la faccia da basilisco tipica della donna che soffre ma non vuole crollare, e chiede con voce il piú spezzata possibile:

– Ma Cesare, io... non mi ero mai accorta che voi...

– Lo so... tu sei cosí fiduciosa... troppo...

– Eh lo so... ho questo difetto... – concorda lei, dispostissima ad assumersi la colpa, purché lui finisca in fretta le valigie e sfrecci via.

– Ma no, cosa dici... sapessi che merda mi sentivo, a ingannarti cosí. Ma... è una cosa che mi ha travolto.

– Occhei. Se ti ha travolto ti ha travolto. Che ci vuoi fare. Pazienza.

Cesare la guarda, perplesso. Sa che Gemma non è il tipo da scenate, si era immaginato un dolore straziante ma composto. Qui però di straziante non c'è traccia.

– Stai bene?

– No. Sto molto male. Sto malissimo. Ma cerco di farmi forza. Senti... dove andrete a vivere?

– Lei ha un alloggio in zona Campidoglio. Per fortuna si è appena liberato.

– Beh, comodissimo per la concessionaria.

Cesare teme che si tratti di sarcasmo, anche se il tono di Gemma gli sembra tranquillo e partecipe. Forse, pensa (e non è un classico pensiero maschile?), mi ama cosí tanto da considerare prima di tutto la mia felicità. Che cara. Quasi quasi ora vado lí e le do un abbraccio fraterno. Ma non essendo cosí tanto stupido, lascia perdere. E se poi pensa che ho cambiato idea e la amo ancora? Per carità. Per fortuna Gemma lo previene.

– Scusa. Vado a chiudermi in bagno un attimo. Ho bisogno di stare sola. Se non riesci a prendere tutto adesso, poi vediamo come fare. Ah, lasciami giú le chiavi, ti spiace?

Cesare intravede con sollievo la possibilità di fare l'offeso, la salvezza dell'uomo che lascia ma non ha voglia di sentirsi in colpa.

– Oh, certo. Ci mancherebbe. Figurati. Sono tutte tue. Cosa pensavi, che volessi venire a rubare di notte?

Gemma allunga una mano, e Cesare lancia le chiavi sul letto. Fatto. Ora può considerare chiuso il capitolo «Rimorsi».

Una volta al sicuro nel suo confortevole bagno azzurro, Gemma saltella ridendo in silenzio. Grazie Dio grazie! Sono in debito! Faccio un bonifico ai missionari! E grazie, grazie Federica, socia di Cesare, che te lo porti via. Ma come ho potuto, si chiede Gemma, dandosi il cinque allo specchio, fidanzarmi e addirittura convivere con il coproprietario di un autosalone? Perché l'ho fatto? Perché aveva un bel sorriso, e la sua pelle aveva un profumo insostenibile, mughetto piú glicine piú tiglio, ma è possibile scambiare un profumo per amore?

Sí, aveva creduto di essere innamorata. Di quel profumo, dei capelli biondi, delle lunghe gambe muscolose, del modo pacato di affrontare le cartelle delle tasse. Poi un giorno ha incontrato il vero amore. Trovato e perduto nel giro di un quarto d'ora. Ma ormai aveva capito, e anche se era riuscita a mentire tranquillamente a Cesare, con se stessa era un'altra faccenda.

Quando sente la porta sbattere, esce dal bagno e recupera il cellulare. Vuole dirlo subito a Carolina. La Divina Provvidenza per una volta si è occupata di stupidaggini e ha provveduto a toglierle di torno Cesare, e adesso è pronta a rivedere lui. L'uomo senza nome che ha incontrato a Fiumicino circa un mese fa.

6.

Conforme al mio desiderio parte prima, 27 dicembre

L'ape dell'amore punge Gemma Diamanti nel bar Partenze Nazionali di Fiumicino.

Gemma sta usando le vacanze di Natale per andare a trovare la sua amica Teresa, che si è trasferita in Sicilia al seguito di un marito un po' attore e un po' delinquente, di nome Joseph Cocos. Il volo Torino-Palermo prevede una tappa a Roma. Una breve sosta, che a un certo punto la porta al bar.

– Un caffè, per favore. E una bottiglietta di acqua frizzante.

– Due euro.

La cassiera aspetta, Gemma non si decide a pagare, e fissa con incerto languore la vetrinetta dei panini.

Lo prendo o non lo prendo? Vorrebbe tanto uno di quei pericolosi Icaro o Fattoria che lampeggiano accanto alla cassa. Ma, pensa, se comincio adesso ad agire in modo conforme al mio desiderio come insegna il filosofo, che ne sarà di me dopo tre giorni a Palermo? Dove mi ingolferò di panelle, cannoli, pasta di mandorle, gelati e cibi non identificabili ma certamente fitti di calorie come pinguini al Polo Sud? Ed è lí, che osserva con struggimento un panino con brie, salame piccante, peperoni e, che ipocriti, rucola, quando una fredda voce alle sue spalle dice:

– Se si decide entro l'anno, mi fa una cortesia. Il mio aereo parte alle quattro.

Oh Signore. Uno spiritoso. Gemma dà due euro alla cassiera senza rispondere e senza voltarsi, decisa a comportarsi come se il tipo non esistesse, poi si gira avendo già predisposto un'occhiata bruciante. Che però si rimangia alla vista dell'uomo della sua vita.

I loro occhi si incrociano per un tempo indefinibile, breve o eterno non si sa, poi lei arrossisce e si allontana. Lui sbuffa e ordina un caffè, una bottiglietta di acqua naturale, e il panino brie, salame piccante, peperoni e rucola.

Nel bar Partenze Nazionali di Fiumicino c'è molta gente e molto caos. Una volta ottenuti caffè e acqua, Gemma si mimetizza sullo sfondo, dove sono allineati giornali, biscotti, caramelle gommose. Da lí osserva il dio Loki che addenta il panino. È alto ma nella media. Non svetta. Capelli arruffati, un po' ricci, un po' color castagne col sole. Il classico filo di barba che è la dannazione di noi donne. Ciglia lunghe, abbassate su occhi di un blu talmente notturno che le sembra di intravedere anche le stelle. E poi, tutto sottile: naso, zigomi, mascelle. Bocca no, la bocca è una bocca. Età? Trentacinque? Gemma non è bravissima a indovinare le età ma direbbe piú di trenta e meno di quaranta. Per il resto, niente di notevole: giubbotto, pantaloni di cotone, tutto fra nero e grigio, trolley metallizzato piccolo. Zainetto rosso di pelle, però. Lo zainetto rosso di pelle segnala stile, amore per i colori, desiderio di morbidezza. Non è un elemento sostanziale, sarebbe il dio Loki, il piú seducente e infido degli dèi scandinavi (Gemma sta leggendo *Miti del Nord* di Neil Gaiman) anche con uno zaino grigio topo, quello rosso però è una lama di orizzonte.

Okay, pensa Gemma, ho visto l'uomo di cui vorrei innamorarmi, ma non sarà sul mio aereo perché il suo parte alle 16 e il mio alle 17 e 20. Non sarà sul mio aereo ma non posso lasciarlo andare via dalla mia vita, e quindi devo cercare di conoscerlo subito, adesso, entro cinque minuti, e devo anche fotografarlo, in modo da poterlo eventualmente rintracciare in futuro. Ci sarà uno Shazam delle foto, no? Che tu metti la foto di uno, e lui ti dice chi è.

Fotografarlo non è difficile. Lo sconosciuto scortese

finisce il panino e poi si avvicina allo stand dei libri e dei giornali. Vicinissimo a lei, che osserva con studiata incertezza rotelle alla liquirizia e orsetti gommosi. Ora mi guarda. Ora mi guarda e mi sorride, per farsi perdonare i modi sgarbati di prima.

Ehi. Scusa. L'ho preso io, il panino che volevi tu.

Me ne hai tenuto un pezzo?

Certo.

Mentre aspetta lo sguardo, il sorriso, e un pezzo di panino emerso da una tasca, Gemma tira fuori il cellulare e finge di far scorrere roba, attività in cui sono comunque impegnati il 97 per cento dei presenti. Lo inquadra e gli scatta velocemente cinque foto. Se ne è accorto? Sí? No? Sembra molto concentrato su una mezza parete di libri fotografici. Forse è un fotografo. Forse potrei avvicinarmi a lui dicendo qualcosa sulla luce. Di solito i fotografi hanno qualcosa da ribattere sulla luce. Ma il dio Loki si è già spostato, e adesso è fermo, e altrettanto concentrato, davanti a una sfilza di romanzi. Ecco, prende un libro.

Da lí, Gemma non riesce a capire cosa sia. È importante. E se è l'ultimo di Fabrizio Corona? Cerca di avvicinarsi, come se non fosse l'intenzione a spingerla, ma il movimento degli altri, la corrente che si crea attorno alla cassa, sperando che lui si stia interessando a un libro vero, di quelli che legge anche lei. Fred Vargas? Le sembra di riconoscere la copertina...

Gli arriva vicinissima, abbastanza vicina da sentire il telefono suonare, il telefono del dio squilla, e lui risponde con un'unica, semplice parola, che blocca Gemma lí dov'è.

Quella parola è: – Amore...

7.

Conforme al mio desiderio parte seconda, 27 dicembre

L'ape dell'amore si presenta, quello stesso giorno, a Stefano Valenti, biologo specializzato in biologia molecolare, che sta andando a Milano per un convegno dopo aver passato il Natale da sua sorella a Roma. Ma a differenza di Gemma, Stefano non se ne accorge immediatamente.

Sí, nota qualcosa di strano che ronza nella sua gabbia toracica, ma pensa che sia rabbia per l'incertezza esasperante della ragazza con le trecce che è in coda davanti a lui alla cassa del bar Partenze Nazionali di Fiumicino. Le trecce? Stefano non vede una ragazza con le trecce da... da sempre. Ora che ci pensa, passato l'asilo non ha mai piú visto nessuna femmina con le trecce, solo un attore maschio in una pièce di Wesker. Le trecce di questa passeggera sono color rame, legate con due nastrini diversi, azzurro la destra, viola la sinistra. È alta, e oscilla in modo vagamente autistico, mentre la cassiera la guarda, con strana pazienza. Alla fine ci pensa lui a sollecitarla, la tipa fa lo scontrino, e mentre si allontana dalla coda i loro occhi s'incrociano per un tempo indefinibile, breve o eterno non si sa, poi lei arrossisce e si allontana. Lui sbuffa e ordina un caffè, una bottiglietta di acqua naturale e un panino brie, salame piccante, peperoni e rucola. Una disadattata, pensa Stefano. Però bella. Come l'illustrazione di un libro di fiabe degli anni '20, nonostante i jeans e la felpa col teschio. Sottile ma resistente, malvestita, occhi chiari completi di occhiaie, leggermente imbronciata, e allora perché cosí bella? Con i pensieri offuscati, Stefano consuma tutto quello che ha ordinato, poi si sposta verso l'angolo giornali e tabacchi, lasciando vagare lo sguardo casomai la trecciolina fosse ancora in zona. Ed eccola lí, appoggiata a una parete di caramelle. Quale sfondo migliore per una ragazza con le trecce?

Senza pensiero, senza progetto, scivolando lungo quel «boh» che spesso è l'unica spiegazione che sa dare a se stesso, Stefano prende il cellulare e la fotografa. La ragazza non se ne accorge perché anche lei sta trafficando con il telefono, di sicuro scambia un messaggio WhatsApp con qualche fidanzato. Le guarda le mani: niente fede, tre anelli. Per non sembrare uno che fissa le sconosciute, prende in mano un libro, a caso, l'ultimo di Fred Vargas, che non leggerà mai, perché legge solo poesie e libri che parlino di una qualche forma d'arte. Che faccio? Pensa. Le parlo? Le spiego che anche se non ci vedremo mai piú, per cinque minuti oggi pomeriggio lei è stata la donna che sogno da tutta la vita? Sta per alzare lo sguardo e piantarglielo addosso ma suona il telefono.

Alla fine della telefonata la ragazza è sparita.

8.

Stella e Wong Kar-wai

E adesso, adesso che Cesare ha sbattuto il portone e si è avviato verso una nuova vita con quella lagna di Federica, Gemma è pronta a spigolare il destino, a pungolarlo, a stuzzicare la sorte perché le faccia di nuovo incontrare l'uomo del bar Partenze Nazionali, questa volta definitivamente. Come si fa a incontrare qualcuno definitivamente? Dovrebbe studiare quelle fotografie, in cerca di un indizio che la porti da lui. Purtroppo, ha già appurato che per il momento lo Shazam delle foto non esiste, e in mancanza di un nome nemmeno i morbosi social possono restituirti l'amore, ma di sicuro... di sicuro adesso che è libera e padrona del suo destino, riuscirà a ritrovare il dio Loki.

E l'illusione, questa componente strutturale dell'animo femminile, sta già allestendo il suo spettacolino per Gemma: incontro casuale alla Gam (le è sembrato un tipo artista), porta della Metro di Roma che lo fa entrare all'ultimo secondo (è probabilmente romano), festa a casa di un'amica, tanta gente, sconosciuti, e all'improvviso lui, che le porge un mojito senza una parola (sembra perfetto per porgere un mojito)... intanto, mentre inanella i trailer dei suoi futuri incontri, Gemma lascia suonare oltre ogni limite il telefono di sua sorella.

Ma raramente Carolina e il telefono sono nello stesso posto, e quella sera infatti lo ha lasciato in borsa. La borsa è sotto il piumino e la sciarpa. Sulla sciarpa si è addormentata la gattina Penny Lane, e questa pila di indumenti, borsa e gatto si trova nel minuscolo ingresso della piccola casa, mentre Carolina è in cucina con Kevin e Stella. Stella Martinelli, sorella di Kevin e stilista in esclusiva del Palazzo degli Sposi, li sta affliggendo con un dubbio esistenziale che la tormenta da un po': dare retta o non dare retta alla sua coinquilina Holga (in origine Olga), modella di successo, che da tempo insiste per presentarla a famosi atelier milanesi, dove potrebbe guadagnare molto di piú, e in generale far fare alla sua vita un salto di qualità da record olimpico? Holga è certa che questi atelier se la litigherebbero proprio, perché lei di vestiti da sposa belli come quelli che fa Stella non ne ha mai visti. Il problema è che questi atelier sono appunto milanesi, e quindi si trovano a Milano.

– Non vorrai mica andare a vivere a Milano? – Carolina inorridisce all'idea che qualcuno possa, se non per salvare la vita a una persona cara, scegliere di vivere a Milano.

– Ehi, guarda che c'è un sacco di gente che vive a Milano, – le fa notare quel pragmatico di Kevin.

– C'è un sacco di gente che fa cose incomprensibili, – protesta Carolina. – Pensa a quelli che mettono i cappottini ai cani.

– Beh, io fra mettere i cappottini ai cani e vivere a Milano, sceglierei di vivere a Milano, – precisa Stella. – E quelli che li portano nel passeggino? Secondo te, è peggio vivere a Milano o portare i cani nel passeggino?

Kevin alza una mano. E quando Kevin alza una mano, può fermare il mondo. Nonostante un fisico leggero, limitato all'indispensabile, Kevin è dotato di spontanea autorevolezza. Guarda severamente sua moglie e sua sorella, ben sapendo, perché le conosce entrambe, che una volta presa quella china sarà molto complicato riportarle al punto di partenza.

– Alt. Si stava parlando della possibilità che tu ti trasferisca a Milano per andare a lavorare in un posto dove guadagneresti un fracco di soldi, e avresti molte piú possibilità di successo. Sfilate, Milano Moda... Se resti qui, continuerai per tutta la vita a cucire abiti da sposa per bottegaie e sciampiste.

– Perché tu cosa sei, il principe William? Non ce l'hai la bottega, tu? Ci andresti, tu, a fare scaffali per i milanesi?

Kevin vacilla. Fare scaffali per i milanesi non è un'opzione.

– Che c'entra. Noi fra poco avremo un bambino. Mica possiamo andare in giro, dobbiamo dargli le radici.

– E io pure ho le radici. Mi spiacerebbe troppo lasciare Lucia, e voi. E mamma e babbo, Gemma, e anche Maya e Clorinda... e poi le mie amiche... – Stella enumera sulle dita: – Holga. Gloria. Alessandra, Eli, Marta, Camilla...

– Okay, lo so, hai tante amiche, – la blocca suo fratello. – Comunque Milano è a quaranta minuti di treno, ormai.

– Ti coagula il sangue, andare a quella velocità, – butta a caso Carolina.

– Sí vabbè ragazze, mi sembrate due prozie dell'Ottocento. Ciao, io vado di là. A lavorare al mio progetto.

– Che progetto? – chiede a bassa voce Stella a sua cognata, mentre Kevin esce dalla cucina.

– Da qualche giorno sta sviluppando l'idea di un'automobile di legno. Pieghevole.

– Secondo me le automobili dovrebbero farle di gomma.

– Vero? L'ho sempre pensato anch'io. Senti, Stella. Adesso che siamo sole lo puoi dire. Tu non te ne vuoi andare per Rodrigo, vero?

Rodrigo Calbi, vivaista, dirimpettaio e partner privilegiato del Palazzo degli Sposi, unica e multipla ferita nel *corazón espinado* di Stella.

Le due cognate si guardano, poi Stella annuisce.

– Lo so che sbaglio. Che dovrei farmene una ragione. Ma la speranza è l'ultima a morire.

– Stella, dài. Anche se è l'ultima, a quest'ora dovrebbe essere morta da un pezzo. Quanti anni sono che conosci Rodrigo?

– Piú o meno da quando ho cominciato a lavorare per Lucia… sette anni. Lo conosco da sette anni.

– E quanto è che gli vai dietro?

– Sette anni.

– E lui?

– Niente.

– Con quante si è fidanzato nel frattempo?

– Boh. Dodici?

– E con quante si è sposato?

– Una, quella brutta lumaca di Daniela.

– E perché ha divorziato da Daniela?

– Perché lei ha scoperto che aveva una storia con Miriam.

– E Miriam, se l'è sposata?

– Uffa… no, non se l'è sposata.

– E in tutto questo, tu cosa sei stata per lui?

– Niente.

Carolina sospira, e si porta una mano alla pancia, dove qualcosa si agita.

– Quindi, lo vedi che la speranza ha tirato le cuoia da un pezzo? Vivere a Milano è orribile, ma se servisse a chiudere con Rodrigo… per un paio d'anni al massimo…

– Non so –. Stella sospira. E Carolina le prende una mano.

Povera Stella. Cosí bellina, con i capelli biondi come suo fratello, tagliati ad angelo, e gli occhi grandi color marron glacé, media altezza e corporatura snella. Indaffarata, allegra, e ineluttabilmente innamorata di Rodrigo. Stella, che disegna e cuce personalmente i piú bei vestiti da sposa che Carolina abbia mai visto, resta attaccata come una patella alle precarie sorti del Palazzo degli Sposi solo per Rodrigo. Le due ragazze tacciono, un attimo di sospensione affettuosa, e in quel momento sentono un suono soffocato, come di un gatto sotto una balla di fieno. Flebile e rigato.

– Ehi… ma è tuo figlio in pancia?

– No. Lui non fa rumore. Frulla. Sembrerebbe un… il mio telefono! L'ho dimenticato nella borsa.

Carolina schizza a prenderlo, e torna in cucina parecchi minuti dopo, minuti che Stella ha utilmente impiegato a mangiare biscotti.

– Era Gemma. Dice che Cesare l'ha lasciata. È andato a vivere con Federica.

– Federica, la sua socia?

– Sí. Avevano una storia da un pezzo.

– Quella chiattona coi baffi? Ma è scemo?

– Questo si sapeva. Sai cos'è strano, però? Che Gemma è contentissima. Cioè, va bene, non è mai stata pazza di lui, però di solito quando ti mollano non è che sei proprio entusiasta.

Stella riflette un attimo. Anche Carolina riflette. E arrivano alla stessa conclusione.

– Dev'essere…

– …per quel tizio di Fiumicino.

– Oh no!

– Veramente!

– Ma voi due, che cosa vi passa per la testa, che avete questa mania degli amori impossibili? – Carolina sbuffa, e allunga una mano verso tre biscotti. Dopotutto finora ha preso solo quattro chili.

– Il mio è piú possibile di quello di Gemma. Cioè, io Rodrigo lo vedo quasi tutti i giorni. Lei quello là l'ha visto una volta all'aeroporto un mese fa e neanche sa come si chiama.

– È uguale. A te Rodrigo non ti ha mai vista veramente, neanche UNA volta.

– Lo so. Ma può succedere il Miracolo. Nei film capita, che lui all'improvviso si accorge di lei. Non l'ha mai considerata e poi, quando sta per perderla, capisce che non può fare a meno di lei.

– Già, ma bisognerebbe che stesse per perderti. Ehi! Ci sono! Digli che ti trasferisci a Milano, che hai avuto una proposta interessante da un famoso atelier, e vai a lavorare lí. Vediamo che effetto gli fa.

– Non credo che servirebbe. Come dice Kevin, Milano è troppo vicina. E se gli facessi credere che mi ha contattato una stilista di Pechino? Che vuole che mi trasferisca lí a fare abiti per le spose cinesi?

– Dài. Anzi, digli che ti ha cercata Wong Kar-wai. Per disegnare i vestiti per la sposa cinese di un suo film. Sarebbe bellissimo se fosse vero!

– Sarebbe bellissimo se io sapessi chi è!

9.

Il cielo stellato sopra di me

Stanotte stellato non è. Stanotte le stelle sono fiocchi di neve, che con il loro silenzio accompagnano i pensieri.

Gemma, che ancora non crede alla sua fortuna, per troppa felicità comincia a immaginare la catastrofe: che Cesare si ripresenti affranto, pentito. Che gli basti una sola notte con Federica per capire che non è quello il suo posto, e che a lei tocchi alla fine quello che non voleva toccare: la necessità di lasciarlo.

E se non riesco? Se me lo ripiglio, con le valigie e tutto? Se domani sera, invece di essere sola in un grande letto a guardare la maratona di *Ispettore Rosaria* mi ritrovassi con lui, in un letto improvvisamente piccolo a guardare *Quattro Fuoristrada in Italia*?

E l'ansia è talmente grande, che vorrebbe scrivere una mail a Federica dandole una serie di consigli su come tenersi Cesare.

Cara Federica,

al mattino fagli la caffettiera da due, ne beve metà nero e metà col latte. Se vuoi farlo davvero felice, scendi al bar e compragli una brioche fresca all'albicocca, se ti basta farlo contento vanno bene quelle del Mulino Bianco.

Dividi le sue calze per colore. Purtroppo ne ha parecchie a quadri, rombi e righe, quelle mettile in un mucchietto a parte tutte insieme. Non pensare che sono brutte, pensa che sono sue.

Loda spesso i suoi capelli. È fissato. Regalagli ogni tanto un balsamo speciale, possibilmente del Sudest asiatico.

Quando lo becchi che sta giocando a Grand Theft Auto e di corsa lui cambia la schermata e mette un sito di news, fai finta di non accorgertene. Essere smascherato mentre gioca lo manda su tutte le furie.

ecc. ecc. ecc.

Ma non la scrive, quella mail. Cerca di essere ottimista, e pensa che in fondo Cesare voleva cambiare la sua vita, quindi non ha senso cercare di rifilargli quella vecchia. E poi Federica è una scassaminchia eccezionale, e una volta artigliata la preda non lo mollerà tanto facilmente. Posso stare tranquilla. Posso pensare a come incontrare di nuovo, e definitivamente, lui.

Stella abita poco lontano, in via Parma, insieme alla modella Holga, che non è mai a casa. Nonostante sia di Cherasco viaggia molto, da una sfilata all'altra. Paga puntualmente la sua metà di affitto, e quando passa da casa riferisce a Stella un sacco di pettegolezzi sul mondo della moda che, vi sembrerà incredibile ma è cosí, le sono molto utili per creare i suoi abiti da sposa. Adesso, in questa notte invernale, Holga non c'è, e Stella è appallottolata su una sdraio in balcone, avvolta nel suo plaid di pile con le scritte «Merry Christmas». Il balcone del piano di sopra la ripara dalla neve, e guardando i fiocchi che scendono senza farle danno, Stella per cinque minuti pensa alla sua vita, in generale. La sta rispettando o sottovalutando? In che percentuale sfrutta i suoi talenti? Oltre ai vestiti da sposa e a Rodrigo, di che materia è fatta la sua esistenza?

Dopo cinque minuti lascia perdere, e si mette a pensare a un nuovo tipo di maniche raglan. Si addormenta lí, sulla sdraio, per svegliarsi alle due, congelata e col mal di schiena. Come le sembra delizioso, a quel punto, andare a letto.

Lucia, nel suo appartamento nel Palazzo degli Sposi, si sta togliendo le scarpe col tacco. È andata a cena alle Porte del Siam, il suo thailandese preferito, con due vecchi compagni di scuola, Diego e Lino, Lino e Diego. Li ha incontrati per caso all'Auchan, e ha appreso che ai tempi dell'istituto tecnico si sono fidanzati fra loro e ora vivono in una villetta a schiera a Vinovo. Sono appassionati di calcio, e l'hanno invitata a cena per farsi raccontare tutto di Tony Cosenza. Non dovevo accettare, pensa Lucia. Ma alla fine, piuttosto che cenare per l'ennesima volta da sola a casa, è disposta a tutto, anche a Diego e Lino.

Guardala qui, casa sua: tutta piastrelline anni '70 e rivestimenti arancioni. Eppure questo posto non l'ha mai sentito come casa, casa era la villona in Brianza con Tony, che aveva il guscio da villona in Brianza e l'interno da casa popolare, come loro due, che avevano esterno vip e interno operaio. In casa c'erano mobili massicci, melanzane che friggevano, lenzuola bianche, vasetti di peperoni, scarpe dappertutto, foto dei nonni in cornice, pale al lampadario. Qui ha l'aria condizionata, ma non la accende mai. È come abitare in un residence. Se mi va male Il Palazzo degli Sposi, pensa Lucia in questa notte volante, che faccio? Io una vita non ce l'ho. Mi tocca partire per l'Africa e andare a dare il biberon alle antilopi orfane della boscaglia.

Quando Stella se ne va, Carolina resta in cucina. Le piace, stare da sola in cucina, soprattutto se di là c'è Kevin che progetta la sua automobile pieghevole. Sente i rumori del seghetto, della pistola per la colla a caldo, e tutti quei suoni misteriosi tra la puntina da disegno e la lima, che non riesce mai a identificare ma che rappresentano per lei il sottofondo della felicità. Sta lí, guarda la neve che scende e sottolinea la città, e pensa a quanto è fortunata in confronto alle sorelle e alle loro storie assurde.

Io ho Kevin, il mio divino amore, pensa, e poi lo dice, piano, a Penny che sta sdraiata lungo il termosifone. – Io ho Kevin, il mio divino amore. E adesso mi faccio anche una tisana limone zenzero e miele.

Intanto, a pochi chilometri di distanza il Destino si rimbocca le maniche: «Tra poco tocca a te, Carolina Diamanti!»

10.

Il Miracolo

Mattino presto, ma non prestissimo. Piena di energia e convinta che oggi possa essere il giorno buono per il Miracolo, Stella si presenta fiduciosa ai Vivai Calbi e sottopone al medesimo Rodrigo i disegni per l'abito di una sposa di giugno che ha richiesto «un taglio moderno» per il bouquet, e «un approccio non stucchevole» alle decorazioni floreali.

– Ma che vuol dire! Che cosa significa? Io giuro che prima o poi le ammazzo.

E batte un pugno sui disegni di Stella. Sono nella serra, e Stella ha spostato attrezzi e oggetti vari per creare uno spazio su cui appoggiare gli schizzi.

Ignorando il desiderio, già tante volte espresso da Rodrigo, di ammazzare tutte le spose, Stella torna al punto.

– Vuole un bouquet moderno, dice che i fiori di campo sono sciatti e i fiori esotici troppo banali, dice che non vuole niente di romantico e che il suo bouquet deve essere rigoroso e sobrio.

– Ah sí? E allora può farselo da sola con rami secchi e stecchi di gelato.

– Dài, Rodrigo… sembra che non le conosci, le spose. Sono fatte cosí. Te la ricordi, quella canzone?

– Eh?

– La sigla di quel cartone, quello con i globuli rossi, ricordi?

Rodrigo si schianta su una sedia. Anche schiantato su una sedia, resta il piú bel vivaista del Mediterraneo. Fisico di un terzino islandese, occhi di un torero spagnolo. Capelli nerissimi e ricci, e un naso dritto e perfetto che nessuno gli ha ancora rotto. A tanta bellezza si accompagna un carattere irruente, allegro ma intemperante. Rodrigo ha pazienza solo con le piante, sempre, e con le ragazze, per le prime due settimane. Per trattare con lui senza finire a coltellate bisogna essere totalmente disinteressate, come Lucia e Gemma, o totalmente perdute, come Stella.

Se ne rende conto, Rodrigo, che Stella è hopelessly devoted to him, come Sandy in *Grease*? Ma no, figuriamoci. Per lui Stella è una cosina con i capelli biondi, carina ma non una donna. Troppo minuta, troppo vaga, troppo inconsistente. Assomiglia ai fiori, ai gatti, ai fenomeni atmosferici. Gli sarebbe piaciuto conoscerla da bambina, forse, per giocare con lei ai giardinetti mentre i genitori, sulle panchine, mangiano un gelato. Discutere con lei dei bouquet per le spose o delle coroncine per il velo è gradevole, ma non s'immagina di portarla a cena, a letto o in qualunque altro posto. Stella, invece, da sette anni non immagina altro. Anche se certe volte s'incapriccia di qualche simpatico fratello di sposa o seducente commesso di Leroy Merlin, non dura. Non dura mai, perché se Rodrigo esiste, Stella lo ama.

– Non so cos'è quella roba. Non guardavo i cartoni da bambino. Fa' vedere il vestito –. Con una certa malagrazia, Rodrigo osserva i disegni di Stella: per la sposa moderna ha progettato un abito asimmetrico ma non privo di fascino.

– Ci teneva che fosse austero. Da sposa ma austero. Va già bene che non l'ha voluto nero.

– E in testa? Cos'è questo?

– Un cartoccetto di raso. Ha chiesto qualcosa di morbido e piatto che non assomigliasse né a un velo né a un'acconciatura, e cosí le ho fatto un cartoccetto.

– Ma è scema?

– Penso di sí, non so, a me sembra completamente scema, e anche molto antipatica. Però è una sposa, e dobbiamo accontentarla. Partiamo da qui.

– Minchia, la odio.
– Anch'io. Dài, ci va qualcosa per puntarle il cartoccetto sui capelli. Fiori moderni?
– Se vuole essere veramente moderna, niente fiori. Solo roba verde. Foglie, rametti. Il bouquet di aromatiche. In chiesa cespi di salvia, alloro e rosmarino…
– Non farà un po' arrosto?
– Arrosto moderno. E in testa, tanto timo. Di sicuro, come approccio, non è stucchevole.
– È alimentare.
– Bene. Il cibo è di moda, no? Al limite due crocus che ci portano allo zafferano.
– No, il crocus lo pensiamo poi per la Tilde Rovatti che vuole il matrimonio indiano.
– No! Il matrimonio indiano no… ma non erano passati di moda?
– Sono sposi di Carmagnola.
– Giusto. Okay, ciao Stella. Vai che ho da fare.
Ecco, è il momento. Adesso. Ignorando il groviglio di serpi che le pigolano nello stomaco, Stella ci prova:
– Senti, volevo dirti che probabilmente… anzi è quasi sicuro… io me ne vado. Mi trasferisco… in Cina. Mi hanno contattato da una casa di moda… un regista cioè… un regista famoso, per disegnare i vestiti da sposa del suo film.
– Ah sí? – Rodrigo sta già preparando una miscela biologica contro quegli insettoni neri che mangiano le rose dall'interno.
– Sí. Mi pagano un sacco di soldi e poi… quando mi ricapita di andare a Shanghai?
– Figo. Fino a Shanghai eh? Sei famosa, allora. Quando parti?
– Beh… io… non so se accettare…
– Scherzi? Che aspetti? E quando ti ricapita di lavorare a Shanghai? Vai di corsa.
Stella è annichilita. Vai di corsa? Vai di corsa?? Guarda che mi stai perdendo.

Niente. Continua a mescolare liquidi e fischiettare, il ritratto della tranquillità.

– Vedremo. Allora ciao.

– Ciao ciao.

È inutile, pensa Stella, è tutto inutile. Mi dice «ciao ciao», e io odio quando mi dice «ciao ciao», perché ciao ciao vuol dire indifferenza, vuol dire distacco, vuol dire forse addirittura AMO UN'ALTRA. Stella non sa con chi esca in questo periodo Rodrigo, ma il massimo della speranza per lei è che siano due. Finché ne frequenta due, pensa, non c'è da preoccuparsi.

Ma oggi, mentre esce dal vivaio con i suoi disegni, minuscola in un giaccone troppo grande per lei, Stella pensa invece che forse è arrivato il momento di preoccuparsi.

11.

Levarsi un fil di fumo

«Mangi qualcosa signorina Storia, sono settimane che non tocca cibo».

Olivio porgette alla sua adorata padrona un calice di gamberi freschi in salsa Maritata, ma Vera si morse a lungo il palmo della mano, scuotendo la testa. Poi si tolse la mano di bocca e gemette:

«Lei era mia amica, Olivio, era la mia unica amica! Fin dal primo momento in cui ci siamo incontrate sui banchi delle elementari, un legame misterioso e fortissimo mi ha unita ad Agesila...»

Oh no, pensa Carolina, chiudendo gli occhi. Adesso racconta daccapo tutta la storia di come si sono conosciute lei e Agesila, ed è la terza volta, la terza, e ognuna fa almeno 18 pagine. E poi non si dice «porgette», la salsa Maritata non esiste e io non posso credere che questa donna sia tradotta in trentacinque lingue.

– Ehi, pulce rosa, il caffè è pronto!

Il caffè. Finalmente, da qualche settimana, Carolina è di nuovo in grado di ascoltare questa parola senza fiondarsi in bagno a vomitare, quella che per mesi è stata l'attività prediletta di ogni mattina, l'impulso che certificava lo stato di buona salute e *joie de vivre* dell'esserino che si andava placidamente formando dentro di lei. Adesso l'esserino, che si chiamerà Elvis oppure Clementina, manifesta il suo stato di buona salute semplicemente frullando, senza dare piú alcun disturbo alla sua mamma.

– Sí, caffè! – Carolina chiude il Mac senza rimpianti, e guarda con amore la caffettiera che sussulta mentre Kevin la posa sul tavolo.

Ed eccoli, che fanno colazione. Lei imburra il pane e lo tuffa nella tazza, estraendolo appena inzuppato, col burro ammorbidito e sgocciolante.

– Che fai stamattina? Laboratorio o clienti in giro? – chiede a lui, che sta spazzando via un vecchio croissant reperito in fondo al cestino del pane.

– Laboratorio. Prima però passo da Pablo. Dice che ha un'idea per una verniciatura antisismica.

– E a che ti serve una verniciatura antisismica?

– Per l'auto pieghevole. Pensiamo che sul mercato giapponese possa essere un bonus.

Pablo è peruviano e rappresenta il personale di Sir Ferramenta, il ferramenta sotto casa loro. Il proprietario è un robusto anziano con gli occhiali, e a parte contare volentieri i chiodi e fare complimenti untuosi alle madame, lascia il grosso dell'attività commerciale al suo assistente. Pablo e Kevin sono amici, e Pablo ha preso a cuore il progetto pieghevole. Nel quale Carolina preferisce non addentrarsi, in modo da non rischiare di manifestare la propria diffidenza.

– Ah, okay. Io devo andare al Palazzo degli Sposi. Lucia vuole parlarmi.

– Cos'ha che non va il telefono?

– Se magari devo collaborare con loro, vorrà che facciamo due chiacchiere –. Dopo una breve riflessione, occupata da un morso di pane burro e caffè, Carolina si chiede: – Si dice «se magari»?

Kevin non è in grado di aiutarla su questo punto, e una volta assunta una sufficiente quantità di colazione, lui e Carolina si chiudono alle spalle la porta di casa, su cui è attaccata una sobria targhetta con i loro nomi, Martinelli-Diamanti, e una ben piú notevole targa di smalto bianca, su cui sono dipinti degli iris violetti che circondano la scritta DIVINO AMORE. È il nome della loro casa, questa in cui abitano e quella che immaginano per il loro futuro, una casa anche piccola ma con un giardino, e un cancello a cui attaccare la targa liberty che Carolina ha trovato in fondo a un baule a casa di sua nonna.

Per adesso, il Divino Amore sta qui.

Arrivati al portone, Kevin va in cortile a prendere la bici, non senza aver prima abbracciato strettissima la sua Carolina.

– Ciao. Non farti bullizzare da quella lí.

– No no. Tranquillo. Mi vendo cara...

– Mmm... me lo immagino. Ti offrirà un caleidoscopio e due caramelle.

– Se sono mou ci penso. Ciao. Lavora bene.

– Anche tu. Come va Vera Storia?

– È orribile. Se quel libro vince un qualsiasi premio, giuro che smetto di fare le revisioni e vado a pulire le case.

– Ma se non sei capace!

– Imparo.

Un bacio o tre, poi Carolina s'incammina verso Il Palazzo degli Sposi, che a differenza di sua sorella raggiungerà con una lunga passeggiata, perché è noto che camminare in gravidanza fa molto bene. E camminare in una città innevata con l'aria che punge e pizzica fa ancora meglio. Carolina si mette le cuffiette, e chiede a Spotify il suo mix anni '80 preferito.

Parecchia Cuccarini e Gianni Togni dopo, arriva al palazzetto di stucco rosa in mezzo ai prati...

... dove Lucia già da un po' sta litigando con una chef monostellata che vuole aumentare il prezzo di un matrimonio di marzo.

– Senti, Silvia...

– No: S... lvia. Sulvia.

La chef ha scelto anni fa di chiamarsi Sylvia, e non soltanto Silvia, e ci tiene che la differenza si senta nella pronuncia. Ma non è facile, e lei stessa non ha ancora trovato una soluzione del tutto convincente.

– Sí, va bene. Senti, Sailvia, se a poco piú di un mese dalle nozze gli dico che aumenti tutto del 15 per cento quelli se la prendono con me, perché gli ho garantito il pacchetto a un certo prezzo, e quindi…

– E quindi niente… nel frattempo il mio ristorante si è preso la stella, io mi sono presa la stella, ho le file che prenotano in ginocchio da qui alle galassie lontane, sono il top dei top delle Langhe e se quelli vogliono offrire ai loro invitati un pranzo di nozze che ancora ne parleranno sul letto di morte con l'ultimo rantolo, beh, sai che c'è, pagano il 15 per cento in piú!

– Non è corretto! Tu hai fatto un prezzo e loro hanno accettato.

– Brava, hai detto la parola giusta. Hanno accettato, e se non gli va bene possono non accettare piú. Possiamo risolvere il contratto consensualmente. Occhei? Occhei? Non fanno piú il pranzo da me, vanno a pitoccare da qualche cuoco con la barba, e io prendo i primi della lista d'attesa. Occhei, Lucia? Occhei? Siamo amicone? Ciao bella, fammi sapere entro oggi sennò vi cancello.

Lucia ha riattaccato urlando parole bruttissime e Gemma mette dentro la testa:

– Ehi capo, problemi? – Le piace chiamarla cosí e di solito piace anche a Lucia. Che invece oggi, purtroppo, urla:

– Nooooo! – cercando la Pattinatrice Stanca da scagliare. Ma la prudente sportiva si è rintanata su uno scaffalino distante, sperando di sottrarsi al recente iperattivismo. – Figuuuuurati. Devo soltanto dire al matrimonio Boggio-Salvetti che il prezzo del ristorante è aumentato del 15 per cento.

– Mandala al diavolo, quella Silvia. Li spostiamo da Bettino alla Morra.

Lucia si mette le mani sulla testa.

– Gemma! Non essere ottimista che non è il caso e fammi un caffè!

– Io il caffè te lo faccio, ma lo sai che non ti fa…

– CAFFÈ!

Gemma richiude la porta e Lucia inspira, espira, allontana momentaneamente dai suoi pensieri il matrimonio Boggio-Salvetti, e prova a rifare i conti, per vedere se da qualche parte spuntano diecimila euro, quelli che le servono per risolvere i problemi piú immediati, e che aveva contato di estorcere come anticipo a Beppe Corsi. Dopo un tempo lungo o breve, chissà, nella stanza si produce un suono.

– Eeegh… ch… ch… ghcr…

Lucia alza lo sguardo, strappandolo dalla fattura del ristorante Fiori d'Arancio. Davanti a lei, ferma sulla porta, c'è una ragazza alta e magra con scuri capelli arruffati che le rammenta qualcuno. Dove ha già visto quegli occhi lunghi e verdi? Certo. La sorella di Gemma. La Storia di loro due.

– Ciao. Scusa. Vieni, accomodati.

– Sí. Scusa… Gemma mi ha detto di entrare che mi stavi aspettando e…

– Giusto. Entra, ti stavo aspettando. Ero immersa in pensieri complicati.

Non è facile commentare un'affermazione del genere e Carolina evita di farlo. Con quello che spera sia un sorriso ricco di empatia prende posto di fronte a Lucia.

– Allora, Carolina Diamanti. Il tuo modello è piaciuto alla cliente. Quindi ti affiderei il compito di scrivere la Storia di loro due. Dei protagonisti del matrimonio Treppici. Ma ti avverto che non sarà una cosa semplice. La sposa si chiama Eloisa…

– È un bel nome da sposa. Cioè, non è di buon augurio, ma basta che lo sposo non si chiami…

– Aspetta. Si chiama Eloisa e non è una sposa standard.

– Qual è una sposa standard?

– Una che non pesa 85 chili malcontati.

– Non c'è bisogno di essere per forza standard… – obietta Carolina, che è timida ma coraggiosa.

– C'è bisogno, invece. Standard semplifica. Anche per te.

– Per me?

– Il problema tuo sarà scrivere sedici pagine in cui rendi credibile una romantica passione travolgente tra una ragazza di 85 chili e un ragazzo che sembra… che ti devo dire… hai presente Madama Butterfly?

– Abbastanza. Non è una delle mie opere pre…

– Non mi interessa. Sai quando canta «un bel dí vedremo levarsi un fil di fumo»?

– Certo.

– Ecco. Lo sposo è quello. Un fil di fumo.

– Ah. Poco.

– Pochissimo. Ad ogni modo. Hai appuntamento fra mezz'ora a casa di lei. Cosí ti fai anche un'idea dell'ambiente, e prendi spunti. Tipo, metti che Eloisa ha un gatto angora che si chiama Crème de Menthe… puoi iniziare la storia con «Quel giorno lei era preoccupata perché Crème de Menthe rifiutava gli straccetti di pollo».

– Non comincerò mai niente con «Quel giorno» – la informa Carolina, insolitamente severa.

– Comincia come ti pare, basta che finisci in fretta. Ti ho già inserita nel sito. Carolina Diamanti, la nota autrice, trasformerà il vostro incontro in una storia mozzafiato.

– Non sono una nota autrice, non ho mai pubblicato niente.

– Non importa. Di' che scrivi Harmony con uno pseudonimo. Inventa qualcosa. Ti do cinquecento euro per 16 pagine e mille per 32… Le Treppici abitano vicino, in via Bologna, ma se vuoi prendi pure un taxi. Scialiamo finché la barca non cola a picco.

– Che barca?

– Niente –. Lucia si alza e indica la porta. – Sei dei nostri, Carolina Diamanti. Non so per quanto, ma sei dei nostri.

– Te l'ha detto Gemma che sono incinta?

– Secondo te sono cieca?

– Beh, col cappotto non si no…

– Influenza le tue capacità di scrittura?

– Non credo.

– E allora auguri ma non m'interessa. Buon lavoro cara.

Quando Carolina passa a salutarla, Gemma è al telefono con una madre di sposa. Nel corso della sua giornata di lavoro, Gemma è quasi sempre al telefono con una qualche madre di sposa. In questo caso, la madre vuole sapere se, qualora decidessero di affidarsi al Palazzo degli Sposi, Il Palazzo degli Sposi può garantire che la chiesa venga decorata con astri del ciel.

– Perché ho già sentito parecchi weddinplanet ma mi hanno detto che non li hanno disponibili.

– E sa perché, signora? Perché questo fiore non esiste. Vede, l'aster è un fiore, sí, e la parola in latino significa astro, ma non esiste una specie chiamata «astro del ciel». Sta solo in un canto di Natale –. E ispirata, intona: – Astro del ciel! Pargol divin! Mite Agnello redentor.

– Si sbaglia. Lei è un'incompetente! Io so che esiste. Me l'ha detto mia cugina!

Gemma vorrebbe morire, perché sa che quando un'informazione ha come fonte un cugino o una cugina, si tratta di verità incisa nella pietra. Noi non dubitiamo dei nostri cugini come Giovanna non dubitava delle sante che le davano scomode istruzioni. E in questi casi c'è una sola cosa da fare.

– Guardi, signora, se esiste, il nostro vivaista di riferimento ce l'ha di sicuro. Prendiamo un appuntamento con Calbi e la farò parlare direttamente con lui.

Carolina non ha tempo di aspettare, le fa ciao con la mano e sparisce, e Gemma prosegue la telefonata fino a quando la medesima telefonata non si spiaggia come una balena ferita. È il triste destino di parecchie telefonate con madri di spose. Dopo un po', queste donne valorose perdono ogni certezza. E la madre di sposa in questione a un certo punto non è piú sicura di volere gli astri del ciel, tutto sommato è meglio prima chiedere alla figlia, per vedere se le è passata quella sciocca fissazione di sposarsi in comune e poi partire subito per il viaggio di nozze in trekking. Peccato, pensa Gemma sbucciando la sesta Morositas della mattinata, mi sa che anche di questo matrimonio non se ne farà niente. Mi sarebbe piaciuto vedere cosa s'inventava Rodrigo per soddisfare il bisogno di astri del ciel.

Ma la vita è bella lo stesso. La vita è bella perché Cesare l'ha lasciata, e al momento non dà segni di pentimento. O forse si è pentito ma Federica lo ha incatenato in uno sgabuzzino. Va beh. Poverino. Pazienza.

Adesso si tratta soltanto di ritrovare lui, zainetto rosso.

Per la decimiliardesima volta fa scorrere le cinque foto che gli ha scattato, tutte sostanzialmente identiche. Cerca un indizio che le permetta di rintracciarlo. In un libro o in un film ci sarebbe un piccolo particolare, ad esempio un anello. Non una fede, per carità, un anello con lo stemma di un'università o di una famiglia, ingrandendo quel particolare l'astuta Gemma...

Ma no. Niente astuta Gemma, perché su quelle mani non ci sono anelli, né medaglioni al collo. È un uomo sobrio che non porta gioielli, non ha addosso nessun biglietto aereo che gli spunta dalla tasca, non s'intravede una mezza etichetta incollata allo zaino con il suo indirizzo scritto con una biro stinta. Niente.

Certo, potrebbe mettere quella foto su Instagram, e vedere se qualcuno lo conosce. Ma si fa? È gesto che predispone all'amore? O il giovane schivo si sentirebbe fastidiosamente braccato? E poi, se la foto la vede «amore»? Quella della telefonata? No no, deve ritrovarlo senza che nessuno se ne accorga, deve agire come si agiva quando non esisteva la rete, e la gente doveva usare il cervello.

Oppure bisogna affidarsi al destino, come Meryl Streep e Robert De Niro in *Innamorarsi*. Lo ritroverà anche lei in una libreria? Però non in una libreria di New York. Meglio in un posto che si possa raggiungere senza prendere l'aereo. Una libreria di Finale Ligure?

E sta sognando quell'incontro... lui che si volta e la riconosce... lei che con un tuffo al cuore gli sorride incerta... quando il campanello suona, e non resta che andare ad aprire...

E trovarsi davanti Benedetta Leandri con gli occhi rossi, gonfi e spettinati.

– Benedetta. Entra, ma cosa è successo?

Benedetta scoppia immediatamente in lacrime singhiozzanti.

– De... devo parlarvi... c'è... L... l... lucia?

– Sí, certo. Vieni, andiamo di là.

Benedetta Leandri è una delle loro spose preferite. Anche la sua fidanzata Patti è una delle loro spose preferite. Sono belle, simpatiche e ricche. Anche se non possono celebrare un matrimonio secondo le leggi dello stato e tanto meno secondo quelle di Santa Madre Chiesa, possono concedersi una grande festa di unione civile indistinguibile dall'articolo genuino. Perché la caratteristica migliore delle due fidanzate è che non hanno nulla, ma proprio nulla, di alternativo, ecologico, ecosostenibile o consapevole dell'esiguità delle risorse naturali. Benedetta e Patti del benessere del pianeta tendono a fregarsene e vogliono un matrimonio sfarzoso e inquinante, niente spose scalze che avanzano fra gli ulivi, niente paggetti vestiti di canapa o donazioni per rimboscare l'Amazzonia. Per loro è previsto un banchetto che non dispiacerebbe neppure a Obelix, culminante in una torta a forma di Torre di Pisa, e quindi pendente, per ricordare la città dove si sono conosciute. Sopra ci vogliono due sposine di zucchero, e loro stesse trasformate in due sposine di zucchero dagli abiti che hanno ordinato a Stella, modello Rossella O'Hara se mai in vita sua si fosse vestita di bianco.

E allora perché Benedetta piange?

Accasciata sulla poltroncina davanti alla scrivania di Gemma, la prossima sposa fornisce spontaneamente la risposta a questa domanda: – Patti mi ha lasciata. È partita per la Spagna con un'autostoppista di Valencia!

In gennaio? Almeno fosse primavera. In gennaio non dovrebbe prevalere una malinconica stabilità? Pensa Gemma, aprendo un'altra scatola di Kleenex.

12.

Maya, e anche Clorinda

Carolina addenta una carota, seduta nella cucina di Cinzia ed Eloisa Treppici, madre e figlia per il momento conviventi, mentre Eloisa le sta raccontando, da un bel po' a dire il vero, come si sono conosciuti, innamorati e fidanzati lei e Marco.

– ... e poi, quando siamo arrivati ad Alassio, lui è sceso dal pullman e mi ha detto: «Serve aiuto?»

– No, ti ha detto: «Scusi, signorina, posso aiutarla?»

– Sí vabbè mamma non credo che...

– Eh, no. Devi essere precisa, sennò la dottoressa non può ispirarsi.

Invano Carolina ha già precisato di non essere una dottoressa, nulla da fare, a stento le Treppici si trattengono dal chiamarla «Maestà». Però le hanno offerto solo carote e rape, perché nel piano dieta previsto per Eloisa (entrare nel tutú modello Pavlova di tulle candido con piccoli ricami di perle) questo è il giorno in cui si mangiano carote e rape.

– Scusi sa, – le aveva detto mamma Treppici, tirando fuori dal frigo questi due ortaggi in grande quantità, – ma faccio la dieta anche io per incoraggiare Eloisa. Vuol favorire?

Il padre di Eloisa vive con un'altra famiglia ma paga le spese del matrimonio, e quindi contenti tutti, soprattutto lui, che nell'altra famiglia mangia tonnellate di lasagne.

– Non si preoccupi, – la tranquillizza adesso Carolina. – In effetti non cambia molto, signora. Quindi lui ti ha proposto di aiutarti col trolley?

– Sí, e io gli ho detto «Oh grazie, che gentile». Hai scritto? Hai scritto «Oh grazie, che gentile»?

– Sí, l'ho scritto. E poi? Durante quella gita è scattato subito qualcosa fra voi?

– Guarda, posso dire che da quando lui mi ha detto «Serve aiuto» è stato come se un fluido magico ci unisse... scrivi «fluido magico». Ma io lo avevo già capito che lui era il mio uomo del destino –. Eloisa addenta trionfante una rapa e la sputa. – Che schifo. Mamma, non potrei farmi un piccolo panino prosciutto e maionese?

– No –. Cinzia Treppici le ficca in mano un altro pezzo di ortaggio.

– E quando l'hai capito? – chiede Carolina, cercando di distrarre Eloisa, e anche se stessa, dal pensiero del piccolo panino prosciutto e maionese.

– All'autogrill, quando ci siamo fermati. Perché eravamo in 25, ma soltanto lui e io abbiamo comprato la foca di peluche con gli occhioni!

– E lí avete capito.

– Insomma, diciamo che ci siamo guardati e abbiamo fatto un risolino, quando padre Marcello ha detto: «Ammazza, che brutti 'sti pupazzi».

– No, – interloquisce Cinzia. – Ha detto «Ammazza, che porcata 'sti pupazzi». Devi essere precisa Eloisa, altrimenti poi la dottoressa non riesce a dare il tocco reality.

– Scusate, ma voi volete il tocco reality o il tocco fiaba?

– Noi, – Eloisa è perentoria, – vogliamo il tocco fiaba realistica con un po' di sesso. Tipo Cinquanta sfumature.

– Bon, – dice Cinzia, alzandosi. – Vi lascio. Vado a stendere il bucato. Che sennò Eloisa s'imbarazza. Raccontale di cosa avete fatto in pullman al ritorno mentre tutti dormivano.

– Posso avere un pezzetto di rapa? – chiede Carolina, consapevole che il peggio deve ancora venire.

Lucia invece non lo sa, che il peggio deve ancora venire, e anzi le sembra già abbastanza esagerata la realtà presente. I Corsi l'hanno appena chiamata confermando che Flora è impazzita: non risponde neanche al telefono, né a loro né a Massimo.

– Non so cosa stia combinando, signora, ma di sicuro per il momento il matrimonio è annullato. Una tragedia, – ha singhiozzato Gisella Corsi.

– Guardi, soprattutto per me, – ha ribattuto arida Lucia, riattaccando. È imperativo, anzi, è tassativo chiudere tutti gli altri contratti ancora aperti: soprattutto il matrimonio Leandri-Renzulli, le ragazze ricche e incapaci di tenere i conti. Loro sí che sono un dono del cielo. Con un sospiro, Lucia comincia a chiedersi che cosa può far pagare piú del giusto alle due sposine arcobaleno, ma la interrompe Gemma che bussa, socchiude la porta, aspetta un attimo per vedere se volano Pattinatrici Stanche, e poi entra.

– Capo, c'è Benedetta Leandri. Dice che Patti è scappata con un'autostoppista spagnola. Non si sposano piú. L'ho accompagnata nella Panic Room.

Lucia la guarda senza parlare, visualizza un macigno che cade dalla volta celeste puntando alla sua testa, poi segue Gemma nella Panic Room.

Benedetta Leandri piange da far tremare i sassi, mentre Stella cerca di arginare pescando senza sosta da una scatola di Kleenex.

– Lucia! – strilla Benedetta appena vede la sua ormai ex wedding planner. – Patti mi ha lasciata!

– Ma no, figurati –. Lucia cerca in se stessa l'ottimismo tipico delle sue colleghe di successo. – Non fare cosí. Non è detto, forse è solo un attimo di sbandamento…

– No. Mi ha scritto una mail, dice che ha capito di non essere fatta per relazioni stabili. Che vuole cogliere il desiderio quando è fresco e appena sbocciato, e poi lasciarlo ai primi segni di stanchezza.

– Ha scritto questo? – chiede interessata Gemma, che ha sempre considerato la Renzulli incapace di mettere insieme due parole sensate.

– Sí. Non potete capiiiree il mio doloreee!

– Io veramente sí, – precisa Lucia. – Io lo so com'è. Essere lasciata dall'uomo della tua vita. Anche se è una donna.

Benedetta singhiozza con maggiore accanimento. Stella e Gemma si guardano. Glielo diciamo? Saperlo la aiuterà o renderà ancora piú acerbo il suo dolore? Sí, diciamoglielo, si comunicano telepaticamente. Stella si cautela prendendo una manciata abbondante di fazzolettini, e parla:

– Benedetta, guarda che Patti ci provava con tutte.

– Appena giravi gli occhi, – rincara Gemma.

– Ha baccagliato Maya, – continua Stella. Maya è la make-up artist con cui collaborano abitualmente.

– E anche Clorinda, – aggiunge Gemma, alludendo alla hair stylist con cui collaborano altrettanto abitualmente.

Benedetta passa dai singhiozzi agli ululati, in un mare di Kleenex volanti attorno a lei.

– Io non ne sapevo niente! – s'indigna Lucia.

– Io sí... – bramisce Benedetta, – lo sapevo... ma credevo che lo facesse cosí, tanto per divertirsi... ma io ero il suo unico vero amore!

– No, – la smentisce con fermezza Gemma. – Non eri il suo unico vero amore.

– Lei, – Stella si sente un'autorità in questo campo, – non ha un unico vero amore.

– Dovresti festeggiare che se n'è andata –. Gemma vorrebbe aggiungere «come ho fatto io», ma si rende conto che è diverso. Lei ha pregato gli dèi perché Cesare incontrasse un'altra.

– No che non festeggio!

– Fai bene a non festeggiare, – Lucia lancia occhiate di puro odio a Stella e Gemma, che stanno vanificando ogni possibilità di scucire soldi alla Leandri. – In ogni modo, aspetta. Non prendere decisioni avventate, magari la cosa si...

– Le ha già prese lei, le decisioni avventate –. Benedetta non piange piú, e si guarda intorno come per cercare qualcosa da rompere, ma la Panic Room è progettata apposta, e contiene prevalentemente cuscini.

– Quindi, – chiede Lucia, tanto per chiarire, – non vi sposate piú. Il matrimonio è annullato.

– Sí, – singhiozza Benedetta. – Annullatissimo. Volevo dirvelo subito. Perderò l'anticipo, vero?

Sí, pensa Lucia, e io perderò tutto il resto. Maledette spose arcobaleno.

Torna nel suo studio, chiude la porta, e va alla finestra. Eccolo lí, il cimitero, neanche tanto in lontananza. Poco piú avanti corso Regio Parco perde quella improvvisa voglia di campagna e torna a urbanizzarsi slanciandosi verso piazza Sofia. Di fronte a quel panorama semplice e familiare Lucia per un attimo si sente intensamente la ragazzina di Settimo Torinese che lavava bicchieri al bar dello stadio.

Un altro matrimonio sfumato. Gennaio e febbraio sono mesi cruciali per le wedding planner, quelli in cui si completano i matrimoni di maggio, si mettono a punto i matrimoni di settembre, e si commissionano i matrimoni per l'anno seguente. Sono, per loro, un po' quello che sono i mesi estivi per gli scoiattoli e le formiche: il tempo del raccolto. I matrimoni di Natale, quelli che un tempo erano ambientati in interni e anche se c'erano esterni suonavano falsi come a Hollywood negli anni belli, sono passati. Di recente, sempre per colpa dei maledetti matrimoni a tema, c'è qualche sposa che vuole tutti gli invitati coi pattini su un laghetto delle Dolomiti fatto appositamente ghiacciare per l'occasione. Tra poco inizierà la violenta primavera delle nozze a raffica. Ma adesso bisogna accumulare per il futuro, programmare il raccolto del dí dell'avvenire. E loro non stanno accumulando proprio niente. Sono scoiattole con la dispensa vuota.

A meno che.

– Ci provo? Ricorro alla peggiore delle armi?

Per decidere, però, vuole parlarne con gli altri. Sente, come tanti prima di lei, che il crimine per diventare socialmente accettabile va condiviso. Che la stessa spregevole azione assume una sacralità corale se messa a punto in gruppo.

Con un piccolo sorrisetto da malvagia alle prime armi, chiama Gemma e le dice:

– Domani vi invito a cena. Te e Stella. E anche tua sorella. Se vuole porti pure il marito. Vi devo parlare. Tutti da Quadre, in via Perugia, alle otto.

Quella sera di gennaio

13.

Chi si ricorda di Valentina Macrí?

– Ecco. Le cose stanno cosí.

Lucia ha appena finito di illustrare la situazione alla tavolata, e la tavolata riflette.

– Quindi sono saltati sia il matrimonio Corsi che quello di Benedetta e Patti.

– Esatto. Perdiamo contratti a un ritmo insostenibile.

– C'è troppa concorrenza, è questo il guaio. Ormai le wedding planner sono un esercito, e tutte offrono tutto. Lo sai che dal Sogno di Cristallo propongono il matrimonio «Vecchio West» in Sardegna e fanno venire dei veri indiani Cherokee dall'America?

– Ecco. Appunto. Abbiamo bisogno di poter investire, di poter aggiungere qualcosa di esclusivo alla nostra offerta.

– Beh... – Carolina esita, è l'ultima arrivata nel Palazzo degli Sposi e non vuole strafare, però... – Siamo gli unici ad avere la Storia di noi due...

– Brava. È proprio lí che volevo arrivare. La Storia di noi due potrebbe funzionare, ma solo se a scriverla fosse un nome dal forte impatto mediatico. Ad esempio, Valentina Macrí.

Quel nome è accolto in silenzio. Kevin non ha idea di chi sia Valentina Macrí, ma le donne presenti sí, conoscono tutte la misteriosa autrice senza volto della popolarissima serie *Dany Delizia*. Gemma sospira.

– E perché la Macrí dovrebbe scrivere la Storia di noi due? Carolina, non ti offendere, ma giusto un'anonima redattrice editoriale può aver voglia di farlo.

– Piú che voglia, necessità, – precisa Carolina.

– Infatti, – Lucia conferma, soddisfatta. – Perché mai la Macrí, o Camilleri, dovrebbero farlo? E ve lo dico io perché. Per tanti, tanti soldi. Allora vedi come si chinerebbero sulle loro tastiere a scrivere la Storia di Cuccumerla e Gesualdo.

– Anche Camilleri? – chiede Carolina, che da sempre nutre stima per quell'autore.

– E di corsa, lascia fare. Il punto è che per potenziare la Storia di noi due coinvolgendo scrittori visibili avrei bisogno di una somma da investire. Come vi dicevo, cinquantamila euro per cominciare. E dove li prendo?

– Facendo ricorso al crimine? – Kevin è interessato.

– Esatto. Vedete, io ho sempre pensato che il reato a me piú congeniale fosse l'omicidio. Spesso ho accarezzato l'idea di uccidere alcune delle fidanzate o mogli di Tony Cosenza. Invece in questo caso sempre di Tony si tratta, ma il crimine è un altro.

Si concede il lusso di una piccola pausa, poi chiarisce:

– Ricatto.

Purtroppo la parola le è sfuggita un filo troppo forte, e cosí dagli altri tavoli si girano parecchie teste.

– Io ho dell'ottimo materiale – continua lei diminuendo il volume – per ricattare Tony Cosenza e farmi dare cinquantamila euro.

– E allora fallo! – Gemma è entusiasta dell'idea. – Non è neanche un reato secondo me. Voglio dire, tu sei la sua ex…

– E per lui cinquantamila euro non sono niente! Vuoi sapere una cosa? Una coincidenza fantastica: ho pensato un sacco di volte di scrivere a dei calciatori per farmi mandare dei soldi. E non sono neanche una loro ex, – precisa Carolina.

Anche Stella annuisce convinta.

– È un'ottima idea, Lucia.

Kevin sembra perplesso.

– Non so. Questi ex calciatori spesso sono pericolosi.

E Tony Cosenza, con quella faccia da boss… Se fosse legato alla criminalità organizzata? Pensiamo qualcos'altro. Potrei aiutarvi io.

– Hai cinquantamila euro? – Carolina è giustamente sorpresa.

– Ma no, certo. Però mi è venuta in mente una cosa interessante che potremmo proporre agli sposi. Un archetto personalizzato che riproduce i momenti salienti della loro vita. Lo potrei intagliare io. Da mettere in chiesa sopra l'altare, o in comune… Sarebbe pieghevole, si può portare dappertutto… – Kevin sta già disegnando su un tovagliolo. Il disegno consiste appunto in un arco nuziale che illustra qualcosa che a prima vista sembra la fine dell'Impero romano d'occidente.

– Kevin… – Gemma guarda con disilluso affetto suo cognato. – La sposa media non ha interesse per l'intaglio del legno, e non ha momenti salienti nella vita.

– E poi non è che si può fare tutto pieghevole. Sei proprio in fissa, eh? – gli ricorda Stella col tipico malanimo da sorella. – E allora già che ci siamo proponiamo anche l'auto pieghevole. Potrebbero metterla nel trolley e portarsela a Bali per girare l'isola durante il viaggio di nozze.

– Spiritosa… potrebbero benissimo, infatti, e quando avrò brevettato l'auto pieghevole non venire poi a chiedermi soldi in prestito, perché te li puoi scordare!

– Illuso!

– Oca!

– Kevin. Stella. Siete due adulti –. Lucia ha alzato la voce, con grande gioia degli avventori, che ormai si sono trasformati stabilmente in pubblico. – Allora? Ho il vostro sostegno per questo finanziamento coatto?

– Per me fai pure. Ma poi non lamentarti se vengono quelli di Gomorra e ti danno fuoco al Palazzo degli Sposi.

– E smettila. Sono sicura che Tony Cosenza non è un mafioso –. Gemma parla a nome di tutte le ragazze. – E poi pensate a quanti soldi ha, ancora adesso fra spot e una cosa e l'altra, i marchi eccetera, incasserà milioni di euro. Davvero, non se ne accorge neanche, se gliene chiedi cinquantamila.

– E cosa sarebbe, questo materiale con cui ricattarlo?

Sono tutti curiosi, ma a parlare è stato Kevin.

– Questo lo dirò soltanto a lui. Mi porta una mousse al triplo cioccolato? – chiede alla cameriera, per distrarla, mentre spegne la terza sigaretta.

14.

Anime nella tempesta

Domenica pomeriggio, cielo a picco sulla città. Carolina osserva la bici di Kevin che sfreccia lungo via Catania (FERMATI ALLO STOP PERÒÒÒ) diretto a una festa peruviana in un capannone di corso Grosseto.

Lei è rimasta a casa, per smaltire il lavoro e, non appena Kevin sparisce all'orizzonte, si siede al tavolo della cucina, accompagnata da Penny Lane, che le salta in braccio, ansiosa di dare un contributo alle attività letterarie. Carolina ha di fronte a sé una scelta. Niente di memorabile, intendiamoci, ma sempre una scelta è: iniziare a trasformare gli appunti che ha preso durante l'incontro con Eloisa e un successivo incontro con Marco (sí, è un fil di fumo) in una Storia di noi due, o dare una bella botta al testo di *Vera Storia*, che marcia sciagurato verso la data di consegna?

Gli appunti sono lí, sul lenzuolino candido del Mac. Li ha copiati, riordinati, sistemati, e adesso eccoli qui, i fatti puri e semplici che hanno trasformato questi due sconosciuti in promessi sposi. Se ci pensate, è incredibile. Noi fragili esseri umani, che in pochi anni o addirittura pochi mesi compiamo un percorso tanto aspro e ardito.

I fatti.

Dopo la gita parrocchiale, Eloisa e Marco hanno iniziato a frequentarsi secondo la ben nota progressione classica: cinema, pizza, sesso.

I tre pilastri si sono dimostrati solidi: entrambi amano i film d'azione tratti da fumetti (non è vero, a Eloisa piacciono le commedie, ma quelle va a vederle con le amiche). Entrambi amano la pizza, gli hot dog e gli hamburger (Eloisa ordina sempre anche un'insalata per ingannare quella sempliciotta della sua coscienza). Entrambi amano il sesso un po' pericoloso, tipo se in casa c'è qualcuno che potrebbe entrare da un momento all'altro.

Di conseguenza, dopo qualche mese si sono fidanzati.

Da allora sono passati due anni durante i quali gli eventi piú salienti sono stati:

- il dottor Costa, principale di Eloisa, l'ha invitata a cena, pur essendo sposato. Eloisa ha rifiutato e l'ha raccontato a Marco, che ha minacciato di andare a prendere a pugni il dottor Costa ma alla fine non ci è andato;
- una signora che ha chiamato Marco per sostituire la caldaia si è fatta trovare in camicia da notte e, lamentandosi del freddo, ha cercato di farsi scaldare da lui. Marco lo ha raccontato a Eloisa dicendo che lui si è negato (come Giuseppe con la moglie di Putifarre, ma questo né Marco né Eloisa lo sanno), ma Eloisa non è certa che sia la verità e da allora non ha mai smesso di rinfacciargli la cosa;
- Eloisa, nonostante la ferma opposizione di Marco, ha partecipato a un casting per *Italia's Got Talent*, come ballerina di Dog Dance, ma il suo cane Geremi non si è dimostrato all'altezza. Marco l'ha lasciata per una settimana, sostenendo che se vuole entrare nel mondo dello spettacolo, faccia pure, ma non è la donna per lui. Dopo una settimana Eloisa ha implorato il suo perdono, rinunciando per sempre ai casting;
- due giorni piú tardi hanno fissato la data delle nozze. Una volta fissata la data delle nozze non è successo piú niente di memorabile.

A fronte di questa realtà, Eloisa ha indicato come modello di riferimento per la Storia di noi due il romanzo *Anime nella tempesta* di Leona Winsperton che lei, avida lettrice d'amore, ha divorato durante le vacanze al villaggio Il Girasole, mentre Marco occhieggiava le mature avvenenti che facevano aquagym. Cosí Carolina si è dovuta leggere *Anime nella tempesta* e adesso ha davanti a sé sia i fatti che il modello di riferimento. Inconciliabili. Eppure, conciliarli bisogna. In un qualche modo.

Con un sospiro, chiude il file di Eloisa e apre *La vera storia di Vera Storia*. Com'è possibile, si chiede ancora una volta, segnando una consecutio temporum sbagliata, che Maria Elisabetta Corbani sia un'autrice cult della letteratura italiana? Infinito mistero. Cioè, le hanno dato il Premio Isolabella! Ma perché, se scrive come uno psicopatico analfabeta che abbia appena preso una mattonata in testa?

Davanti al banco carico di vestiti colorati, Vera provava un senso di emicrania solforosa. Vedeva Taminda che frugava avida fra i gilet di Armani a poco prezzo che la Corsara vendeva ogni lunedí, e le invidiava quella lieta spensieratezza. Per lei ogni frammento di stoffa colorata era un grumo di dolore.

«Tami», le disse all'improvviso. «Hai mai percolato le graminacee?»

«Qualche volta, da ragazza. Con nonna Mirmidona». Taminda leccò cadere la borsa, e svelto un lemure di passaggio se ne impadroní. «Era lei, la mia coscienza cristiana».

«Ab aspera ad astra», sussurrò Vera, prima di dirigersi verso un banco di camperos di coccodrillo.

«Vera!» la chiamò l'amica, «aspetta, devo dirti una cosa! L'ho saputa da Agesila, quando l'ho trovata morente nel parco. Mi ha detto che Gabriele in realtà è il dottor...»

Ma non riuscí a finire la frase perché una mano la cloroformizzò nell'indifferenza generale.

Non ce la posso fare, si scoraggia Carolina. Io sono una tipetta coraggiosa, ma non è possibile rendere presentabile questo libro. Conta sulle dita: «ab aspera», Gualtiero che diventa Gabriele, «leccò cadere»? Cosa diavolo vuol dire, «leccò cadere»? E il lemure? Sono a Porta Portese, no? Che ci fa un lemure a Porta Portese?

Però aspetta, pensa, guizzando a nuova vita come una piantina sotto la pioggia. Forse può essere un buon inizio per la Storia di noi due. Sono in gita con la parrocchia, sí, ma in autogrill… a unirli non sarebbe stata una qualsiasi foca di peluche…

Eloisa era ferma davanti alle confezioni da viaggio di crema Nivea, con una strana sensazione nel cuore. Sentiva, mentre esaminava il filler a sei euro e quaranta, che la sua vita stava per cambiare. Quando erano scesi dal pullman per entrare in autogrill aveva notato, accanto a padre Marcello e suor Patronata, un giovane bruno senza un filo di grasso superfluo, ma per pudore si era limitata a osservarlo con la coda dell'occhio. Quanto era elegante, con il suo giubbino di terital blu!

Poi però nella confusione degli ordini al bar lo aveva perso di vista… Eloisa posò la borsa per terra, e si girò per vedere dove fosse finito quell'affascinante sconosciuto. In quell'istante, un animaletto scuro con una gran coda le sfrecciò accanto, afferrò il suo zainetto di ecopelle color bronzo imitazione Michael Kors, e corse a nascondersi dietro una pila di confezioni di pasta biologica.

«Ehi!» urlò lei. «Al ladro! Un topone mi ha rubato la borsa! Aiuto!»

«Tranquilla, ci penso io». Accanto a lei, come un sogno realizzato, c'era il giovane bruno del pullman.

«Piacere. Marco Facchini. Non era un topone, era un…»

Con uno scatto da giaguaro, che mise in risalto i modesti ma ben torniti muscoli delle sue braccia, Marco Facchini si lanciò fra tortiglioni e fusilli. Ne riemerse stringendo in una mano la borsa di Eloisa, e nell'altra un animale peloso e arrabbiato.

«... lemure. Attenta che morde. Ecco la tua borsa».

Eloisa lo guardò senza riuscire a dire una parola. Lui accompagnò il lemure fino alla porta a vetri e lo fece uscire. Poi tornò indietro e le disse:

«Sei stupenda. Sei sensuale e irresistibile e vorrei baciarti, ma padre Marcello ci guarda».

Senza una parola, Eloisa lo trascinò dietro la pasta biologica, dove iniziava il Paradiso.

Uau. Pensa Carolina. Non credevo di poter scrivere roba del genere. E invece guarda, è un attimo.

15.

Gli dèi dell'Olimpo schioccano le dita

In questa stessa domenica di febbraio, a molti chilometri di distanza dal quartiere Regio Parco, uno scienziato beve una birra.

Quando sei un biologo molecolare, prima o poi ti ritrovi a Gottinga. Cosí è successo anche al dottor Valenti, che è stato invitato da quella gloriosa università (in Bassa Sassonia, praticamente nel bel mezzo della Germania) a partecipare a un lavoro di ricerca sulla biologia molecolare delle cellule. È arrivato nell'aprile dell'anno prima, e adesso comincia a essere un pochino stanco di quella gradevole città. Contempla con piacere l'idea di tornare al suo regno abituale, l'ospedale Sant'Anna, e alla sua abituale dimora, una casetta invasa dalle erbacce non lontana dal grande fiume. In questa domenica invernale contempla con piacere l'idea di tornare mentre è seduto nella sala prevedibilmente rumorosa e calda di una birreria in Friedrichstrasse, in compagnia reale di una bella fetta di torta Foresta Nera, e virtuale della sua fidanzata. Che dopo qualche sbrigativa tenerezza gli sta fornendo gli ultimi aggiornamenti sul dossier «Disastroso legame di mia sorella».

– È impazzita, non vuole sentire ragione. Ha la follia di Elettra, di Medea, di Antigone... una specie di ubris, di ananke che la trascina verso un destino abietto.

Ora, va detto che Maria Vittoria, la fidanzata di Stefano, insegna Letteratura greca antica all'università e quindi ha una certa tendenza a grecizzare la vita quotidiana. Stefano ritiene che molto piú banalmente questa sorella, una volta divorziata dall'anziano nobiluomo con cui è stata sposata fino all'anno scorso, abbia deciso di spassarsela un po', ma è inutile spiegarlo a Vittoria, che ha il cervello costruito con il paraocchi.

– Ascolta, tua sorella è grande, e il tipo è ricchissimo, non ha bisogno dei vostri soldi, se sta con lei vuol dire che gli piace.

– Gli piace? Sei pazzo? Mia sorella ha tante qualità ma non è certo una... una...

– Gnocca?

– Oh, Stefano, perché non mi prendi mai sul serio?

– Perché sono a Gottinga, e da qui non posso fare molto, tesoro.

– Almeno potresti capire. E non sai ancora tutto. I miei sono disperati...

Stefano sta per commentare «Normale, no?» ma intuisce che non faciliterebbe ciò a cui aspira, e cioè la conclusione della telefonata. La verità è proprio questa, però. È normale. Perché i signori Corbani si disperano a ogni momento, sono praticamente un ramo degli Atridi, basta una cameriera che rompa un vaso di Meissen, un cugino indagato, una piccola perdita alla Borsa di Milano, e loro ululano alla luna come neanche Achille alla morte di Patroclo.

– Mi spiace Vicky, come mai sono disperati?

– Non chiamarmi Vicky, lo sai che lo detesto. Non sono una Spice Girl. Sono disperati perché... perché... lei vuole sposarlo!

Ossignore, pensa Stefano, e fa un cenno discreto alla valchiria che serve ai tavoli per farsi portare un'altra birra.

E sempre in questa stessa domenica di febbraio, a pochi chilometri di distanza dal quartiere Regio Parco, nel paese di Santa Brigida, una giovane donna beve un vermut in compagnia di un'amica.

Santa Brigida, comune della cintura, direzione sud, adagiato sulle colline morbide del chierese. Qui da tempo immemorabile risiedono le famiglie Diamanti e Martinelli. I Diamanti, in paese, in un alloggio sopra la loro cartoleria. L'edificio ha solo quei due piani, il terreno e il primo, e sul retro un grande cortile pieno di vasi, con uno spiazzo erboso che lo trasforma quasi in un giardino. Qui giocavano da bambine Carolina e Gemma, la piú grande e la piú piccola, mentre babbo Renato e mamma Valeria vendevano quaderni e pennarelli a tutti gli scolari del paese. I Martinelli, invece, stanno appena fuori, in una ex cascina con un po' di terra intorno. Sono sarti, Gianluigi e Palma Rosa, ma anche un po' contadini. La bottega però ce l'hanno in centro, se si può chiamare centro qualcosa che praticamente coincide con la totalità. Proprio accanto alla cartoleria Diamanti, c'è la sartoria Martinelli, dove Stella ha imparato a cucire e Kevin a usare le mani. Gianluigi fa abiti da uomo, Palma Rosa da donna, in una ripartizione classica, senza conflitti di gender. Il lavoro non manca, i Martinelli sono bravi e i clienti vengono perfino da Chieri e da Pecetto, a farsi fare i vestiti da cerimonia, le riparazioni, i tailleur. Quando Stella ha smesso di lavorare con loro per sviluppare il suo talento nuziale, Palma Rosa ha preso come aiutante Linda, la ragazza di Kevin.

Eh sí perché, anche se si conoscono da sempre, Kevin e Carolina si sono scoperti solo quattro anni prima. Sapete com'è: lui decisamente piú grande, piú estroverso, sempre impicciato con qualche ragazza sfacciatella. Carolina sempre vestita un po' a caso, distratta, zero trucco, capelli tagliati alla veloce. Kevin ci aveva messo un po' ad accorgersi del suo fascino. Ma poi, quando era arrivato a vederla veramente, e ad ascoltarla veramente, per le altre era calata la saracinesca. E lei? Il suo cuore era rimasto pazientemente vuoto fino a una sera d'estate, la classica sera di paese in cui si va in piazza a mangiare il gelato, ci s'incontra sotto il profumo del tiglio e si chiacchiera, e Gemma aveva detto: – Guarda, c'è anche il fratello di Stella... – E Carolina aveva guardato.

Quando Kevin ha mollato Linda (e un paio di altre del sottobosco), Linda non se l'è neanche troppo presa. Era una ragazza con la panchina lunga. Aveva continuato a lavorare per i Martinelli per un po', poi aveva deciso di tentare la fortuna a Roma. Aveva avuto l'occasione di entrare in sartoria alla Rai, l'aveva colta e ciao, di Linda Capello non si era saputo piú nulla.

– Ma pensa. E quanto ti fermi? – Palma Rosa porge un vassoietto di salatini alla sua ospite, guardandola con vago rimpianto. È stata contenta quando ha saputo dalla panettiera, zia di Linda, che la nipote era tornata per una breve visita a casa. Purtroppo resta la sua preferita fra le fidanzate di Kevin: né lei né suo marito stravedono per Carolina, che accusano di aver cambiato il figlio. Diavolo, a che serviva avergli dato il nome di un divo di Hollywood, se da quando sta con quella legge, non mette piú il gel ed è stato visto in un museo?

Cosí ha prontamente invitato la ex di Kevin per un vermut domenicale, mentre Gian è andato a trovare sua sorella suora.

Sorride, la bella Linda, ancora piú bella se possibile, con quegli occhioni di pece bollente.

– Non lo so ancora, dipende... Mi sono presa un periodo di ferie... Allora? Contenta di diventare nonna?

Palma Rosa è stupita. – Come fai a saperlo?

Linda scoppia a ridere, indulgente. – E dài, lo sai com'è Santa Brigida, mia zia mi ha telefonato un mese fa per dirmelo. Sono cosí felice per Kevin. Sarà un papà meraviglioso.

– Speriamo. E speriamo che lei non sia una di quelle mamme moderne –. Palma Rosa considera «moderna» in senso assolutamente negativo qualunque mamma che non faccia la cresta col gel ai maschi, non metta lo smalto alle femmine, e non nutra i figli di qualunque sesso con parecchia carne rossa.

– Carolina Diamanti? Speriamo casomai che non se lo perda al supermercato, il bambino. È sempre cosí sventata?

Palma Rosa prova un lieve senso di lealtà nei confronti della nuora.

– Beh, è maturata. Sai, con il matrimonio… la gravidanza… Ma tu? Stai con qualcuno?

– E chi ha tempo? Lavoro tutto il giorno.

– Sí, e io ci credo… una bella ragazza come te. E poi, in Rai, chissà quanti mosconi.

– No, per adesso niente. A te posso dirlo, Palma Rosa, ma tuo figlio ancora non l'ho superato.

– Eh… – la mancata suocera esita. Vorrebbe dirle, ad esempio: quel cretino di un babbeo, aveva una ragazza come te… ma ancora una volta la lieve lealtà vince. – Che ci vuoi fare… la vita mica sempre fa come vogliamo noi… ne troverai un altro… a Roma… – Palma Rosa alza gli occhi al cielo, immaginando le migliaia di uomini bellissimi tipo Raoul Bova che sicuramente circolano lungo il Tevere.

– Ma voi? Tutto bene? E Gian?

– E chi lo ammazza quello? Oh, parli del diavolo… – gettando uno sguardo dalla finestra, Palma Rosa vede il marito rientrare, allegro e baldanzoso come sempre quando torna dalle visite in convento. Si vede che le suore lo rasserenano, pensa Palma Rosa, e si affaccia a gridare:

– Gian, guarda chi c'è! È tornata Linda!

Gianluigi Martinelli guarda in su e sí, eccola lí la loro vecchia aiutante. Ah, ma che piacere, Linda. Proprio lei.

16.

Tony Cosenza ha un'idea

La domenica è passata, e in questo freddissimo lunedí Lucia si rende conto di non poter rimandare la telefonata a Tony Cosenza. Quella mattina i Conti in Banca le hanno dato l'ultimatum: o fai qualcosa o noi, massimo qualche settimana, e ci estingueremo come flebili fiammelle senza ossigeno. A questa dura reprimenda, si aggiunge un'evidente assenza di richieste per nuovi matrimoni e cosí, mentre il prato attorno al Palazzo si ghiaccia di brina e l'agrifoglio sfoggia le ultime bacche, le tocca prendere il telefono e fare quel numero, quasi sperando che nel frattempo sia cambiato.

Ma non è cambiato.

– Tony? Ciao, sono... Lucia.

– Ehi! Sorpresona! Ciao baby! Brava, che mi hai chiamato! È una vita che non ci sentiamo.

Come «brava, che mi hai chiamato»? Che frase è? Già le viene voglia di riattaccare, ma ormai ha fatto lo sforzo, tanto vale andare avanti.

– Come te la passi?

– Insomma. Tu?

– Alla grande. Fabulous. Sono a Miami. Occhio che spendi, eh! Ah ah ah!

– Non ti preoccupare. Non voglio far spendere te, però.

– Ah ah ah saresti l'unica. Ma tranquilla: ho l'extra free roaming all over. Allora? Sai che sono in spiaggia? Da voi chissà che freddo, ho visto che nevica. Io la neve la vedo solo in tivú, ah ah ah!

– A me il freddo piace. Non te lo ricordi?

– Che vuoi che mi ricordi? Tutto il cervello andato in droga, ah ah ah! E tu? Tutto bene?

– No.

Pausa.

– Stai male? Sei malata?

– Non che io sappia. Sono gli affari che vanno male.

– Ah quelli, non me ne parlare…

– A te vanno benissimo, Tony. Tutti quegli spot. Pubblicizzi tutto.

– Sí, peccato che ho tre ex che mi succhiano il sangue.

– Quattro.

– Quattro? No. C'è Sciantal… Pippi… Martine…

– E Lucia.

Pausa di silenzio. Tony ha un cervello piccolo e statico, ma comincia ad arrivarci.

– Ehi, un momento baby. Abbiamo già dato. Casa, macchina, ti ho aperto l'agenzia, che vuoi da me? Oh, mai che una mi faccia una telefonata solo per sapere come sto!

– Te l'ho chiesto, e mi hai detto «alla grande». Io invece ho grossi problemi, e ho bisogno di cinquantamila euro da investire nell'agenzia. Me li dai, con le buone?

– Come sarebbe con le buone?

– Senza che ti ricatti?

Altra pausa. Poi Tony parla piano e con grande calma.

– Non ti ci mettere, Luci. Ho amici. Che hanno amici. Non voglio neanche sapere con che cosa pensavi di ricattarmi, ma te lo dico proprio col cuore. Lascia stare. Vivi serena.

– Mi stai minacciando di farmi accoppare dalla mafia?

– E tua madre come sta? Tuo fratello? Me li saluti?

– Tony. Io ho veramente bisogno di quei soldi.

– Sí ma cinquantamila euro! Non sono mica quel parruccato di Trump. Devo pagare gli alimenti a Sciantal, a Pippi, a Martine, e i bambini. E mia madre gioca, te l'avevo detto, lascia giú centinaia di migliaia al casinò di

Atlantic City, miiii non l'avessi mai portata in America, ho chiesto a zio Pio di venirla a prendere ma quello niente, e mia sorella ha avuto un altro fi...

Lucia lo interrompe prima di sapere se la parola finisce per glio o per danzato.

– Tony, tu mi hai rovinato la vita e ora mi devi aiutare.

– Non te li posso dare, i soldi. Veramente, Luci. Perché poi se si comincia... cinquantamila oggi, centomila fra un mese... no. Tra l'altro, come li giustifico col commercialista? Mica li posso detrarre.

– Sei sicuro? E se parlassi di... – E qui Lucia lascia in sospeso, sperando che a Tony si attorciglino le viscere.

– Di che? Cosí, tanto per ridere, con che cosa vorresti ricattarmi?

– Ti dico una sola parola, casomai fossimo intercettati: le farfalle di Tobruk.

– Sono piú di una, sono... aspetta... quattro. Comunque sí, ho capito. Bah. Se anche si sapesse...

– Se si sapesse le tue sponsorizzazioni salterebbero come tappi di champagne a un festino con minorenni... Pim Pum Pam!

– Addirittura?

– Sono brutti tempi per voi maschi, Tony. Chiedi a Woody Allen.

– Forse è meglio se chiedo ai miei amici. E ai loro amici.

– Forse è meglio se i cinquantamila euro li chiedo a «Vippissimi Scandal».

Pausa durante la quale si sentono distintamente i meccanismi di entrambi i cervelli cigolare dalla fatica.

– Senti. I soldi non te li posso dare, ma un modo di aiutarti forse ce l'ho.

17.

Rosa Mistica

Piazzetta Sant'Orsola, l'angolo romantico della città, ospita due esercizi fortemente rivali, collocati uno di fronte all'altro, ma separati dal Giardino degli Angeli, che occupa il centro della piccola piazza. La caffetteria Rosa Mistica, tempio dei vegetariani e dei vegani, si oppone al fast food Mogli e Buoi, che offre panini grondanti proteine in versione chilometro zero. In pratica, un McDonald's strettamente locale. Di solito fronde e fiori degli Angeli proteggono i frequentatori della Rosa Mistica dalla visione dei clienti del Mogli e Buoi che s'ingozzano di hot dog e hamburger, ma in pieno inverno solo pochi stecchi spogli dividono le due filosofie di vita e le sorelle Corbani, sedute nel dehors della Rosa Mistica, hanno di fronte un andirivieni offensivo di patatine immerse nel ketchup e alette piccanti che un tempo svolazzavano nell'aia.

Si sono incontrate qui perché la piazzetta è in posizione strategica rispetto al luogo di lavoro di Maria Vittoria e alla casa di Maria Elisabetta, un nobile palazzo che dà sul Po.

– Oggi ne ho bocciati sei, – sta dicendo Maria Vittoria, mentre mastica con impegno le molte fibre della sua insalata. – Sei. È incredibile l'ignoranza di questa generazione. Si presentano all'esame di Letteratura greca, e non sanno chi è Crisotemi, non sanno chi è Teucro! Ignobili capre.

– Il tuo è un approccio arido, Mavi. Tu valuti la conoscenza e non la passione, ma è la passione che determina le nostre scivolate verso l'euforia –. Maria Elisabetta contrae il viso in una smorfia di sdegno ed estrae dalle labbra un pallino d'incerto colore. – Che fastidio. Nella tua ci sono, le bacche di goji?

La maggiore delle sorelle Corbani è piú magra, meno bella, meno razionale e molto piú famosa della minore. Si tratta proprio di lei, sí, Maria Elisabetta Corbani, scrittrice italiana piú riverita che letta, vincitrice di un Premio Isolabella ormai leggermente impolverato, una di quelle autrici che dopo un primo successo clamoroso continuano per decenni a svolgere il ruolo senza piú aggiungere fama alla fama, premi al premio, lettori ai lettori. Cosí, a cavallo di un'onda lunga, placida, che la sbatte dolcemente tra festival e supplementi letterari e che le consente di prosperare senza picchi.

Maria Vittoria ha trentasette anni, ben dieci meno di sua sorella, essendo nata in seguito a un'unica notte di passione dei signori Corbani, dovuta a un tardivo primo incontro di entrambi con la vodka alla pesca. Avevano accolto però con (moderata) gioia la nuova figlioletta che, forse a causa di quel concepimento alcolizzato, non assomiglia affatto alla segaligna sorella. La minore delle Corbani infatti combatte da sempre contro il proprio aspetto da maggiorata anni '50, e riesce quasi ad azzerarlo enfatizzando la noiosità naturale della sua personalità. In questo caso, ignora le bacche di goji e puntualizza. Puntualizzare è una delle attività favorite di Maria Vittoria.

– I miei allievi non devono scivolare verso l'euforia, devono conoscere alla perfezione tutte le tragedie classiche. Tutte. Sennò li boccio. Ma lasciamo stare.

– *Glissons*, – concorda in francese Maria Elisabetta, mettendo in un angolino del piatto tutte le sue bacche di goji. Trova stimolante ma impegnativo essere vegana.

– Parliamo delle tue nozze, invece –. Maria Vittoria le sue goji le mangia tutte, come le tragedie classiche. – Dobbiamo trovare il modo di attutire il colpo per mamma e papà. Temo che per loro sarà l'inizio di un declino inarrestabile.

– Temi male. Per loro sarà l'inizio di un nuovo approccio nei confronti della mela mondo, un morso dove il mare è piú blu! Sposo un uomo meraviglioso, dotato di un grande patrimonio personale, che porta nella mia vita la vigorosa linfa vitale del sesso!

– Potresti non urlare? Va bene tutto Betta, ma non capisco perché sposarlo. Fatti mettere 'sta linfa del sesso e bon.

– Sarebbe una scelta codarda. Una scelta a metà. La *mise en abyme* della vita richiede il matrimonio.

– Con un ex calciatore? Uno che non è mai riuscito a finire un tuo libro?

– Però li ha cominciati tutti. E se, come pare, faranno la versione graphic novel del *Vicolo dei panni stesi*, allora...

– Guarderà le figure.

– Meglio uno che guarda le figure che uno che sbava per le molecole.

– Oh, senti, non litighiamo. Prendiamo un dolce?

– No. Questi no. Li chiami dolci tu, questi? – Maria Elisabetta prende il menú e legge: «Spuma di carote al miele con granella di pistacchi», «Tortino di farro con composta di mirtilli e zenzero». Puah, puah, e ancora puah! Questi non sono dolci. Inutile fingere, Victoire, dolce è burro, è grasso animale, è cioccolata. I dolci vegani sono come le ombre di coso... del tuo amico Platone.

– Senti, non sei obbligata a essere vegana. Guarda me, sono vegetariana e i dolci li posso mangiare buoni. Fatti col burro e il latte, non con olio di piante anziane che non patiscono la spremitura come te.

– Ah... vegetariana... mi fa ridere. Vegetariano è un compromesso. Vegano è una scelta estrema. E se non sono estreme, che scelte sono?

– Sostenibili.

– Io non voglio sostenere, voglio essere sostenuta, come il caprifoglio sulla quercia.

Maria Vittoria sbuffa. – Va bene. Sposalo. Fa' come vuoi. Ma devi essere consapevole delle conseguenze.

– Voglio essere consapevole solo del sangue che mi pulsa nelle vene.

– Ecco, fai cosí e finirai come Medea.

– Non avrò figli. Lo sai, non ho mai potuto sopportare quegli animaletti bavosi.

– Il punto di Medea non sono i figli. È che Giasone la tradisce e lei impazzisce. E credi che non ti tradirà, quel babbeo? Appena ricomincerà a frequentare le troiette che pullulano nel loro mondo?

– Quell'uomo mi adora.

– Sí certo. Ti tradirà, e tu lo lascerai. E finirai su tutti i giornali con gli occhiali scuri e i capelli in disordine.

– Oddio, e va beh. Ci scriverò un libro. Guarda che dal punto di vista delle vendite il matrimonio con Tony è una manna beata. E infatti ho deciso che ci sposeremo esattamente il giorno in cui uscirà il nuovo romanzo. Purché quella cretina che mi fa la revisione si dia una mossa e la smetta di telefonarmi per chiedere spiegazioni.

– Parliamo di questo matrimonio. Chi te lo organizza?

– Lucia del Palazzo degli Sposi. Una ex di Tony. Cosí la cosa resta in famiglia, non rischiamo che il menú del pranzo finisca on-line, sai, quelle cose lí.

– Una ex di Tony? Ma sei scema? Ti manderà tutto in vacca. Timeo Danaos et dona ferentes!

– Ma che dona. Ci costerà un patrimonio. E tra l'altro, domani ho il primo incontro per prendere gli accordi. Mi accompagni?

– Da una wedding planner? Io?

– E dài. Sei mia sorella. Cosa l'avrebbe fatto, per cosa.

– Eh?

– Ifigenia. Se Elettra si sposava, Ifigenia l'avrebbe di sicuro accompagnata dalla wedding. Dài. Portiamo cerbiatti agli dèi, innalziamo archi al trionfo dei sensi, cogliamo grappoli dalla vite di Dioniso.

– Oddio. Non è che vuoi fare una pagliacciata da velina? In famiglia ci siamo sempre sposate low profile.

– Beh, è arrivato il momento di alzarlo, il profile. Tony non gradisce niente di basso nella sua vita, – proclama la scrittrice. Poi ordina due caffè, e mentre li aspettano tira fuori dalla borsa una confezione di plastica contenente quattro pasticcini con crema al burro di cioccolato, zabaione e panna.

Sua sorella la guarda incredula mentre Maria Elisabetta ne ingurgita un paio nel tempo di un sospiro.

– Ma... scusa... quelli non sono vegani...

– Scelte estreme, estreme trasgressioni. Prendine uno, che sennò li mangio tutti.

«Andiamo da una wedding planner l'avresti mai detto i miei s'impiccano se lo sanno ti chiamo dopo».

Stefano Valenti legge il WhatsApp di Vittoria senza commentarlo neanche col pensiero, poi fa scorrere un po' di foto. Cerca quella di una molecola di trigliceridi che gli ha mandato tempo prima un collega dell'Università del Maryland e scorrendo scorrendo si ritrova a guardare una ragazza con le trecce e gli occhi color borragine appoggiata a una parete di caramelle. Già, quella di Fiumicino. Quella che poi è sparita e lui è partito. Dovevo cercarla, pensa. Dovevo inseguirla, fermarla, baciarla, chiederle il numero di telefono, dovevo fare qualcosa perché lei era qualcosa, e invece è sparita, io sono partito, e non ci incontreremo mai piú. E io dovrò per sempre accontentarmi di meno. Meglio buttare questa foto e azzerare il ricordo.

– Siete sicure? – chiede Gemma.

Le due signorine sedute di fronte a lei sono sicure. Le sorelle Corbani, di cui una promessa sposa di Tony Cosenza, famosa scrittrice e bruttina, e l'altra docente universitaria, molto piú giovane e abbastanza bella se ti piace il genere imperioso.

Quando ha accettato il dolorosissimo ma probabilmente efficace aiuto di Tony Cosenza, Lucia ci ha tenuto a chiarire che non avrebbe avuto niente a che fare, personalmente, con la sposa. Avrebbe lavorato con puntiglio e precisione, come sempre, ma gli incontri con la futura signora Cosenza sarebbero toccati a Gemma. E a Gemma è toccato, quel pomeriggio, ricevere le sorelle Corbani, accompagnate però a sorpresa da una terza signora, che si presenta come «avvocato Greco». Ciò nonostante è una femmina sui sessanta, di gradevole aspetto, che finora, seduta un po' di lato a smanettare sul cellulare, non ha disturbato le trattative.

– Cioè, volete un matrimonio che come tema abbia «Gli ideali della Rivoluzione francese»?

– Mia sorella proponeva le grandi protagoniste delle tragedie greche, ma questo avrebbe comportato un'infinità di tuniche bianche plissettate, che stanno bene solo a lei.

– Sí, e tenete conto che per quanto ne so io le grandi protagoniste delle tragedie greche di solito finiscono ammazzate.

– Eh già, perché invece la Rivoluzione francese… cosa vuoi mettere, una ghigliottina in comune? – Maria Vittoria è ancora seccata per aver perso l'occasione tunica.

– La ghigliottina non è un ideale. È una tragica conseguenza. Il mio matrimonio sarà ispirato a libertà, uguaglianza e… la terza cos'è già?

– Fratellanza, – dice alle loro spalle l'avvocato.

– Grazie, Maria Consolata.

Ma ce n'è una che non si chiami Maria Qualcosa, pensa Gemma, che non ne può già piú di quel gruppetto di peppie. Riprende, con uno sforzo:

– Perché ho l'impressione… rifletteteci un attimo… è vero, gli ideali della Rivoluzione francese sono senz'altro molto… molto…

– Ideali, – completa placida l'avvocato.

– Sí, sono ideali meravigliosi che tutti condividiamo, però non so quanto siano adatti a diventare il tema di una festa di nozze. Cioè, ad esempio, l'abito della sposa?

– Ah, per quello non c'è problema. Vorrei rappresentare anche visivamente il contrasto culturale e sociale che io e il mio fidanzato incarniamo. Io, cultura, classe, snervamento delle potenzialità fisiche. Lui, grezzo, forte, sicuro, volgare. Io creatività della mente, lui creatività dei piedi. Io duchessa, lui sanculotto.

Gemma inspira profondamente. – Signora Corbani, non stiamo organizzando una festa di Halloween. «Tema» non vuol dire carnevalata.

– Ecco. Lei faccia un commento del genere con un qualunque rappresentante della stampa, cartacea o on-line, e vede la penale che scatta –. L'avvocato Maria Consolata Greco prende improvvisamente vita, spostando in avanti la sedia, e affacciandosi come un rapace tra le due sorelle.

Gemma conta fino a sette, poi visualizza il bonifico delle Corbani, e sorride: – Facciamo «Sanculotto rivisitato»? – propone.

– Brava! – trilla l'aspirante sposa. – Aveva proprio ragione Tony, che siete adeguate. Ma è lei la sua ex? Lucia Lombardi?

– No, come le ho detto, io sono Gemma Diamanti, l'assistente della signora Lombardi.

– Diamanti? Diamanti? Dove ho già sentito questo nome?

Come una mangusta che sente odore di cobra, la Corbani senior agita il naso puntuto in varie direzioni. – Aspetta… quella tizia che sta facendo la revisione del mio romanzo… mi pare si chiami Diamanti…

– Dev'essere mia sorella Carolina. Lei fa le revisioni. Per la Cartigli.

– Sí, il nome non lo ricordo, ma ricordavo «Diamanti» perché mi sembrava un cognome inventato. Dunque è sua sorella…

Il viso di Maria Elisabetta Corbani si è contratto in una specie di smorfia feroce, e risulta evidente a tutti che questa parentela non è vista come un elemento positivo.

– Devo dirle che non ho mai avuto una redattrice cosí fastidiosa. Pignola. Saccente. Insopportabile. Ho chiesto al mio editor di cambiarla, ma lui dice che è molto affidabile. Ma non c'è bisogno di essere affidabili, per fare la revisione dei miei testi. I miei testi non hanno praticamente bisogno di interventi. Come probabilmente lei non sa, io ho vinto…

– Scusa, Betta, – l'avvocato parla senza alzare lo sguardo dallo schermo. – Ho un appuntamento in tribunale tra un'ora. Potremmo limitare la discussione al tuo matrimonio? La signorina qui non è responsabile della pignoleria di sua sorella. Torniamo al punto.

Ma ormai Maria Elisabetta è lanciata lungo i binari dell'indignazione e il mood generale persiste, anche se cambia bersaglio.

– Scusa tu, Maria Consolata, ma non possiamo tornare al punto perché manca la titolare. Il punto è che Tony ha scelto una wedding planner che è MARCATAMENTE assente.

– Purtroppo la signora Lombardi si trova al momento in Uzbekistan per un matrimonio di regime. Ma tornerà in settimana e si dedicherà esclusivamente a questo evento.

– Vedremo. Sa, – aggiunge, con uno di quei cambiamenti di umore che forniscono da anni un reddito costante al suo analista, – le altre ex di Tony le conosco tutte. Anzi! – con un urletto la Corbani scatta in piedi, rovesciando la sedia addosso all'avvocato. – Anzi, sa cosa? Le voglio come damigelle al matrimonio.

Anche la Corbani junior scatta in piedi, senza rovesciare la sedia, e cercando di aiutare l'avvocato che sta imprecando a bassa voce.

– Ma Betta, ti sembra il caso?

– Io sono un'anima vaga, Mavi. Nulla di meschino ha posto nel mio cuore. Quelle poveracce sono top model e attricette senza spessore. Rappresenteranno un po' quello che rappresentavano, per gli imperatori romani, i re deposti che strisciavano verso Roma aggiogati al… al giogo, – conclude un po' in calare la scrittrice.

– Non strisciavano, – precisa la sorella. – Erano incatenati ma comunque in grado di camminare.

Gemma fa ricorso a quel po' di respirazione che ha imparato durante le prime tre lezioni di un corso di yoga mollato alla quarta.

– Signore. Lasciamo un attimo da parte i re deposti e le damigelle. Avremo tempo e modo di occuparcene piú avanti. Piuttosto, come data? Che cosa avevate in mente?

La Corbani autrice pianta sulla scrivania di Gemma cinque unghie sorprendentemente finte e carminie, e dice: – Questo è il grande colpo mediatico, signorina. Mi sposerò lo stesso giorno in cui sarà in libreria il mio romanzo, ovvero il 10 maggio, in coincidenza con l'inaugurazione del Salone del Libro.

– Tra tre mesi? È impossibile! – Gemma sente che molti dei suoi capelli stanno diventando bianchi. Per organizzare un matrimonio del genere in meno di tre mesi ci vorrebbero le fate.

– Che disfattismo, – la sorella dell'autrice sfoggia il suo speciale sorrisetto di superiorità. – Mi risulta che in sei giorni abbiano creato il mondo, signorina.

18.

Suonano alla porta di casa Diamanti

Il vento sferzava senza remissione i platani che bordavano il parcheggio. La luna splendeva torrida, e provocava nel sangue mulinelli di passione, a cui Marco cercava di resistere. Quanto avrebbe voluto stringere a sé Eloisa, e affondare il volto nei suoi lunghi capelli scuri, e morderle i lobi delle orecchie in un parossismo di piacere fino al culmine dell'ardore... ma non poteva. Doveva essere forte. Quella creatura fragile lo aveva ferito...

No, fragile no. Non era proprio possibile definire «fragile» Eloisa Treppici.

Doveva essere forte. Quella tenera creatura lo aveva ferito nel peggiore dei modi, esibendosi con lo sfrontato candore di una vergine polinesiana di fronte ai giudici del talent. E ora lui doveva punirla, mostrandosi freddo anche di fronte a quelle lunghe ciglia intrise di lacrime...

Beh, se applica bene le ciglia finte a quegli spazzolini ispidi che le ha fornito la natura, le avrà lunghe.

... e resistere alla prorompente seduzione dei due globi di marmo che spuntavano dal top di pizzo nero...

Carolina sospira di soddisfazione: i globi sono un tocco da maestra. Li ha presi direttamente da Leona Winsperton, e ci stanno anche, perché quel che le manca in ciglia Eloisa lo compensa abbondantemente con le tette. Sí, la Storia di loro due sta venendo benissimo. Siamo arrivati alla scena madre, in cui Marco minaccia di lasciare Eloisa se lei non rinuncerà per sempre ai provini per i talent.

Chiusi nell'Alfa Romeo rosso fuoco di Marco…

Eloisa aveva specificato che Marco ci teneva molto che venisse menzionata la sua macchina.

… si fronteggiavano sui sedili reclinabili di pelle nera, poggiando con forza i piedi sui tappetini maculati marca Sprintex. Eloisa e Marco erano appena rischiarati dalla lucina interna che si rifrangeva sull'elegante interno di rovere anticato.

«Marco, ti giuro, l'ho fatto solo per amore di Geremi… è un cane che nella vita ha avuto poche soddisfazioni…»

«E che soddisfazione sarebbe ballare la polka al guinzaglio davanti a quattro deficienti? No, Eloisa, mi spiace. Non posso piú avere fiducia in te. Quando penso che hai ballato col cane indossando solo un top elasticizzato e dei leggins trasparenti!»

«Semitrasparenti, amore mio. Semi! Non trasparivano del tutto! Non ho mostrato l'irreparabile! Ti prego perdonami! Ho deciso di rinunciare per sempre all'arte per viverti accanto! D'ora in poi non sarò altro che una… ardente… segretaria… innamorata…»

Cosí dicendo Eloisa avvicinò le labbra frementi al collo di Marco, che si lasciò sfuggire un gemito…

– Ehi! Dobbiamo andare. Ci sei?

Carolina sobbalza. Caspita, già le sette. Quella sera sono a cena dai genitori, a Santa Brigida. Addio Eloisa, addio Marco, ci vediamo domani. Vi lascio nel parcheggio dell'Auchan battuto dai venti, come personaggi di Puškin.

Neanche un'ora dopo, però, Carolina si sente parecchio sbattuta dai venti, di fronte all'ennesima conferma che nella loro città sei gradi di separazione sono un miraggio, e la media è di uno, massimo due.

– È lei, la Corbani?

– Ti giuro. Maria Elisabetta Corbani. La scrittrice. È la fidanzata di Tony Cosenza, e si vogliono sposare il 10 maggio, quando esce il libro, quello che stai revisionando tu –. Gemma si toglie dal piatto la carne cruda che ci ha messo sua madre, e la passa a Kevin.

– Non avete molto tempo, allora... – Renato Diamanti aggrotta la fronte, servendosi due belle fette di vitel tonné.

– No. Tenendo conto che vuole praticamente un kolossal sulla Rivoluzione francese, ci manca solo che chieda trecento figuranti per un finto assalto alla Bastiglia...

– Se serve una Bastiglia in miniatura... – propone speranzoso Kevin.

– La Corbani! – Carolina è a bocca aperta, letteralmente. Sua madre le mette un nodo di peperoni all'acciuga nel piatto.

– Mamma, ma ti rendi conto? La tipa di cui sto facendo la revisione è la fidanzata di Tony Cosenza.

– E allora? L'unica cosa strana è che Cosenza me lo vedo piú con una velina che con una scrittrice. La Corbani poi non è una che scrive roba pesante?

– Forse lui vuole acquisire spessore, – Carolina cerca di capire. – Di certo non è una delle sue solite strafighe. Non l'ho mai incontrata dal vivo, però.

– Bah –. Gemma prende un semolino fritto. – Genere aquilino. Naso a becco. Pancetta. La sorella è meglio. Anche lei un po' stile prendo tutto sul serio, ma bellina.

– E come si sono conosciuti? – Valeria Diamanti pregusta una mattinata di fuoco in cartoleria, il giorno dopo, a spettegolare con le mamme in fila per comperare quadernoni e fogli Fabriano A4.

– A uno di quei premi estivi senza capo né coda, in cui premiano un po' chiunque, il calciatore perché ha fatto goal dal calcio d'angolo, la scrittrice perché l'hanno tradotta in Siberia o adottata nella biblioteca del carcere di Quito, non so, l'attore piú abbronzato, quelle robe lí. Tra i premiati c'erano loro due, ed è scattata una simpatia. Forse lui era stufo di modelle, e lei di uomini intelligenti.

– Okay, ma fra un uomo intelligente e Tony Cosenza ci sono tante sfumature, – protesta giustamente sua madre.

Le tre femmine Diamanti discutono animatamente di questo matrimonio vippissimo capitato per buona sorte al Palazzo degli Sposi, ma babbo Diamanti e Kevin non partecipano: ingurgitano antipasti alla piemontese con gli occhi fissi su Liverpool - West Ham.

– Guardali. Se gli mettessi del cartone nei piatti mangerebbero uguale, con 'ste partite!

Valeria Diamanti non mette mai cartone nei piatti, non perché sia una cuoca particolarmente abile, anzi, è meglio come cartolaia che come donna di casa, ma sua sorella Ines ha la gastronomia del paese, e la rifornisce costantemente di squisitezze pronte. Gemma e Carolina sono cresciute cosí, e neanche loro sono grandi cuciniere, con la tacita riprovazione di mamma Martinelli, che oltre a essere un'ottima sarta è anche ottima in tutto il resto.

– E la Lombardi cosa dice?

– Ha fatto un sacco di casino all'inizio, non voleva sentire ragioni, poi però si è convinta. Lo sa pure lei che questa storia ci darà una bella spinta. Il guaio è che non vuole vederla, la sposa, e devo fare tutto io.

– Lo ama ancora? – chiede Carolina, a cui sembra che di Tony Cosenza si possa restare innamorate al massimo per venti minuti.

– Non lo so –. Gemma smette di mangiare i tomini al verde e si concentra. – Ormai non capisco piú bene cos'è l'amore, però la mia impressione è che Lucia non ami tanto lui, quanto quello che erano loro due insieme –. Gemma ha fatto gli occhi stretti come Dina Merrill in *Una fidanzata per papà* ed è evidente che cerca un pensiero forte da condividere. – Sai, la casa, le ciabatte, la parabola, il cassetto della cucina…

Sua madre e sua sorella annuiscono. Nessuna delle due ha bisogno di chiedere spiegazioni sul cassetto della cucina. Tutte noi sappiamo perfettamente cos'è, e qual è il suo peso nell'equilibrio della vita. La madre però smette subito di annuire, perché le si è aperta davanti un'autostrada di intromissione.

– A proposito che non capisci l'amore, e Cesare? Piú sentito?

– No. Speriamo che continui cosí.

Valeria è d'accordo. Cesare non le è mai piaciuto, ma per prudenza aspetta ancora a esternare questo parere. E se poi fanno pace?

Carolina, intanto, riannoda i fili della conversazione. – Scusa Gemma, e la sorella? Hai detto che ha una sorella?

– Sí, molto peggio di lei. Piú carina, ma almeno lei è pazza, sua sorella è solo noiosa. Fissata con le tragedie greche. Pure lei è fidanzata, speriamo che venga a sposarsi da noi.

– Con uno famoso?

– No… macché. Un professore, non ho capito, un biologo. Chissà che noia.

DRIIIN!

Mentre in casa Diamanti si serve il caffè, il campanello squilla, e la signora ricorda che nel pomeriggio ha sporto la testa nel laboratorio dei Martinelli e invitato a cena anche i consuoceri.

– Grazie ma stasera siamo impegnati, – ha risposto Palma Rosa. – Però magari passiamo dopo per un saluto. Voglio controllare come va mio nipote.

– Nostra nipote, vorrai dire.

– Non vedo l'ora che faccia 'sta ecografia, cosí posso iniziare il corredino.

– Capirai che differenza, i vestitini da neonato.

– Fa differenza, fa differenza. Non come quel poverino del figlio della Roberta, che lo mandano in giro tutto vestito di rosa con la roba della sorellina maggiore.

– Uh, saranno Palma Rosa e Gian! – dice adesso Valeria, correndo alla porta.

Sono Palma Rosa e Gian, ma non sono soli. Insieme a loro c'è anche Linda Capello, tutta un sorriso, fresca di parrucchiere.

Baci, abbracci, ah e bah, e nessuno teso o preoccupato, perché né Kevin né Carolina temono Linda, specialmente Carolina, che non sa tutto quello che c'è da sapere. Anche Gemma e i genitori Diamanti la accolgono con benevola noncuranza, è una ragazza del paese, la conoscono tutti, erano stati bambini insieme, è via da anni, e comunque le ex di Kevin sono parecchie, e Carolina non ce l'ha con nessuna di loro, al momento.

– E Stella? – chiede Linda a un certo punto, mentre Valeria serve i cioccolatini. – È contenta di diventare zia?

– Credo di sí, ma sai com'è Stella, non sempre si accorge di quello che la circonda, – risponde Kevin.

– È contentissima invece. Saremo due zie fantastiche, – protesta Gemma.

– Ci conto, – sorride Linda. – Prima di ripartire volevo fare un salto a Torino, e pensavo di passare da voi cosí saluto pure lei.

– Sí, vieni al Palazzo. Non ci sei mai stata vero?

– No, ancora no. Sí, magari vengo, dài.

– Quando ti sposi, ti facciamo lo sconto, – assicura Gemma.

– Anche se sposi un romano, vieni a sposarti qui, – la invita Carolina. – Ti scrivo la Storia di voi due.

– Beh, di sicuro sarà emozionante. Comunque tornerò presto, voglio conoscere vostro figlio.

– O figlia, – precisa Kevin, che ci tiene ad avere una bambina.

Linda fa una breve pausa di riflessione. – Ma sí, quasi quasi è meglio figlia, sapete?

19.

Domani nella battaglia pensa a me

– A mia sorella è venuta un'idea.

– Fantastico. Ci può scrivere un libro e vincere un altro premio.

– Mi piacerebbe che tu non avessi sempre quel tono inutilmente sarcastico quando parli di una delle piú importanti autrici italiane.

– Tesoro del mio cuore, mi aspettano in laboratorio e non vorrei sprecare tempo a parlare di tua sorella. Quando vieni a trovarmi?

– Non posso, lo sai. Sono nel pieno degli esami. Oggi ne ho bocciati otto. Otto!

– Ti devo fare le congratulazioni?

– Sí.

– Senti ma ti capita mai di promuoverli tutti, a una sessione di esami?

– No, figurati, – risponde Maria Vittoria, leggermente offesa. Per chi la prende, Stefano? Lei è un'insegnante seria. – Allora, torniamo all'idea di Betta. Voglio dirtela subito cosí dopo non strilli.

– Che brutta premessa.

– Sarà un matrimonio a tema. E il tema sarà «Gli ideali della Rivoluzione francese».

– Cosa vuol dire, matrimonio a tema? Come una festa in maschera?

– E cos'altro è un matrimonio? Lei sarà vestita da Maria Antonietta, lui da popolano che prende la Bastiglia, cose cosí. Gli invitati penso potranno cavarsela con coccarde, bandane, mutande di pizzo… non so cosa dirti. Io avevo proposto «Tragedia greca», pensa che eleganza, tuniche bianche, coroncine di alloro…

– Dài. Non ci credo. Tu che proponi un tema per un matrimonio a tema? Sei stata sostituita dagli alieni?

– Diciamo che volendosi proprio sposare tanto vale giocarci un po'.

– Meno male che noi non ne abbiamo nessuna intenzione.

Piccola pausa di gelido silenzio.

– Non abbiamo intenzione di sposarci?

– Certo che no. Siamo d'accordo su questo, sempre stati. Ora scusami ma devo proprio andare, c'è un pacco di molecole appena arrivato da Sachalin che…

– Non siamo monoliti, Stefano, siamo esseri pensanti, il cui pensiero cresce, muta e prende forme diverse. Siamo fango modellato dal fuoco divino di Prometeo…

– Beh, ma anche il fango ha i suoi principî. Ciao amore, devo aprire il pacco delle molecole in videoconferenza Skype con il laboratorio del Monte Tabor. Ci sentiamo stasera.

La battaglia è appena cominciata.

VRRRROOOM! Ah, se si potesse fare anche nella vita: da Gottinga a corso Regio Parco in meno di un secondo. Noi possiamo, e lo facciamo, cogliendo cosí anche Stella e Gemma all'inizio della loro battaglia. Solo che non lo sanno, che sta per cominciare. Pensano che si tratti semplicemente di una visita di Linda Capello. È arrivata fresca e amabile come sempre, e l'hanno presentata a Lucia.

– Un'amica del paese…

– Che però adesso vive a Roma…

– Lavora nella sartoria della Rai…

– Ciao, sono Linda.

Lucia, appena le dà la mano, sente lungo la spina dorsale il sangue di rospo, la bava del diavolo e tutti quegli altri fremiti che sono segnale certo di maleficio. Perché quella bella ragazza è cosí evidentemente portatrice di sventura?

Lucia Lombardi, nata di otto mesi, attribuisce la sensazione al fatto che in questi giorni tutto è maleficio per lei.

Da quando ha dovuto accettare la proposta di Tony, si sente come quei martiri a cui legavano alcuni cavalli alle gambe, altri alle braccia, e li facevano partire in direzioni diverse.

Perché si rende conto benissimo che organizzare questo matrimonio darà al Palazzo degli Sposi una spinta verso il trionfo. Quante veline, quante Intimissime, quante giornaliste del cazzeggio, quante partecipanti ai reality si segneranno sui loro cellulari analfabeti il nome di «Lucia Lombardi Palazzo degli Sposi», per poi contattarla non appena beccheranno il calciatore, il regista, l'imprenditore giusto? E quante spose normali, se pure esiste questa forma di sposa, vorranno la stessa wedding planner di Tony Cosenza e Maria Elisabetta Corbani? Con un po' di fortuna, forse anche un codazzo di scrittrici ancora in età da marito si potrebbero inserire nel flusso. Sí, è una buona cosa, ma purtroppo questa buona cosa ha risvegliato la tigre dormiente nel fragile costato di Lucia. Per quindici anni ha odiato Tony e le sue fidanzate con sufficiente moderazione, ma oggi capisce che quell'uomo le appartiene ancora e chiunque lo sposi è sua nemica mortale.

Gemma bussa, entra e chiede se lei e Stella possono uscire un attimo per prendere un caffè con Linda, una loro amica che è passata a salutarle.

– Vieni capo, te la presento. Anche lei si sposerà, prima o poi.

– Ricordatevi che fra mezz'ora c'è la riunione staff con la… con quella.

– Sí, però, questa volta dovresti esserci anche tu. La scusa del matrimonio in Uzbekistan non può durare per sempre. Ogni volta pianta la grana perché non ci sei.

– Ho capito. Ho capito. Ci sarò. E chepppalle!

Non è da Lucia esprimersi cosí, e Gemma prova un irrazionale moto di affetto per la sua capa.

– Ma l'hai vista? È brutta, ha i denti aguzzi, i capelli con le mèche fango su base topo, gli occhi cadenti, due canali di scolo ai lati del naso. Tu sei mille o diecimila volte piú figa di lei.

Gemma sa quello che dice: nei momenti difficili, un complimento per il fisico vale infinitamente di piú di qualunque complimento per intelligenza, sensibilità o altra dote morale.

– Anche Maga Magò è piú figa di lei, – commenta solo parzialmente risollevata Lucia.

E cosí si alza, va a conoscere Linda Capello, prova i brividi, e guarda le sue collaboratrici allontanarsi con lei.

– Questo caffè che prendono sarà molto amaro.

Dieci minuti dopo, sedute a un sobrio tavolino del Bar Casalegno in via Giacomo Zanella, Stella e Gemma fissano a occhi quasi completamente fuori dalle orbite la foto di un bambino di tre anni identico a Kevin. Potrebbe essere una foto di Kevin, non fosse che il bambino è vestito da Peppa Pig, e quando Kevin era piccolo Peppa Pig non aveva ancora calcato le scene.

– Come mai è vestito da Peppa Pig? – chiede Stella, la prima a ritrovare la voce.

– Non è vestito da Peppa, è vestito da George, suo fratello.

– Chi è? – chiede invece Gemma, che ha un piú aderente rapporto con la realtà.

– Ma come chi è? Non lo avete capito? È il figlio di Kevin. Si chiama Gianmatteo. Ha tre anni.

– Ma come… chi…

– È… cioè…

– Su, ragazze, ripigliatevi. È mio, e sul come non credo di dovervi dare delle spiegazioni. Quando? Tre anni e nove mesi fa.

– Cioè? Tu hai avuto un figlio da mio fratello e nessuno lo sa? Lui lo sa?

– No. Mi ha gentilmente messa incinta quando già usciva con Carolina e mentre decidevo se dirglielo o no mi ha annunciato che non voleva piú vedermi. Mi mollava del tutto, in poche parole. E quindi, capirete che non gliel'ho piú detto. Me ne sono andata a Roma, e tanti auguri a tutti.

– Il bambino è là? – chiede Gemma.

– No, ce l'ho in borsa. E dài, datevi una mossa. Certo che è a Roma. L'ho lasciato con mia madre. Stella, sei zia. Gemma, sei un po' zia pure tu perché il bambino di Carolina ha un fratello. Quindi. Che vogliamo fare?

– Cioè? In che senso? – a Stella sembra che ormai sia già stato fatto piú o meno tutto.

– Oh, ma siete proprio di legname duro. È ora che questo bambino entri in famiglia.

– Linda, sei pazza? Dopo quattro anni arrivi qui con questa bella sorpresa, e proprio quando Carolina è incinta? Cosa vuoi? Perché proprio adesso? – Gemma è veramente arrabbiata. Non la consola scoprire perché Linda Capello non le è mai veramente piaciuta: perché è una poco di buono, ecco perché.

– Ma sí. Adesso. Me la sono cavata da sola per tutti questi anni, ma quando ho saputo che Kevin aspetta un figlio, mi sono detta, eh però, caro il mio biondino, uno ce l'hai già. Questo nuovo bambino avrà tutti i cazzi buffi, e il mio niente? E perché? E dove sta la giustizia?

– Sta che dovevi dirglielo in un qualsiasi momento di questi anni tranne che mentre mia sorella è incinta! – Gemma rimpiange molto di non avere la Pattinatrice Stanca sotto mano, per sbatterla e risbatterla in testa a Linda.

– L'hai fatto apposta! – rincara Stella, che ha piú intuito di Gemma. – Lo dici adesso che aspettano un bambino, proprio per fare piú casino. Sei cattiva.

– Ah, ah. Brava Trilli –. Linda rispolvera per l'occasione il soprannome di Stella all'asilo, quando sua madre la mandava in giro con un piccolo puciu biondo sulla testa. – Esatto. Diamo una bella dose di realtà anche a Carolina Diamanti, che frega il ragazzo alle amiche senza rendersene conto. Mettiamola un po' a bagno nella dura vita quotidiana, quella stordita. Eh? Io mi faccio il culo sola con questo bambino da tre anni. Mentre lei aspetta il suo placida come Maria Vergine e però vergine non è di sicuro...

– Mia sorella non ti ha mai fatto niente di male.

– E allora? Ti sembra un buon motivo per non farne a lei? Ma dove vivi, Gemma?

– Piú che altro, – s'inserisce Stella, – non capisco perché lo dici a noi.

– Perché sarete voi a informare Kevin. Tutte spaventate come due pecore, già vi vedo. Gli metterete piú ansia di me di sicuro. E poi io non ho tempo. Devo tornare a Roma. Ho un lavoro e un bambino che mi aspettano. Vi lascio i materiali.

Con calma, Linda estrae dalla borsa un bustone.

– Ecco qui. Altre foto di Gianmatteo. Certificato di nascita. Biglietto da visita del mio avvocato. Voglio che Kevin lo riconosca, e che ci paghi gli alimenti. Voglio che si impegni a frequentare il bambino regolarmente, venendo a Roma oppure ospitandolo a casa sua. Vi do una settimana di tempo. Se venerdí prossimo non mi avrete dato notizie al numero di telefono segnato qui, torno e mi presento a Carolina col bimbo per mano. Ciao ragazze, è stato un piacere rivedervi, grazie per il cappuccino.

– Pagatelo! – urla Gemma, ma Stella le stringe una mano.

– Lascia perdere. Spero che le faccia venire i vermi nello stomaco.

È una bella immagine, e Gemma si calma.

– E adesso?

– E adesso dobbiamo riflettere.

– Ti rendi conto che parla di suo figlio dicendo «il bambino». Che merdina.

– Già. Forse neanche esiste, questo Gianmatteo. Magari ci prende in giro, è una vecchia foto di tuo fratello e il vestito di Peppa gliel'hanno messo con Photoshop o SnapShop o come si chiamano.

– Non è Peppa, è George. E Kevin non ha mai avuto i dreads, – ammette Stella, sconsolata.

Ma per il momento le nostre eroine devono mettere da parte Linda e suo figlio perché, come ha annunciato Lucia, al Palazzo degli Sposi sta per iniziare la riunione dello staff al completo per gettare le linee guida, il progetto, la scaletta insomma, del matrimonio Corbani-Cosenza.

Attorno al tavolo ovale della sala riunioni ci sono tutti: Lucia, con accanto Gemma e Stella, ancora parecchio iniettate di sangue, Rodrigo, che sta fotografando con PlantSnap una piantina indefinita e moribonda sul davanzale della finestra, la truccatrice Maya con i suoi piercing scintillanti e i tatuaggi che formano una piccola mostra mobile di grafica contemporanea e la parrucchiera Clorinda che sfoggia la nuova tinta melograno, tutti armati di book e computer. E naturalmente la sposa, la sorella della sposa e l'avvocato Greco, appena arrivate, ma già molto rumorose.

– Finalmente ci conosciamo! – strilla la Corbani, arraffando la mano di Lucia. – La fidanzatina delle medie di Tony!

Lucia le risponde solo con uno sguardo, che purtroppo va sprecato, perché la controparte trilla: – Ah, i primi amori. Oh, scusi, Luciana, non eravate compagni di scuola, che sciocca, lei era la camerierina al bar dello stadio, giusto? Tony mi ha raccontato. Come ho scritto in *Rotule sospese*, l'amore fra adolescenti, soprattutto se ignoranti come capre, è un sentimento ancora immune dal marciume della passione.

Gemma sa che se Maria Elisabetta continua a parlare di Tony, capre e sentimenti, Lucia manderà tutto al diavolo e tanto peggio per Il Palazzo degli Sposi. Perciò interviene decisa.

– Posso presentarle il resto dello staff, signora Corbani? Tutti conoscono lei, naturalmente, la grande scrittrice Maria Elisabetta Corbani, l'autrice di *Il vicolo dei panni stesi*.

A Maria Elisabetta non piace che si ricordi il romanzo con cui ha vinto l'Isolabella, perché è stato il suo unico, vero grande successo. I libri seguenti non si sono neanche avvicinati a quel botto. Nessuno mai li cita. Molti non si ricordano neanche i titoli. Perciò agita una mano come per dire «cose passate, futilità, briciole» e lancia un'occhiataccia a Gemma.

– Oh, per carità. Piuttosto, parliamo del mio romanzo in prossima uscita, *La vera storia di Vera Storia*. Se sua sorella si sbrigherà a terminare la sua inutile revisione, uscirà esattamente il giorno del mio matrimonio.

– Proprio di questo volevo parlarle, signora.

– Oh, ma dammi del tu, Luci. Dopotutto, siamo un po' parenti, no? Come tutte le donne che hanno avuto un uomo in comune. Ah, la vie... !

Lucia sta per ribattere qualcosa che indurrebbe le sorelle a sporgere subito denuncia, ma i suoi Conti in Banca si precipitano a sussurrarle parole di pace all'orecchio.

– Ti darò volentieri del tu, Betty, – dice di conseguenza. – Se ho capito bene, vorresti sposarti lo stesso giorno in cui esce il tuo libro. E la data prevista è il 10 maggio. Posso richiamare la tua attenzione sulla data di oggi?

– Oggi? – Maria Elisabetta pare sinceramente sconcertata dall'improvvisa comparsa dell'oggi. – Mavi? Oggi è...

– Giovedí 21 febbraio –. Maria Vittoria affetta un piccolo sbadiglio, e tira fuori una copia molto battagliata della *Voce addolorata* di Nicole Loraux, caposaldo riconosciuto della saggistica sulla tragedia greca.

– Esatto. Mancano due mesi e mezzo alla data in questione. È quindi impossibile, e calcherei sull'aggettivo impossibile, Betty, organizzare un matrimonio in cosí poco tempo. In particolare un matrimonio a tema che prevede una quantità di complicazioni. Ti consiglio di posticipare la cerimonia a settembre. Ci staremo strettissimi comunque, ma si può fare.

– Settembre? – Maria Elisabetta Corbani è addirittura sconvolta dall'ingresso di settembre nella conversazione. – Settembre? E come facciamo noi a contare su settembre? Già è difficile essere ragionevolmente certi che arrivi maggio, ma settembre… – Un sorriso ironico e saggio incurva le labbra artificiali della premiata strega: – Suvvia, per me settembre non esiste.

– Tutto questo è molto letterario, ma quando il signor Cosenza…

– Lo chiamavi cosí, quando stavate insieme?

– Quando il signor Cosenza mi ha proposto di organizzare il vostro matrimonio, mi ha parlato proprio di settembre.

– Sí, lo so, – la Corbani senior agita una mano, come a dire che sí, forse, si era ipotizzato questo possibile settembre, – ma ho pensato che sarebbe stato mediaticamente piú rilevante sposarmi in contemporanea con l'uscita del romanzo. E poi… ce lo diciamo fra noi, Luci?

– E diciamocelo, Betty.

– Con Tony non si sa mai. Anche se dovrebbe aver superato certi comportamenti. Ha compiuto il percorso che lo ha portato dalle ragazzine insulse dell'adolescenza, nulla di personale cara, alle puttanelle patinate della giovinezza, alla donna, la donna reale e tridimensionale della piena maturità. Dovrebbe essere un percorso senza ritorno ma, nonostante i suoi molti pregi, Tony è un uomo. E ci siamo capite.

– Cioè vuoi sposarti in fretta prima che da qualche servizio di intimo salti fuori la prossima modella?

– La signora vuole sposarsi il 10 maggio, in pieno accordo progettuale con la casa editrice Cartigli. Le due parti, signora Corbani e Cartigli Editore, hanno affidato a me gli aspetti legali di questo evento, che devono rispettare la tempistica prevista. In caso ciò non fosse possibile, ci rivolgeremo altrove.

Tutto questo l'avvocato Greco lo ha detto continuando a smanettare col cellulare e Maya, seduta vicino a lei, allunga il collo per controllare: sta giocando a Candy Crush.

– Con la piena approvazione del signor Cosenza che, a quanto mi risulta, è il mio committente?

– Oh, io non lo disturberei per chiederglielo. Lo conosci, se una gentilezza diventa una seccatura, Tony non si diverte piú.

Sarà anche una pessima scrittrice, pensa Gemma, ma questa è una buona battuta e Lucia non saprà rispondere. Quindi tocca a me.

– Non credo sia necessario cambiare i suoi piani, signora Corbani. Sono certa che lei si rende conto di quello che è realisticamente possibile fare in meno di tre mesi e che non si aspetta altro.

– Ci aspettiamo una cerimonia con 300 invitati, ispirata agli ideali della Rivoluzione francese, in cui ogni particolare, dai confetti ai fiori ai segnaposti alla musica sia in sintonia col tema. Ci aspettiamo un pranzo di nozze all'altezza, preceduto da un aperitivo, il tutto all'insegna di una cucina sana e creativa, con un menú generico, uno vegetariano e uno vegano. Ci aspettiamo un evento innovativo ma classico, sorprendente ma di buon gusto, straordinario senza ostentazione. Tutto qui, – interviene l'avvocato, sollevando lo sguardo dal livello 120.

Lucia si alza in piedi. – Vuoi sposarti il 10 maggio, Betty? Benissimo, ti sposerai il 10 maggio.

– Ah, mi è venuta un'ideina assai brillante. Che incrementerebbe ulteriormente il richiamo mediatico. Sorpresa! Non lo sa nessuno! Neanche mia sorella! Neanche l'avvocato!

Momento di panico e fiato sospeso.

– E se facessimo un doppio matrimonio? Con mia sorella. Anche lei deve sposarsi. Con un… come si dice? Un biologo.

Ed è qui che tutti cominciano a urlare. Finora gli altri

presenti hanno mantenuto il silenzio che compete al pubblico di un duello, ma all'idea di organizzare due matrimoni in quei pochi miserabili giorni, le grida si levano alte. Fino a quando Maria Vittoria alza una mano, come per tacitare un branco di oche.

– Scusa, Maria Elisabetta, ma non mi sembra una buona idea. Stefano e io per il momento abbiamo scelto di non appesantire con le pastoie della burocrazia il nostro legame.

– Ma che pastoie! Stai attenta, Vittoria, quello avrà un'altra famiglia nella Foresta Nera –. Maria Elisabetta sogghigna in una passabile imitazione di Crudelia De Mon, e lei e la sorella potrebbero anche venire alle mani, se non intervenisse Gemma consigliando una pausa nella Panic Room.

Superato il momento difficile grazie a un robusto flusso di tisane, la pianificazione delle nozze Corbani-Cosenza procede, coinvolgendo gli altri settori. Arrivati alla voce «Fiori, piante e decor vegetale», Rodrigo, dopo aver informato i presenti che la piantina moribonda sul davanzale è un *Myrtillocactus Geometrizans F. Strictum Crestato*, e che per tenerlo cosí farebbero meglio a spararagli in testa subito, invita a puntare sulle calle, fiori sobri, eleganti e pochissimo floreali. Per il bouquet propone un mazzolino rivoluzionario, fatto con fiori strappati dal ciglio della tangenziale il mattino stesso delle nozze.

– Stupendo! – Elisabetta è entusiasta.

– E un fiore di cardo per l'occhiello dello sposo. Il fiore di cardo è molto ideale.

– Perfetto!

– Per il trucco, – dice Maya, – farei qualcosa di esangue. Sa, tipo Marí Antuanet quando le tagliano la testa.

– E la pettinatura, – completa Clorinda. – La vedo molto spettinata. Ciocche che sfuggono dalla cuffia.

– Cuffia? Non so. Pensavo a una tiara.

– Per me è uguale. Le ciocche possono sfuggire pure dalla tiara, – acconsente Clorinda, mettendosi in bocca il terzo chewing gum.

Solo a quel punto l'avvocato Greco ripone definitivamente il telefono e guarda dritto negli occhi Lucia Lombardi.

– E veniamo ai diritti sulle immagini.

– Le immagini, sí –. Lucia a sua volta guarda dritto negli occhi la Greco. – Noi per fotografie e video ci affidiamo al maestro coreano Sung Chan-koo.

Maria Elisabetta è addirittura sopraffatta dall'entusiasmo. – Un maestro coreano, è il massimo! Volevo Valentino Valentinoni, ma se c'è un maestro coreano!

Sua sorella, ancora irritata per il coltello girato nella piaga del matrimonio, scatta come un jack in the box. – Ma Betta, Valentinoni è il top. Ha fotografato le nozze di Bernard McCormickael e Dennis Dollison, di Olena Svetaieva e Breton De La Gardère. È il Cartier-Bresson dei matrimoni pensanti!

– Guarda, avevo già dei dubbi. Non so se uno abituato a fotografare il matrimonio di filosofi ottuagenari, musicisti scozzesi gay e poetesse bielorusse bisex sia la persona ideale per far risaltare il fascino di Tony. A Tony bisogna accostarsi con approccio prosaico, con le mani sporche di terra. Ma un fotografo coreano, lui sí. Divino, Lucietta, divino. Quando posso incontrarlo?

– Attualmente è in prigione a Seul, ma dovrebbero rilasciarlo domani. Ti faccio sapere. E ora, se volete scusarmi, ho un altro impegno.

– Un momento –. L'avvocato Greco si è alzata senza aggiungere granché all'estensione complessiva. – A me non importa chi farà le foto e le riprese. Ti ricordo solo, Maria Elisabetta, che le immagini sono già state vendute in esclusiva. E se di qui esce anche solo uno scatto sfuocato di Maria Elisabetta di schiena, vi faccio chiudere l'esercizio e mettere i sigilli –. E raccolta la (inutile) cartellina, si alza per andarsene.

Maya e Clorinda bisbigliano incredule... che sigilli vuoi che faccia mettere, una che è rimasta bloccata quasi un'ora al livello 120?

Alla fine tutti se ne vanno, e Gemma può chiedere a Lucia:

– Da dove salta fuori il maestro coreano? Che ne è stato dello Studio Vision, Docks Dora, con i valorosi Aldo e Piero?

– Gemma, quanto li posso far pagare i video di Aldo e Piero? Belli, eleganti, tutto quanto, ma qui si tratta di spremere. Visualizza quelle macchine dei bar, quelle che butti dentro le arance intere ed esce un fiume arancione. Noi siamo la macchina, Tony è l'arancio.

– Sí, ma dove ce l'abbiamo noi il maestro coreano?

– Alle Porte del Siam. È il genero di Pak. Fa dei video veramente esagerati.

– Ma è un cuoco. Non un fotografo!

– Com'è che diceva, quella? Che un nome è soltanto un nome e la rosa profumerebbe anche se si chiamasse afrusc? Ecco. Vale anche per il fotografo. Guarda qui, ho dei suoi video nel cellulare.

Gemma cerca nella tasca del suo cardigan turchese, con un filo di apprensione. È il momento di una Morositas.

Come un seme robusto scagliato da un acquazzone a latitudini tropicali, il pensiero del matrimonio germoglia inarrestabile nel fertile cervello di Maria Vittoria. Germoglia, cresce, mette denti e tentacoli, piantina gemella di Audrey, ma lei riesce a tenerla a bada, e quando quella sera chiama Stefano per la consueta telefonata quotidiana, evita saggiamente di fare anche solo il minimo accenno al progetto che la divora. Ha intenzione di sferrare un attacco ben strutturato e definitivo, per il quale deve però contare sulla presenza fisica e sulle pratiche a essa connesse. Si dilunga invece sull'ennesimo elemento che avrebbe indotto i genitori Corbani a gettarsi dalle mura di Corinto, o perlomeno dal loro attico in precollina.

– Betta ha venduto l'esclusiva del matrimonio a «Tutto Divi».

– A chi?
– Rivista di gossip. Una delle maggiori. Cioè, capisci? Tony l'ha convinta, dice che daranno tutto in beneficenza agli orfani del Botswana, ma io temo che neanche gli orfani del Botswana possano giustificare una tale caduta di stile…
– E fanno altre cinquemila copie di libro vendute, dài. Senti, giuggiola, ho una notizia per te. La settimana prossima vengo a casa per qualche giorno. Arrivo martedí…
– Perfetto, proprio quello che desideravo. E come mai?
– Imbiancano il laboratorio. Poi ti dico il volo. Vieni a prendermi a Caselle?
– Oddio… martedí? Dipende a che ora. Devo partecipare a un convegno dell'Ordine degli Avvocati. Mi hanno chiesto un intervento sulla posizione giuridica di Egisto.
– Dagli buca.
– Ma che dici, tu daresti buca a un tuo convegno?
Stefano sospira. Non si può pretendere che una sola donna abbia tutto quello che ci piace, e quindi amen, pazienza per il senso dell'umorismo.

20.

Marte, il portatore di guerra

Una settimana dura invariabilmente soltanto sette giorni, e Gemma e Stella sanno entrambe molto bene che ne sono già passati tre da quello in cui hanno appreso l'esistenza del figlio di Kevin.

In questi tre giorni hanno discusso parecchio, cercando il modo di neutralizzare Linda, ma sono molto penalizzate dalla necessità di scartare l'omicidio. Non resta che affrontare Kevin, e portare lo scompiglio nella vita di quei due, felici con le loro automobili pieghevoli e gli scaffali su misura, le bozze da correggere, la focaccia e la prima timida ricerca di asili nido.

Al quarto giorno, però, Stella decide di provare ancora una strada. Nel pomeriggio lei e Gemma andranno insieme al laboratorio di Kevin per scodellare la frittata, ammesso che le frittate si scodellino. E al mattino Stella si presenta a Rodrigo, che sta partendo col furgoncino per andare a portare delle piante da interni a una signora con salone doppio, in Crocetta.

– Posso venire con te? Devo parlarti di una cosa molto urgente.

– È per il matrimonio Treppici? Ho già ordinato i gigli. Le ho detto che fanno funerale di bambino, secondo me, ma quella niente, insiste. Per sdrammatizzarli, pensavo di metterci insieme dell'aglio orsino.

– Puzza.

– Appunto.

– Comunque no, non è per il matrimonio Treppici. Dài, fammi salire, è importante. Una cosa personale.

Una cosa personale? Stella? Vorrà dei consigli, forse su questa partenza per la Cina. Ma su cosa? Io che ne so della Cina?

Rodrigo non è curioso, di rado i maschi etero lo sono, e lui meno che mai, ma vista dall'alto del furgone Stella gli sembra particolarmente evanescente, sul punto di dissolversi nella nebbia del mattino, e capisce che è necessario farla salire prima che i mali del mondo la frantumino.

– Si tratta di mio fratello, – esordisce Stella appena sono in movimento.

– Tuo fratello. Che tipo. Devo chiamarlo per farmi costruire degli scaffali per le piante grasse.

– Ho bisogno del tuo consiglio. Cioè, tu sai come trattare con le donne...

Silenzio. Stella non sa come dirlo, Rodrigo aspetta senza ansia. Accende la radio, su cui ascolta esclusivamente musica classica. Vi stupisce? Ma Rodrigo non è soltanto bello, capace di trattare le aree verdi e incantatore di fiori. Ha una laurea in Letteratura inglese e un diploma di pianoforte al conservatorio, entrambi, piú che buttati alle ortiche, barattati con le ortiche. Gli è rimasta però una predilezione per il canale «Classica» e capitare su *Marte, il Portatore di Guerra*, dai *Pianeti* di Holst non aiuta affatto Stella.

– Tuo fratello è sposato, no? Che fa, tradisce?

– No. Non sono sposati. Scusa, se fossero sposati, lo sapresti. Lo avrebbero fatto da noi. Vivono insieme e basta.

– Bravi. Comunque, tipo sposati. E lui la tradisce?

– No, non credo. Senti. Scusa se la domanda è un po' indiscreta ma... hai dei figli sparsi in giro, tu?

Piú che indiscreta, la domanda sembra a Rodrigo molto imprevista. Che cos'ha in mente, quella stella stellina?

– E che ne so? – risponde sincero. – Come faccio a dirlo? Un uomo non può mai essere sicuro. Qualche volta qualcuna è rimasta incinta, ma nessuna l'ha tenuto, a sentire loro. Però magari ce ne sono che zitte zitte si sono fatte il loro bambino. In altri paesi. Tipo in Olanda, quando vado al Festival dei Tulipani.

– E non ci pensi? Non te lo chiedi mai?

– No.

Stella per un attimo resta in silenzio, mentre Marte dalla radio continua a portare la guerra. Immagina un'Europa piena di bambini e bambine ricciolini e bellissimi, figli di madri assortite. Pur essendo tanto lontana da Maria Vittoria Corbani, Stella intuisce vagamente che Rodrigo non è altro che una versione mortale e contemporanea degli dèi dell'Olimpo, quelli che schioccando le dita cambiano la nostra vita, e dunque niente di strano se avesse seminato figli, anche senza prendersi la briga di trasformarsi in cigno o pioggerellina.

Ma non è il momento di iniziare un'esitante conversazione etica con il suo ignaro amato.

– Insomma, prima di tutto devi promettermi di non raccontare mai niente a nessuno di quello che sto per dirti, devi stare zitto e muto come un topolino.

– Siamo alle medie per caso? Che c'è, Stella?

– L'altro giorno è arrivata una ex di Kevin. Dice che ha un figlio suo di tre anni. Vuole che lui lo riconosca e paghi. E vada a trovare questo figlio, che adesso vive a Roma, e insomma, vuole piantare un gran casino proprio adesso che Carolina è incinta.

– Povera Carolina.

– Appunto, dài, tu sei al sesto mese di gravidanza e arriva una con un bambino uguale sputato al tuo fidanzato che non c'è neanche bisogno di fare il DNA, ma come ti senti, eh? E Kevin? Pensa che macello. Lei è veramente stronzissima, ha aspettato adesso apposta secondo noi.

– Voi chi?

– Io e Gemma. È venuta da noi, questa qui. Apposta adesso, per fare piú danno. La ammazzerei. Entro la settimana dobbiamo dirlo a Kevin sennò si presenta a casa loro, col bambino per mano.

– Brutta storia. Tuo fratello niente protezione, eh?

– Boh. Si possono pure rompere. Se non lo sai tu.

Rodrigo la guarda di sbieco, e per un attimo percepisce Stella come qualcosa di concreto. Strana sensazione. Rimescolio nel sangue.

– E quindi, che vuoi da me?

– Non lo so. Un'idea. Un consiglio. Un modo per neutralizzarla. Che non sia ucciderla.

– Fammi pensare, – Rodrigo perlustra con sguardo assente i marciapiedi di corso Trento e corso Trieste, in cerca del cancello della cliente. – Proporle di posticipare la rivelazione almeno a dopo la nascita del figlio di Carolina?

– Non è una a cui proporre cose gratis. Magari se le dessimo tipo diecimila euro.

– Li avete?

Stella alza le spalle. Sul suo conto ci sono 1810,79 euro.

– Vuoi che me la porti a letto, le scatto foto porno e la ricatto?

Stella lo guarda, severa.

– No, per niente. Non voglio che te la porti a letto e la ricatti.

– Questo era facile. Sennò non saprei.

Stella tace mentre il furgone s'infila tra due svenevoli Volvo familiari.

– Senti, – riprende poi. – Sai quando eri sposato?

Rodrigo aggrotta la fronte. – Certo che so. Sono passati solo tre anni. Me la ricordo benissimo, Daniela.

– Quando la tradivi con Miriam, lei, cioè Miriam, non ti ha mai minacciato di dire tutto a Daniela? Come la tenevi a bada?

– Facile. Le dicevo che Daniela sapeva già della nostra storia ed era d'accordo. Che c'era questo patto fra noi che io potevo andare con le altre.

– E lei se l'è bevuta?

Rodrigo alza le spalle e spegne la radio.

– Se Daniela era complice, Miriam non aveva colpe. Altroché, se se l'è bevuta.

– Non è assolutamente possibile!

Siamo nel laboratorio di Kevin Martinelli, in via Aosta, quartiere Barriera di Milano. A partire da ottobre e inoltrandosi verso l'inverno, Barriera di Milano dà il meglio di sé, sono luoghi a cui né la primavera né l'estate donano, mentre l'intirizzita operosità invernale conferisce intimità e conforto ai brutti edifici. E operoso assai è Kevin, occupatissimo a intagliare l'Archetto Rivoluzionario. Sí, perché la sposa scrittrice ha abboccato alla proposta di Lucia, e ha ordinato senza esitare un grande arco di legno intagliato da posizionare in Comune, su cui vengano rappresentati gli ideali della Rivoluzione francese. Kevin è occupato a capire come renderli visibili. Per Liberté ha pensato a un cancello di carcere socchiuso da cui evadono detenuti, vampiri e zombi. Per Égalité alla curva di uno stadio, ma per Fraternité? Come intagliare nel legno Fraternité? E proprio in quel momento, guarda a volte la vita, sono entrate in bottega le sorelle, e gli hanno spiattellato quella assurda storia di Linda.

– Non esiste. Non è mio figlio.

Kevin è definitivo. Inutile mettergli davanti la foto di Gianmatteo, il piccolo Kevin.

– Non è vero che mi assomiglia. È tutto Linda.

– Dài, per favore. Non arriviamo da nessuna parte se neghi l'evidenza.

– Non è mio figlio. Lo volete capire? Io non sono piú andato con Linda dopo che mi sono messo con Carolina.

– E le zone grigie? – insiste Gemma.

– Quali zone grigie?

– Quelle che esistono nelle storie, dài. Le abbiamo tutti, le zone grigie. Stai già con quella o quello nuovo, ma ancora fai le ultime scopate con quello o quella di prima. Succede. Non sai come districarti. Ci caschi. Ti dispiace. Mettila come vuoi, succede.

– A me non è successo. Dalla prima volta che sono uscito con Carolina, non ho piú avuto a che fare con nessun'altra. E sapete perché?

– Perché la ami. Noi Martinelli abbiamo questa cosa, che quando amiamo… – attacca ispirata Stella, ma suo fratello la interrompe.

– Sí, e la amo con impegno. La capite questa parola? Impegno. La amo e non voglio tradirla, mentirle, fare pasticci. Punto.

– Sí sí, bello, ma l'avrai pur vista Linda per dirle che la mollavi, no? Ed è proprio in quei casi che ci scappa un'ultima volta –. Gemma non è una Martinelli, e lei qualche zona grigia nella vita sua l'ha attraversata.

– L'ho vista, ma non l'ho messa incinta. E quindi, tanto per venire al punto, non ho nessuna intenzione di riconoscere, mantenere o avere a che fare con questo bambino. Non è mio, non mi riguarda.

– Kevin, è uguale a te però, – insiste timidamente sua sorella. – E se non ti metti in contatto con Linda entro questa settimana, lei lo porta da Carolina.

– Se ci si prova, la smonto –. Con un sorriso incosciente, Kevin precisa. – Faccio diventare pieghevole anche lei.

Gemma e Stella si guardano. Perché Kevin è cosí testardo, cosí ottuso e, soprattutto, cosí bugiardo?

– Quindi che le diciamo?

– Di non farsi piú vedere né qui né a Santa Brigida.

Uscendo dal laboratorio, dove Kevin ha ripreso a disegnare ipotesi di Fraternité fischiettando come un merlo senza pensieri, le cognate sono molto scoraggiate, e portano il loro scoraggiamento fino a un bar davanti al ponte Rossini, dove cercano un breve conforto in un aperitivo con frittini di zucchine. Stella ha raccontato a Gemma il deludente esito del suo colloquio con Rodrigo e Gemma ci sta riflettendo. Forse non è del tutto da buttare, l'idea.

– E se provassimo la linea Rodrigo? – chiede a Stella. – Se dicessimo a Linda che Carolina sa già tutto e non gliene può fregare di meno?

– E che Kevin molto presto si farà vivo con lei e si metteranno d'accordo?

– E quindi è inutile che si presenti eccetera col bambino per mano?

– Cosí guadagniamo un po' di tempo e magari intanto un tir la mette sotto?

C'è entusiasmo, in questa progressione, ma dura poco, perché Gemma scuote la testa.

– Funzionerebbe in un libro, ma nella vita vera no. Nella vita vera, la gente si telefona.

Eh già. Le ragazze non sono stupide.

– Faccio portare delle altre olive ascolane? – chiede Stella per superare l'impasse.

E anche i gamberetti in crosta e le mini milanesi. Cullate dall'infallibile conforto che procurano gli alimenti fritti, Gemma e Stella si rilassano, e Gemma tira fuori ancora una volta il cellulare, per riguardare insieme a Stella le foto dell'uomo con lo zainetto.

– Ci vedi qualcosa che possa identificarlo? Dài, Stella, tu hai un sacco di immaginazione.

Stella guarda e riguarda. Niente. Ingrandisce. Ingrandiscono. Vestiti non definibili. Aspetta però.

– Le caramelle. Aspetta.

Gemma si rianima tutta. Brava Stella. Forse sono caramelle di un'unica piccola pasticceria che ha solo sette clienti e uno è lui? Come in quei gialli che piacciono tanto a mamma Diamanti, quelli in cui è facilissimo scoprire chi è l'unico cliente che compra i cioccolatini con il ripieno di crema al caffè.

«Ah, certo, Miss Marple. Ricordo benissimo. Questi cioccolatini li ordina solo Miss Letizia Murgatroyd, quella che abita ai "Sette salici", il villino in fondo a Raspberry Lane, dove anni fa è morto il colonnello Bainsbury, quando gli cadde in testa un alveare...»

Ma ingrandita a dismisura la carta delle caramelle rivela solo che sono delle normalissime Morositas.

– Guarda… – s'intenerisce Gemma. – Non mi ero accorta. Gli piacciono le Morositas, come a me!

– Ehi! – Stella si accende di entusiasmo. – Prova a vedere se c'è una pagina Facebook o Instagram o qualcosa tipo: Quelli che amano le Morositas, oppure Morositas For Ever, o qualcosa del genere, cioè, una pagina o un blog o qualcosa per fans delle Morositas, magari c'è lui fra i soci, e ti iscrivi anche tu, e poi vi scambiate opinioni sulle Morositas e…

– E niente –. Gemma la blocca, tetragona. – Stella. Aveva un pacchetto di Morositas in tasca. Fine. Non esistono fan club delle Morositas.

– Vabbè… guardiamo?

Guardano e, non ci crederete, effettivamente NON esiste un fan club delle Morositas.

21.

Chubangjang-ŭi sawi

Le Porte del Siam è un ristorante thai in cui non lavora nessuno proveniente dalla Thailandia. Questo perché i thai restano volentieri là dove sono e raramente gli passa per la testa di aprire un ristorante in remote località del Piemonte occidentale. Ma la cucina thailandese gode di ottima fama e cosí i cinesi, notando un certo sovraffollamento di ristoranti cinesi nelle maggiori città e anche in quelle minori, hanno iniziato ad aprire ristoranti thailandesi, in cui operano insieme a orientali di qualsiasi etnia e a parecchi locali.

Cosí funziona anche Le Porte del Siam, dove è chef il valoroso Pak Doo-khi, nato a Seul, e sous chef suo genero Sung Chan-koo che tanto ha ingolosito Maria Elisabetta Corbani.

– Sung, avrei una proposta da farti, – dice Lucia, dopo l'ultima cucchiaiata di Khao Niao Mamuang.

Stasera piove, piove senza stancarsi come piove solo in certe sere di febbraio, quando la pioggia è completamente giustificata.

– Kikkŏi tŭrŏ chulke! – risponde Sung, che capisce perfettamente l'italiano ma non lo parla per nessun motivo. Questo rende i dialoghi con lui molto affidati all'interpretazione personale. Lucia deduce dalla sua espressione piacevolmente interessata che Sung è disposto ad ascoltare.

È seduta a un tavolo del ristorante, al termine di una cena solitaria. L'esperimento Diego e Lino non si è ripetuto. Da quando Tony Cosenza è rientrato sia pure per interposta fidanzata nella sua vita, Lucia ha capito definitivamente qual è il suo posto nel mondo, ma di questo parleremo poi. Adesso, osserviamola mentre guarda Sung, seduto accanto a lei, con un iPad fra loro, al momento fermo sull'immagine di un semaforo avvolto nella foschia.

– Vorrei offrirti un lavoro come fotografo. Tu sei davvero bravo –. Lo sa Lucia, perché è cliente abituale e diletta delle Porte del Siam, e ogni volta che ci va, al termine del pasto Sung si siede accanto a lei con il suo iPad e le mostra centinaia di metri di foto e video realizzati tra un'affettatura di zenzero e l'altra. Sung fotografa tutto: idranti e neonati, crepe nel muro e pirati della strada, uva e temporali. E tutto assume una nettezza maligna, si anima di uno spirito orientale per nulla affidabile. Per questo Lucia lo ha scelto per le nozze Corbani-Cosenza. È certa che le sue fotografie e i suoi video del matrimonio saranno splendidi e insopportabili nello stesso tempo.

– Na ch'oegoya.

– Ecco, sí. Si tratta di un matrimonio, un matrimonio importante, di gente famosa, che io devo organizzare. La sposa vuole qualcosa di diverso dai soliti servizi, e io ho pensato a te. Guadagnerai tantissimo.

– Aju choha. Nan ton-i kkok p'iryohae!

– Mmm… spero tu mi stia dicendo che ti interessa. Lo sposo è Tony Cosenza. La sposa Maria Elisabetta Corbani.

Sung la guarda senza dire niente. Non ha idea di chi siano queste persone, e neanche gli importa. Si sposano? Si sposano. Lui deve documentare queste nozze? Lui documenterà queste nozze.

– Sono famosi. Lui è un ex calciatore, lei una scrittrice. Se sei interessato, ti combino un appuntamento con loro. O almeno con lei, perché lui… niente. Lui in agenzia non ci viene.

Cupo silenzio. Lucia l'ha messo come condizione. Non vuole mai piú posare lo sguardo su Tony Cosenza in carne e ossa, ne ha fin troppo di Tony Cosenza sulle notizie di Yahoo.

Sung non commenta, non ha interesse, e dopo un attimo Lucia riprende.

– E per una volta, parla italiano. Non puoi trattare con le clienti se non capiscono cosa dici.

– Kŭ kŏl mot'agessŏ, – risponde Sung, chiude l'iPad e sorride a Lucia prima di andarsene. Gli piace, Lucia, e a volte nella sua mente coreana balena l'idea di fare l'amore con lei, nonostante a Seul lo aspetti la dolce Choi Eunhee con un certo numero di piccoli adorati figli, tre o forse quattro, non ricorda bene.

Ignara di essere oggetto di desiderio, Lucia interpreta quel sorriso come assenso, paga e si dirige verso casa, ovvero verso la tetra immagine notturna del Palazzo degli Sposi battuto dai venti e dalla pioggia. Stasera i lampioni di corso Regio Parco sono spenti per un guasto e la piccola Lucia che arranca sul vialetto senza ombrello verso quella grande forma buia è un'immagine molto dickensiana, anche se lei non lo sa non avendo mai letto nemmeno una riga di Dickens in vita sua.

Pensa al matrimonio di Tony, come fa quasi tutto il giorno quasi tutti i giorni. Ma ci pensa guardandolo da una prospettiva completamente nuova. Come si accennava prima, adesso sa qual è il suo posto nel mondo. In queste giornate angosciose, a confronto con la demente ossuta che Tony sposerà solo per divorziare a razzo e farsi spolpare un altro po' di alimenti, ha capito che il suo posto nel mondo è quello di suora laica. Una figura un po' démodé, raramente presente nelle cronache mondane, però distinta e rispettata. Normalmente ci si immagina la suora laica con gli occhiali fumé e le calze spesse, ma va bene anche vestita da Zara. Lucia ha intenzione di accettare il ruolo senza formalizzarlo, dedicandosi in silenzio e solitudine alla venerazione per quell'idiota imbecille con cui si è lasciata quindici anni fa. Non sarà un progetto di vita entusiasmante, ma se non altro è chiaro, e non lascia margini all'improvvisazione. Per questo ieri sera ha rifiutato l'invito a cena del padre divorziato di Benedetta, la sposina arcobaleno piantata in prossimità dell'altare dalla perfida fidanzata.

L'architetto Leandri è passato a salutarle e a rammaricarsi per il definitivo crollo del matrimonio. A quanto pare Benedetta ha deciso di dimenticare Patti con un lungo viaggio nelle riserve indiane, in cerca di una Pocahontas che la riporti a nuova vita. È venuto di persona a portare la notizia, papà Leandri, ma il suo scopo era un altro. È infatti uno dei pochi congiunti maschili di sposa che abbia partecipato in modo creativo alla progettazione delle nozze e in corso d'opera ha concepito una certa simpatia erotica per la wedding planner, cosí aguzza e misteriosa. Da uomo sobriamente divorziato, non vede perché non provarci. E ci ha provato. Al momento dei saluti, mentre Lucia di pessimo umore si congedava bruscamente da lui e dal matrimonio di sua figlia, Giacomo Leandri aveva azzardato.

– Le sta molto bene questa sfumatura di rosa. Direi che è un Pantone 182.

Lucia lo aveva fulminato di disinteresse.

– A casa mia lo chiamiamo rosa antico. Siamo gente ignorante.

– Non faccia la snob. Oppure, se vuole farla, che ne dice di continuare stasera durante la cena?

– Mi sta invitando a uscire?

– Sí, brava.

– Mi spiace, ma io non esco. Grazie comunque.

Giacomo Leandri non aveva fatto quello che avrebbero fatto altri dieci uomini su dieci, e cioè chiesto a Lucia se non usciva MAI CON NESSUNO. Si era limitato a un breve cenno del capo e a un sorriso, e se n'era andato.

Che stupida, pensa Lucia arrancando nella pioggia verso il palazzetto momentaneamente trasformato in location horror, avrei potuto andarci, a cena con lui. Giacomo Leandri è un tipo interessante e deciso. Avrei potuto mettermi il mascara, avrei potuto sentirmi addosso quelle belle mani architette che toccano con destrezza le matite. Se me lo avesse chiesto un mese fa, quando ancora non ero una suora laica, avrei detto di sí. Invece ho semplicemente trovato il fotografo giusto per seminare un leggero panico nelle immagini di quelle nozze.

Arrivata a casa, Lucia si prepara una tazza di Ciobar, e si siede in cucina a completare gli «Incroci obbligati» che ha lasciato a metà al mattino. I tipici versi dei tacchini. Gloglottii.

22.

Camorristi marchigiani all'azione

– Quindi niente? Quel bastardo si rifiuta di vedermi e di vedere suo figlio?

– Lui dice che non è suo figlio –. Stella si è incaricata di chiamare Linda per comunicarle lo scarso esito della trattativa, in quanto è lei la parente di Kevin, la consanguinea di Gianmatteo Pig. Gemma lo avrebbe fatto volentieri, non vedeva l'ora di insultare un po' quella vile invidiosa, ma si rende conto che se c'è un lato positivo in questa mini sciagura è che Stella sta migliorando il suo rapporto con la vita reale. La presa a tenaglia del binomio Abiti da sposa – Amore impossibile si sta allentando, e Gemma non esclude che affrontare Linda Capello e il suo bagaglio di malignità possa contribuire a rendere piú salda la presa di Stella sul mondo.

– Ah, dice cosí? Che pezzo di merda. Beh, se non ha un gemello, direi che è proprio suo, invece. Okay. Domani vengo su. Ciao.

– Ma, scusa, non lavori in Rai? Ti lasciano andare e venire cosí?

– Ho un casino di ferie arretrate.

E sono l'amante del direttore del personale, potrebbe aggiungere, ma figuriamoci.

Eppure, quando il domani si presenta con la solita puntualità dei domani, non porta con sé Linda. Gemma e Stella passano la giornata saltando come pop-corn ogni volta che suona il telefono, ma niente, tutto resta tranquillo, e Carolina continua a essere ignara delle macchinazioni degli dèi dell'Olimpo.

Infatti, ecco a voi, la sera di questo famoso domani, Kevin e Carolina nella cucina del Divino Amore.

Kevin sta illustrando a Carolina i pregi delle cerniere piatte per carico pesante che dovrebbero contribuire in modo determinante a rendere pieghevole la sua auto. Carolina lo ascolta con attenzione, nonostante stia un po' sulle spine perché ha ancora 97 pagine di *Vera Storia* da revisionare e la consegna entro due giorni.

– Guarda dove le piazzo… – Kevin ha srotolato sul tavolo i suoi disegni, da cui risulta che, una volta piegata e ripiegata, l'auto occuperà piú o meno lo spazio di un trolley.

– E il motore? – A Carolina il problema del motore sembra serio, non le sembra possibile, neanche per il suo caro Kevin, inventare un motore pieghevole.

– È qui! – Kevin indica una specie di grosso barattolo che nel suo disegno sta inscatolato fra cerniere e pannelli di legno. – È un motore ricaricabile e funziona con lo stesso principio dei cellulari. È stata un'idea di Pablo, del motore si occupa lui.

Vi stupisce, l'allegra noncuranza di Kevin?

Ve lo immaginavate tormentato dal pensiero di Linda, che da un momento all'altro potrebbe presentarsi con un bambino al seguito? Un bambino che gli assomiglia spiccicato? È perché non conoscete Kevin, che ve lo immaginate cosí. La giornata è passata, Linda non è apparsa, e lui già si è dimenticato tutta la faccenda, attribuendola a un eccesso di drammatizzazione delle sorelle. Probabilmente Linda si è limitata a dire qualcosa tipo: «Ehilà ragazze! Sapete che ho un figlio che assomiglia un po' a Kevin? Pensate che potrebbe darmi una mano a mantenerlo?» E loro ci avevano ricamato su.

In realtà, se Linda ancora non è comparsa è solo perché un evento imprevisto l'ha costretta a rimandare la partenza da Roma.

Breve flashback a casa di Linda, quel mattino alle sette.

– Sicura, non vuoi che venga anche io? Mi farebbe piacere vedere il paese in cui sei cresciuta, conoscere tua zia...

Dice Luca, il dentista anzianotto con cui vive Linda, che svolge con puntiglio il ruolo di padre di Gianmatteo e con altrettanto puntiglio ignora l'amichevolissimo rapporto tra Linda e quel direttore del personale.

Lei sta chiudendo le valigie, mentre lui le porge le ciabatte di peluche che sono rimaste fuori. Linda le caccia dentro con la determinazione di chi non accetta un no da nessuno, nemmeno da una valigia.

– Non ti basta mia madre? – La vedova Capello vive con loro a Roma, e passa il tempo dal tabacchino a comprare Gratta e Vinci.

Poi il gentilissimo ha accompagnato lei e suo figlio a Termini, dove però regna il caos, e lampeggianti avvisi che dicono sciopero, sciopero selvaggio e improvviso del personale ferroviario, sciopero intempestivo e assoluto, treni annullati, annullati, annullati!

Niente, bisogna rimandare. Si torna a casa, con grande contentezza di Luca e di Gianmatteo, che questo viaggio al nord non lo vedono affatto bene.

Ma anche il piú ostinato degli scioperi ha una fine, o presenta degli spiragli di operosità in cui si permette ad alcuni treni di viaggiare, e cosí qualche giorno dopo finalmente Linda e il piccolo Pig sbarcano a Torino Porta Nuova, armati di speranze per il loro avvenire.

Linda è armata anche di un Samsung Galaxy S8 Plus che le ha regalato il suo amante e lo usa per chiamare Carolina, di cui si è fatta dare il numero dall'ignara suocera.

– Pronto? Carolina? Ciao, sono Linda... Linda Capello.

– Ehi... ciao... come va? Sei ancora a Santa Brigida?

– Sono qui... ero tornata a Roma ma ora sono di nuovo qui. Faccio un po' avanti e indietro. Senti... volevo parlarti di una cosa... un lavoro... sei a casa adesso?

– Un lavoro? A me?

– Sí... sai, qui in Rai, si sentono voci e notizie, e insomma c'è una cosa che potrebbe interessarti. Visto che sono in città... se passo un attimo adesso?

– Veramente io sono dai miei. Tu stai da tua zia?

– Sí, pensavo di sí.

– Allora ci vediamo su. Io resto fino a stasera.

– Perfetto. Passo da voi nel pomeriggio, allora.

– Dài. A dopo.

Alle 12 e 40, mentre Carolina riattacca perplessa chiedendosi quale lavoro mai possa proporle Linda Capello...

...Gemma sta consigliando a Eloisa Treppici di evitare un volo di colombe all'uscita dalla chiesa.

– Perché le colombe, volando producono escrementi. È proprio l'atto del volo che induce. Piuttosto uno stormo di palloncini bianchi...

Va sul sicuro, certa che Eloisa Treppici sia felicemente priva di coscienza ecologica e ignori la recente polemica che ha coinvolto i palloncini, accusati di inquinare cielo, mare e ogni luogo.

Va sul sicuro anche Stella, che sempre alle 12 e 40 di questo giorno del destino sta studiando gli abiti apparsi qualche mese prima al Met Gala di New York, in cerca di quello da trasformare nel vestito da sposa che Maria Antonietta avrebbe indossato se fosse stata Rihanna. Vuole che la sposa Corbani non conosca rimpianti, e non debba mai pensare, durante i lunghi anni della sua arida vecchiaia: avrei potuto avere un falpalà in piú, una croce di strass piú grossa, dei panier piú voluminosi, qualche altro metro di pizzo dorato attaccato alle braccia, un sovrappiú di perle sul diadema. No. L'imminente signora Cosenza avrebbe avuto addosso tutto ciò che una donna può reggere dovendo comunque muoversi per qualche metro. A questo proposito, è meglio sensibilizzare anche Rodrigo.

– Ehi. Ciao. Ti disturbo?

– Sto controllando gli abeti.

– Adesso? Ma Natale è passato da un pezzo.

– Appunto. Quelli che mi hanno riportato dopo le feste. L'esercito dei morti viventi.

– Veramente?

– E certo. Li tengono per un mese negli appartamenti surriscaldati dentro un vasetto asfittico spruzzandoli ogni tanto neanche fossero camicie da stirare, e poi me li riportano tutti orgogliosi, come se avessero appena riforestato il Canada. Li odio.

– E muoiono tutti?

– Quasi, ma io comunque ci provo, e perdo un sacco di tempo. Senti, se vuoi chiacchierare vieni qui ma non tenermi al telefono che ho da fare.

– No, volevo solo dirti, cioè, volevo capire che peonie hai, di che colore. E anche se le hai grandi esagerate. Da mettere in testa alla Corbani. Sai, quella che vuole sposarsi nella Rivoluzione francese.

– Peonie? Non avevamo detto calle e fiori della tangenziale?

– Sí, ma in testa le metterei le peonie. Visto che si sposa in maggio, ci stanno. Perle e peonie, per suscitare molta invidia, molto disprezzo nel proletariato.

– Guarda che non stai facendo una regia al Regio, ragazzina. Fammi vedere i bozzetti del vestito e io ti dirò se ci possono stare le peonie. E ora scusa, ma devo scacciare gli scoiattoli dagli abeti.

– Cioè tipo Paperino?

– Chi?

– Paperino con Cip e Ciop nell'albero di Natale.

– Aha. Ciao Stella.

Rodrigo riattacca, e Stella si chiede, preoccupata, se

Rodrigo sia stato privato, durante l'infanzia, anche dei cartoni Disney di Natale. Questo spiegherebbe molte cose.

Sono tranquille, dunque, le zie, mentre Linda e Gianmatteo prendono il Gtt blu per Santa Brigida. Linda è un po' delusa, le sarebbe piaciuto fare il suo numero immediatamente, ma si rende conto che c'è anche un lato buono nel lieve contrattempo: sganciare la bomba a Santa Brigida, in casa Diamanti, avrà un effettaccio reality niente male. Recuperato rapidamente il buonumore, annuncia tutta allegra al figlio che finalmente conoscerà il suo papi.

– Peppente, – risponde Gianmatteo, che ha da poco imparato il nome dell'animale che striscia, e non se ne distoglie.

– Papi, Giammi. Adesso ti porto dal tuo papi.

– Babbo. Uca.

Gianmatteo è convinto che suo padre sia quel signore che gli fa «Il cavallo del soldato», cena con loro ogni sera e al mattino trova nel letto della mamma. Come dargli torto? Linda sospira, le farebbe comodo un po' di collaborazione da parte del bambino, ma tocca accontentarsi.

Ignara come solo le donne stronate sanno esserlo, Carolina sta combattendo con le ultime pagine di *La vera storia di Vera Storia*, seduta nella cucina di sua madre, con il Mac aperto davanti a lei.

A Carolina piace, ogni tanto, passare la giornata a Santa Brigida, sopra la cartoleria, e oggi è il giorno giusto perché Kevin sta montando una libreria su misura molto complessa nella villa sul lago Maggiore di un filosofo locale. L'ha accompagnata, tanto era di strada, e suo padre la riporterà a casa. Ma non guida, Carolina? Di solito sí, ma ormai la pancia comincia a essere un pochino ingombrante. Lei e Kevin si ritroveranno stasera, a libreria montata, e revisione terminata.

Nonostante la complessità della libreria e la bipolarità del filosofo, dei due il compito di Carolina sembra il piú gravoso.

– Mamma, io lo vedo come un disastro, questo libro. Ormai mancano neanche dieci pagine alla fine, e non si capisce niente. Zero di nulla. Non c'è un senso. Non ce l'ha fatta, ma'.

Valeria sta tirando fuori dalla borsa gli involti recuperati da sua sorella in gastronomia.

– Chi? A fare cosa?

– La Corbani, a dare un senso alla storia. Si è incasinata fin sopra i capelli e in queste ultime pagine non risolve niente, sembra una che ha buttato per aria una casa per una festa… o per rubare… e poi se ne scappa via lasciando tutto il casino. Non so come possono pubblicare questa roba, da Cartigli. Senti qua.

Valeria annuisce, aprendo i contenitori. Che buoni, oggi: involtini di cavolo, sarde in saor (l'aiutante di Ines è figlia di veneti sfollati negli anni '50), insalata di patate…

– Vera Storia è bloccata in una teleferica sullo Zermatt mentre il gemello del dottor Assenzi, e ti giuro mamma che questo gemello è saltato fuori adesso, a pagina 497, vorrebbe salvarla prima che il filo della teleferica si spezzi, ma lei, convinta che sia il vero dottor Assenzi, cerca di ucciderlo sparandogli dalla cabina. E poi c'è Agesila che non è morta. Ma abbiamo visto il suo cadavere in tutte le salse! Come fa a non essere morta? E Olivio? Il fedelissimo servitore gay di Vera Storia, le ha appena rivelato di non essere affatto gay, di amarla da sempre, e che tutto l'inganno risale alla precisa volontà di un lontano cugino affiliato alla camorra marchigiana. Io non credo che esista, la camorra marchigiana. E se anche esistessero un paio di camorristi marchigiani, cosa vuoi che gli importi se Olivio è gay o non è gay?

– Peggio per lei, tesoro. Tu controlla che non ci siano errori di grammatica o di ignoranza, e fregatene.

– Eh, no. Il compito di una brava redattrice è anche segnalare o correggere le incongruenze. Ma sono troppe. Farei prima a riscriverli, certi pezzi.

– E allora riscrivili. Senti, vado un attimo sotto ad aiutare papà che a quest'ora c'è la mandria delle elementari che escono da scuola e gli manca sempre qualcosa per fare i compiti nel pomeriggio.

– I compiti nel pomeriggio non dovrebbero esistere.

– Brava te, e noi come le paghiamo le rate della macchina nuova?

Rimasta sola, Carolina legge.

«Ho visto troppi topi fingersi statuine», disse Vera Storia con voce tremante, puntando l'arma infuocata in direzione di Carlopiero che agitava e rigitava le braccia tentando di infonderle la propria buona fede. «Ora ti squaccerò come la frana che distrusse Pompei. Addio, Gualtiero!»

«Non sono Gual...» urlò Carlopiero, ma era troppo tardi. Una rafficata di bulloni interruppe il suo tentativo di essere diverso. Ma era veramente Carlopiero?

«Sei veramente Carlopiero?» gridò Vera ai poveri resti agonizzanti. Essi non risposero, e la donna si abbandonò finalmente a quel pianto vorace che le sbatteva dentro da troppo tempo. Erano morti tutti, tutti.

«Sei morto anche tu, Carlopiero o forse Gualtiero ma comunque morto, e Olivio, barbaramente ucciso dai camorristi marchigiani...»

Carolina sussulta. Ma chi, ma quando? Olivio non è mai morto, non è mai stato ucciso da nessun camorrista, tre pagine prima si è dichiarato a Vera Storia durante un karaoke a Riccione.

Continua a leggere, ormai quasi disperata.

«Olivio, barbaramente ucciso dai camorristi marchigiani, e anche tu, mia cara Taminda, e la mia adorata Agesila, l'amica migliore che una donna possa avere fra le procelle

della vita. Ricordo ancora quando ci siamo conosciute in terza elementare...»

No, no, no, ancora la terza elementare no. Carolina vorrebbe morire anche lei ma, sorpresa, una voce sorge alle spalle di Vera Storia, ancora china sulle nevi dello Zermatt.

«No, mia adorata, no. Agesila non è morta. La puoi trovare in un convento in Cappadocia».

Vera si voltò, in preda al vacuo horror che in noi suscitano i fantasmi dei nostri cari. Olivio, un semplice ologramma argentato sullo sfondo dei pini, le sorrideva, per quanto teschio.

E qui parte una pappardella di 18 pagine in cui Olivio ragguaglia Vera Storia sulla sorte di Agesila, e nello stesso tempo le fornisce ampie informazioni sulla morte dopo la morte.

Perciò, riflette Carolina quasi in lacrime, questo stradannatissimo Olivio dev'essere morto. E ora dovrei telefonare alla Corbani e rammentarle di ficcare da qualche parte la scena in cui Olivio muore, o un resoconto di questa morte, qualcosa insomma che mi giustifichi il fantasma. Non possiamo lasciare un personaggio che canta *Ti amo* di Umberto Tozzi al karaoke e tre pagine dopo ritrovarlo fantasma. Cioè, potremmo in un libro tipo i nouveau roman, un Claude Simon, ma non in *Vera Storia*! Devo telefonarle. E dirglielo.

Alla sola idea questa ragazza coraggiosa si sente svenire, e a conferma l'Elvis o la Clementina che ha in pancia le tira un paio di calcioni ben mirati.

No, pensa Carolina, basta. Questa faccenda della morte di Olivio la risolvo io. Tanto in casa editrice nessuno legge veramente questo libro. Lo pubblicheranno cosí e ciao.

Va indietro di due pagine, al punto in cui Olivio e Vera si lasciano a Riccione, lei per andare sullo Zermatt, lui per far visita alla madre, sindaco di Rimini. E s'inserisce nel file, sospirando appena. Senza troppo pensare, scrive, con la testa leggera, allegra.

Olivio camminava veloce per le strade buie di Rimini, la Rimini alta, quella limpidamente antica e quieta, che tanto poco ha da spartire con i vialoni congestionati della Rimini balneare. Poca carne sulle costole, pochi pensieri nella mente, adesso che si era finalmente liberato da quel masso morale. Sí, aveva confessato a Vera di amarla, e di non essere gay. Aveva fatto coming out. O forse per gli etero si chiama coming in? Olivio stava riflettendo su questo interrogativo, ormai a pochi passi da casa di sua madre, il sindaco Goodway, quando si ritrovò circondato da quattro uomini non molto alti e armati di grossi fucili a canna mozza.

«Siete camorristi marchigiani, vero?»

Gli uomini annuirono in silenzio.

«Vi manda Gualtiero?»

Gli uomini annuirono in silenzio.

«Siete qui per porre fine a un'antica faida fra le nostre famiglie?»

Gli uomini annuirono in silenzio.

«Ebbene, allora sparatemi, crivellatemi senza rimpianti, perché io ho piantato il seme del mio amore nel cuore di Vera Storia, ed esso germoglierà e vivrà lungo i sentieri imprevedibili delle vite altrui, anche se la mia termina adesso qui, in una buia strada di Rimini, sotto una luna errante. Ditemi, o miei assassini, posso almeno salutare mia madre?»

Gli uomini fecero segno di no, in silenzio, e poi spararono.

Come ballerini di Pina Bausch, sincronici e spezzati, si allontanarono nella notte, lasciando Olivio agonizzante proprio davanti al portone di sua madre. Un'incipiente e clemente sordità impedí al sindaco Goodway di sentire gli spari, sovrastati dal canto di Maria Callas, la sua artista preferita.

Olivio morí poco a poco, la vita lo abbandonò per gradi, lasciandogli il tempo di rimirare la luna, e sussurrare qualche verso mentre il pensiero di Vera lo accompagnava verso la bruma dell'aldilà: O graziosa luna, mai piú io verrò pien d'angoscia a rimirarti.

Ecco fatto. Nessuno ci farà caso. Olivio è morto, e può tranquillamente apparire come fantasma. Carolina è particolarmente soddisfatta di come ha risolto il problema dei camorristi marchigiani: impossibile farli parlare, perché lei non ha la piú pallida idea di come parlino i marchigiani. Assassini silenziosi, perfetto.

Accoglie sua madre con uno stato d'animo piú leggero, e al termine del pranzo, mentre bevono il caffè, racconta ai genitori come si è tolta dagli impicci.

– Mamma, ho fatto come dicevi tu. Ho scritto io un pezzettino per sistemare le cose. Avevo un morto che era vivo e l'ho ammazzato.

– Bravissima. Ma se lei se ne accorge?

– Non è possibile. Sono sicura che non rilegge i suoi libri. Chi glielo fa fare?

– Beh, pensa se vince di nuovo l'Isolabella, un pezzettino sarà tuo! Devo proprio raccontarlo a Gabri, che si vanta sempre che sua figlia lavora all'Onu. Vero Renato?

Renato Diamanti non ha sentito una parola di quella storia, troppo preso com'è da Sky Sport, e annuisce compiacente, prima di tornare in cartoleria che tra poco arriva il distributore della Panini.

– Mamma –. Appena restano sole, Carolina prende il toro del pettegolezzo per le corna color fucsia. – Guai a te se dici una parola a qualcuno. Anzi, dimenticatelo. Se scopro che ne hai parlato con le tue amiche io... io... – Carolina si concentra. Una minaccia veramente efficace? – chiamerò la bambina Beyoncé.

– La bambina? Lo sai? Hai fatto l'ecografia?

– L'ho fatta ma non lo so. Voglio la sorpresa.

E in uno di quei momenti perfetti in cui la vita si comporta come una soap, esattamente in questo momento, suonano alla porta.

– Ah, dev'essere Linda. Mi ero dimenticata. Ha detto che passava, deve parlarmi di un lavoro. Mi raccomando, ma'. Zitta.

– Muta. Perché tutto, ma Beyoncé no –. Valeria va al citofono, guarda, apre, e torna in cucina dicendo:

– Strano, c'è un bambino con lei. Chissà chi è.

23.

Eva e Adele, ve le ricordate

Ehi, voi che avete letto *Ragazze Mancine*, ve la ricordate, la casetta di Eva e Adele? Quella dietro corso Belgio? Dopo che le ragazze se ne sono andate, ciascuna incontro al suo destino, la zia suora aveva deciso di venderla, e si era trasferita in Portogallo con Emerenziana, avendo saputo da amici pensionati che lí si faceva la vita beata con pochi euro. E chi l'ha comprata? Il professor Valenti, a cui piace stare in centro, ma non piacciono i palazzi.

Tra i molti pregi della casetta, c'è anche quello di trovarsi a breve distanza da un Carrefour che si mantiene aperto 24 ore per 7 giorni.

Su questo conta Stefano, per accogliere con un certo comfort sia Vittoria che se stesso. La sua fidanzata non è venuta a prenderlo all'aeroporto, impegnata com'era a prospettare a una platea di avvocati la possibile fantarichiesta del pubblico ministero per Egisto, e lo raggiungerà al termine del convegno. Ma una volta sceso dal taxi ed entrato in casa, il biologo si è reso rapidamente conto della totale assenza di cibo e altri generi di conforto. Cosí è uscito e ha fatto i pochi isolati che lo separano dal benevolo supermercato. A quest'ora, le dieci e mezzo di sera, è poco frequentato, e prevalentemente da persone che hanno esigenze primarie: un musicista che compra Pampers 3-7 chili, una signora affannata che getta nel carrello scatolette di cibo per gatti, ragazzini che caricano birre, e lui, che invece con calma sceglie cioccolata, salmone affumicato, burro, pane, limoni, acqua frizzante, uva, mele, brie, speck... spuntino di mezzanotte. Tutto tranquillo?

No.

Mentre è fermo davanti al banco frigo, incerto se prendere un dessert pronto, tipo quel tiramisú, o quei profiterole, nota poco piú avanti, ferma anche lei a considerare una piccola parete di burri, una ragazza alta, chiaramente incinta. Nel suo carrello c'è poco, una scatoletta di acciughe o sardine, un sacchetto di patatine e uno di uva. Ha un'espressione molto concentrata, e guardandola Stefano prova una strana sensazione. Non la conosce, però forse la conosce. Gli evoca qualcosa d'importante, eppure non l'ha mai vista. La fissa, forse addirittura a bocca aperta, e lei, trascinata dallo sguardo su di sé, si volta e lo fissa a sua volta. Sul suo viso appare un'espressione che è lo specchio di quella di Stefano: incertezza, pungolata da una sensazione, un mezzo ricordo. Poi, però, le pupille negli occhi verdi si dilatano, e il respiro si lascia trattenere. Lei ha capito chi è lui. Lui, invece, non ha capito chi è lei, ma la situazione, nel suo insieme, lo riporta a quella volta, quella volta sí, a Fiumicino, bar dell'aeroporto, sí sí, ragazza con le trecce, lei. Sí, ma non è lei. Non è lei non è lei non è lei. E allora perché lo guarda? Come se avesse una terribile voglia di parlargli.

Tutto questo a raccontarlo prende un certo numero di righe, ma a succedere occupa pochissimi secondi, e svanisce quando Stefano, bruscamente, si allontana con il suo carrello. Essendo un uomo, e peggio ancora un biologo, non ama soffermarsi sulle sensazioni sfuggenti, e non indaga sui perché delle emozioni.

Carolina, invece, resta immobile davanti ai burri, sopraffatta dalla mancanza di misura della vita, che in un giorno solo le ha rifilato choc a sufficienza per i prossimi dieci anni. Prima si è trovata a scrivere un pezzo di un romanzo altrui, poi Linda Capello con il piccolo Kevin, e adesso l'uomo di cui ha visto la foto troppe volte per non identificarlo. Il misterioso amore di Gemma, l'Uomo di Fiumicino.

Lo dovevo sapere, che se in un giorno ti succedono due cose impossibili, poi arriva anche la terza, pensa, identificando finalmente il burro Tapporosso della Centrale, da accompagnare alle acciughe.

Quella sera, guidando lungo la Gravellona Toce, Kevin è parecchio oppresso dal peso di tutta la conoscenza che gli è stata impartita durante il giorno. Il filosofo del Lago Maggiore, invece di lasciarlo lavorare in pace e andare a farsi un giro fino alle Isole Borromee o altre amenità del luogo, è rimasto piantato in biblioteca tutto il tempo, continuando a parlargli, convinto che Kevin sia un cosiddetto diamante grezzo, ovvero che sia sprecato a fare il falegname, ovvero che nella vita debba aspirare a qualcosa di meglio che progettare macchine pieghevoli, ad esempio laurearsi in filosofia.

«Breve è il passo dal lavoro manuale alla filosofia, si può dire che sia un aureo sentiero a condurre dall'uno all'altra, un sentiero disboscato da Tommaso d'Aquino, e dalle sue immani riflessioni sul valore del lavoro. Senza bisogno di giungere alla perfetta sintesi di questi due elementi cosí come incarnata da Marx e soprattutto dal sommo Engels… »

Kevin era stato disperato tutto il tempo, perché oltre a Tommaso d'Aquino si è sucato anche parecchio Mandeville e Hannah Arendt, e tornando verso la città sogna casa sua, Carolina, una birretta fresca e Mondo Calcio canale 152 del digitale terrestre, come uno che ha attraversato il Sahara sogna una stanza al Mamounia. Ma arrivando, trova le stanze del Divino Amore buie e deserte, a parte la piccola Penny Lane che sta davanti alla finestra e guarda i minilimoni sul terrazzo come fossero colibrí da acchiappare.

Sono le undici e mezzo. Com'è possibile che Carolina non sia ancora tornata? Da un'ora prova a chiamarla e non risponde. Senza stupirsi troppo, ha pensato che, come al solito, avesse dimenticato il telefono da qualche parte o lo avesse silenziato, e già pregustava la sua faccetta smarrita e pentita. Invece non ci sono faccette di Carolina in giro, di nessun genere. Dov'è?

Kevin sta per fare quello che ognuna di noi femmine avrebbe già fatto da un pezzo, ovvero dare di matto e preoccuparsi, quando sente la chiave girare nella porta, e Carolina entra. Con la borsina di tela semipiena, e un'espressione contratta sul viso.

– Ehi, dov'eri? Perché non rispondevi?

– Ho dimenticato il telefono dai miei. Non te lo immagini mai. Oggi sono successe tre cose incredibili. Una, specialmente. Però anche le altre due…

– Sei bianca. Ti sei stancata? Come stai? E cosino? O cosina?

– Bene, stiamo benissimo. E tu? La libreria?

– Lascia perdere la libreria. Dimmi cosa è successo.

– Okay.

Carolina posa la borsa, e racconta.

– Tu lo sapevi?

– Sí… Gemma e Stella me l'hanno detto. Quella cretina buona a nulla è andata da loro.

– E a me non hanno detto niente? E pensare che una è pure mia sorella.

– Ci mancava altro che venissero a farti agitare.

– Ma tu? Perché non me ne hai parlato?

– Non credevo che venisse davvero da te, quell'imbecille.

– Cioè, ci sei stato insieme anni e non la conosci proprio?

– Guarda, l'ultima cosa che mi interessava era conoscerla.

– E la prima?

Kevin tace. D'altra parte non è una domanda a cui si possa rispondere senza danni.

– Senti, ma tu… se non ci fosse stata tua madre… ci avresti creduto?

Carolina si è fatta la stessa domanda per tutto il giorno. È stato subito evidente che non era di un lavoro che Linda voleva parlarle, ma di qualcosa che era già stato lavorato e prodotto, e adesso si trovava lí, circa 12 chili di bambino un po' spaventato.

E quando ha acceso la tivú su Rai Yoyo, sistemato suo figlio davanti ai Paw Patrol, e annunciato a Valeria e Carolina che quello era, come potevano ben vedere, il figlio di Kevin, Carolina ci ha creduto? Ha creduto ai suoi occhi o alla granitica certezza che Kevin non l'abbia mai tradita, perché la ama davvero, e perché mai si dovrebbe tradire chi si ama davvero?

Ma era durato un attimo, quel dubbio, pochi minuti, forse neanche un minuto intero, prima che Valeria scoppiasse a ridere.

E così Carolina non ha la risposta a questa domanda. Eppure ci sono momenti, nella vita, in cui la risposta che non hai devi inventarla, perché sennò è peggio.

Cosí scuote la testa, con gli occhi pieni di lacrime, neanche lei sa perché. Troppe emozioni, troppe paure in un solo giorno.

– No, in realtà, no. Anche se è vero che ti assomiglia tanto. Ma perché tutti e due… assomigliate a lui.

– E tua mamma sapeva della loro storia?

– Sí. È l'unica che lo sa, in paese. E stranamente ha sempre tenuto la bocca chiusa. Cioè, non l'avrei detto, se c'è una a cui è meglio non affidare un segreto è mia madre, e tra l'altro gliene ho appena affidato un altro. Però, insomma, questa volta è stata brava.

– Come lo sa?

– Li ha beccati, una volta. Loro non se ne sono accorti. Stavano facendo cose nel capanno del giardino. Del vostro giardino. Un giorno che tua mamma era a trovare tua nonna a Villa Azzurra. Era tipo agosto, in giro non c'era nessuno, e mia mamma era passata da voi, boh, a lasciarvi qualcosa. Sapeva che la porta sul retro era aperta, e allora si è detta, passo e metto sul tavolo, forse erano gli gnocchetti di mia zia Ines, che piacciono tanto ai tuoi...

– Carolina. Lascia perdere gli gnocchetti. Stringi.

– C'è poco da stringere. Attraversando il giardino ha sentito oh oh oh, e le è preso male perché ha pensato che fossero criminali o alieni o cose cosí. Le pareti del capanno tremavano...

– Addirittura?

– Sí. Allora si è avvicinata pianissimo, ha guardato dalla finestrella e li ha visti ma loro non hanno visto lei. Se ne è andata e bon. Mai detto mezza parola a nessuno.

– E mia mamma? Non aveva il diritto di saperlo?

– Forse, ma non da lei. Cioè, dài. Ti pare che andava da Palma Rosa a dirle, guarda che tuo marito si scopa la ragazza di tuo figlio?

– Non era piú la mia ragazza.

– Siamo lí. Era un momento turbinoso, no? Io e te cominciavamo a uscire, tu avevi appena mollato Linda, mia madre non poteva essere sicura che tu con Linda avessi definitivamente chiuso.

– Lei no, – dice severo Kevin.

– No, lei no. E insomma dài, lei e tua mamma si conoscono da tutta la vita. Non pianti uno sconquasso cosí. Aspetti a vedere che succede, prima. E poi Linda è partita, e mamma ha pensato che la faccenda fosse chiusa. Solo che adesso... è un casino. Che facciamo?

Kevin contempla con tristezza le ultime gocce di birra.

– Apriamo un'altra Corona?

24.

Cenerentola e la Mogligna

Carolina ha accennato solo brevemente a Kevin gli altri due momenti top della giornata: la scoperta che la sua ex aveva provato a rifilargli un figlio che in realtà era suo fratello tendeva abbastanza naturalmente a sopraffare qualunque altro highlight, ma lei deve affrontare anche gli altri due, che la riguardano piú direttamente. Per l'inserimento abusivo nel romanzo della Corbani non può fare niente, se non sperare che in quei milioni di parole inutili nessuno faccia caso a una paginetta spuria. Però l'Uomo di Fiumicino che faceva la spesa al Carrefour va riferito a Gemma. O no?

Kevin, interrogato su questo punto, ha detto:

– Eh? Cosa?

Facendole intuire che non è molto interessato al problema. Quindi Carolina ha deciso per conto suo che sí, deve dirlo a Gemma. Si tratta evidentemente di una mossa del destino, e chi è lei per interferire? Le sembra di capire, in questi giorni, che la vita consista anche di scelte fra movimenti uguali e contrari, e bisogna essere svelti a capire qual è meglio, se entrare o uscire, dire o non dire, andare o restare.

Continua a rifletterci mentre raggiunge Il Palazzo degli Sposi, dov'è stata convocata per una nuova Storia di noi due.

Gli sposi da prendere in carico sono Nicky e Arturo. Si tratta, come le ha anticipato Lucia al telefono, di una situazione un po' delicata. Infatti Nicky non ha informato il prossimo sposo delle sue intenzioni riguardo a questo particolare complemento nuziale, e non lo ha informato per un ottimo motivo: Arturo non sarebbe affatto d'accordo, anzi, lo vieterebbe categoricamente. E quando un fidanzato di cinquantacinque anni vieta categoricamente a una fidanzata di trentadue, facile che le cose vadano come vuole lui.

Perché Arturo è cosí contrario? Semplice, perché Nicky è la sua segretaria e il loro amore è sbocciato nonostante una moglie in carica e tre robusti figli adolescenti. Nessuno di costoro ha accolto con entusiasmo questa tardiva fioritura sentimentale di Arturo, che preferirebbe un matrimonio un filo sottotraccia, visto che il divorzio è stato una specie di riedizione domestica della battaglia di Stalingrado.

A Nicky invece sottotraccia non piace. Ha sentito dire alla tivú, una volta che è capitata per sbaglio su History Channel, che «la storia la raccontano i vincitori», ecco, lei è la vincitrice, e quindi racconta la storia, o meglio la fa raccontare da Carolina.

– Cerca solo di impedire che il tipo, quando gli spiattelleranno il librino durante il pranzo di nozze, ci faccia causa, – ha raccomandato succintamente Lucia a una Carolina un po' riluttante.

– Sí, ma succederà comunque un casino. Non capisco perché quella ragazza vuole rovinarsi la sua festa di nozze. Cioè, lui si arrabbierà parecchio.

– A me basta che si arrabbi dopo avermi fatto il bonifico. E poi è qui che si vedrà se sei davvero brava. Se riesci a scriverla in modo che non ferisca nessuno…

– Sarei Wes Anderson, – conclude scoraggiata Carolina, e ha perfettamente ragione.

Ed eccola qui, davanti alla scrivania di Gemma, Nicky in persona, tutta sola, niente mamma o amiche o cugine. Sono tutte contrarie al progetto. Nessuna di loro è mai stata allieva di Maria Vittoria Corbani, ma se lo fossero state avrebbero avuto a mente la bruciante fine di Glauce, la ragazza del marito di Medea. Anche cosí, nella loro solida ignoranza dei miti greci, intuiscono che nell'aria c'è qualcosa di rischioso, e vischioso.

– Salve, – esordisce la temeraria Nicky. Poi con calma si toglie di bocca un chewing gum, lo mette in un pezzetto di carta e lo getta nel cestino.

– Ciao, – la saluta Carolina.

– Piacere di conoscerti. Ti ho portato un sacco di materiale, puoi farmi tutte le domande che vuoi.

– Okay, benissimo.

– L'importante è che mi scrivi una bomba. Perché la prima copia, sai a chi la mando?

Carolina teme di saperlo.

– Alla sua ex moglie?

– Contaci, – conferma Nicky. – Deve pagare tutto quello che mi ha fatto passare. Lo sapete che quella stronza non voleva assolutamente mollare l'osso?

– Per osso intendi il marito? – Gemma non ci può credere, Carolina è quasi incantata da tanto cinismo.

– Esatto. Non voleva proprio divorziare, 'sta cretina. A momenti Arturo restava con lei solo per sfinimento. La deve pagare. Distruggimela, Carolina.

– Sicura? Non temi le conseguenze?

– Ma dove, ma chi? E ricordati bene una cosa: sono io la buona di questa storia, capito? Pago io, e io sono la protagonista. L'eroina. Buona. Tutto chiaro?

Carolina per un folle attimo pensa d'intavolare una discussione letteraria sul grande fascino di eroine cattive come Becky Sharp o Milady, poi rinsavisce e dice: – Ma certo. Capito. Vuoi una gomma allo zenzero?

Due ore dopo Nicky se n'è andata, e le sorelle Diamanti sono sfinite. Carolina teme di partorire in largo anticipo per lo stress, e Gemma teme di essere diventata sterile, sempre per lo stress.

– Chiedi un aumento a Lucia. Scrivere questa storia è un ginepraio.

– Sí, ma adesso c'è un'altra cosa di cui dobbiamo parlare. Perché nessuno mi ha informata che Linda va in giro dicendo che ha un figlio di Kevin?

– Oddio. Lo sai? È venuta?

– Già, che è venuta. Si è presentata ieri a casa, a Santa Brigida. Con questo bambino. Non era meglio se qualcuno, tipo te o quell'altra cretina di Stella, mi avesse avvertita?

– E Kevin allora? Lui lo sapeva, e non ti ha detto niente.

– Credeva che non sarebbe mai successo. Lo sai come sono i maschi. Rimuovono. Ma tu e Stella non siete maschi. E tu sei pure mia sorella. Perché non mi avete preparata a questa cosa?

Gemma cerca in sé la risposta. – Perché in fondo anche noi speravamo che finisse in nulla. Che la Capello lasciasse perdere.

– La Capello ha aspettato quattro anni per vendicarsi di Kevin che l'ha mollata. Ti pare una che lascia perdere?

Gemma a quel punto si rende conto della relativa calma con cui Carolina sta parlando del figlio che il suo fidanzato Kevin ha concepito con un'altra mentre già stava con lei.

– Carolina ma tu? Come stai? Cioè, non mi sembri…

– Gemma. Dài. Ma veramente avete pensato che Gianmatteo fosse figlio di Kevin?

– Ma è uguale a lui!

– È uguale a lui perché Kevin è uguale a Gianluigi. È una somiglianza orizzontale.

– Cioè? Vuoi dirmi che è figlio di Gianluigi?

– Ah ah. Dovevamo capirlo dal «Gian». L'ha piazzato come una specie di memento. E comunque mamma lo sapeva. Sapeva che Gianluigi e Linda avevano una storia.

Gemma la guarda con gli occhi a palla, e continua a guardarla con gli occhi a palla anche mentre Carolina le riassume la storia degli gnocchetti sardi e del capanno degli attrezzi. Ma certo! Certo certissimo. Kevin assomiglia a suo padre, e Gianmatteo anche. Kevin assomiglia a suo fratello. Ma certo. Gemma sente che un lastrone di marmo si solleva dal suo petto, ma solo per essere rapidamente sostituito da un'altra lastra, piú leggera ma comunque fastidiosa.

– E adesso? Chi lo dice a Stella? E Palma Rosa? Cosa fa Linda?

– Beh, quando mamma ha detto a Linda di non fare la stupida che l'aveva vista benissimo fare il kamasutra con Gianluigi, lei è rimasta un attimo sotto choc ma si è ripresa subito. Ha detto che dobbiamo scegliere noi. O Kevin ammette che è suo, o lei va da Palma Rosa.

– Senti, ma ucciderla?

– Aspetta. Ci pensiamo dopo. Prima ho un'altra cosa molto importante da dirti. Indovina chi ho visto ieri sera al Carrefour vicino casa mia?

Per il momento Gemma non è destinata a saperlo perché nella stanza entra Lucia, a chiedere un rapporto sulla sposa Nicky.

– Vuole la storia di Cenerentola, solo che invece della Matrigna c'è la... Mogligna?

– E tu dagliela. Gliela facciamo pagare il doppio, per ammortizzare i rischi. Stiamo andando alla grande, ragazze. Da quando ho messo sui social che organizziamo il matrimonio di Tony, è un continuo, vero Gemma?

– Telefonano parecchio, sí. A proposito del matrimonio di Tony, dovremmo decidere per le bomboniere.

– Bulgari.

– Scusa?

– Spille di Bulgari, per tutti. Una riproduzione della Bastiglia.

– Non ci credo.

– O sennò della ghigliottina. Queste sarebbero le idee della sposa.

– E lo sposo?

– Un portachiavi con piccolo pallone d'oro. Placcato. Non mi ricordavo che Tony fosse cosí ragno.

– Meglio! Non gliel'hai detto alla tipa che le spille portano sfortuna?

– Dice che sono retaggi di superstizioni plioceniche.

– Cosí?

– Con queste esatte parole. Comunque, oggi pomeriggio viene da Stella a vedere i bozzetti del vestito. Magari voi ragazze riuscite a farle cambiare idea.

Lucia rientra nel suo studio e Carolina riprende da dove si è interrotta.

– Indovina chi ho visto al Carrefour ieri sera alle dieci e mezza?

– Prima dimmi che ci facevi tu al Carrefour alle dieci e mezza.

– Avevo bisogno di acciughe. Ieri è stata proprio una giornata assurda. Oltre alla faccenda di Linda, c'è stata anche un'altra cosa che mi ha molto turbata.

– Riguarda Kevin?

– No, una roba piú strana. Di lavoro. Devo ancora decidere se dirtela o no. COMUNQUE. L'importante è la terza cosa assurda che mi è successa. Ero di fronte ai latticini, ed è passato lui spingendo il carrello. Lo sai chi?

– È un indovinello?

– No no, te lo dico. Il tizio di Fiumicino. Il tuo tizio di Fiumicino.

Grande è l'incredulità di Gemma. Com'è possibile? Che il tizio di Fiumicino fosse al Carrefour proprio mentre passava Carolina? È dunque un abitante della nostra città? Quindi esiste davvero, la Serendipity, come in quel film con Kate Beckinsale e… chi era già lui? John Cusack?

– Carolina ti sbagli, non poteva essere lui. Queste cose non succedono nella vita, dài. Solo nei film e nei romanzi.

– Invece succedono. Nella vita succedono continuamente cose da film, altrimenti non farebbero tutti quei film basati su una storia vera.

– Sí, però, dài.

– Guarda che TUTTO è incredibile nella vita –. Carolina scarta un'altra gomma allo zenzero, e prova a dipanare il concetto. – Cioè, quelle che noi chiamiamo coincidenze sono procedure normali del destino. Per esempio, perché la mamma è passata dai Martinelli proprio quel giorno? E ha visto le pareti del capanno tremare, e dentro c'erano Linda e Gianluigi?

A Gemma non interessa una visione complessiva dell'esistenza.

– Era veramente lui allora, è di qui. Abita pure in zona, ti rendi conto? È tre mesi che faccio il desiderio di rivederlo, desidero su tutto, sui primi frutti, e sulle stelle cadenti, e sulla doppia ora, e ce l'ho fatta. I miei desideri hanno funzionato! Ora devo solo...

E qui si blocca. Devo solo cosa?

È evidente.

– Vieni con me? – chiede Gemma. – Dài. Tra cinque minuti ho un'ora di pausa pranzo. Alle due arriva una coppia. Ce la facciamo.

Stella un'ora per la pausa pranzo non ce l'ha. È infatti proprio quello, fra l'una e le due, il momento scelto dalla sposa Corbani per esaminare i bozzetti.

– Cosí non mangio, – ha spiegato a Stella, sbattendo con violenza la borsa su una delle poltroncine a fiori dell'atelier. È la fame a renderla violenta.

Stella disegna e cuce abiti da sposa da troppo tempo per non sapere che la fidanzata media, all'approssimarsi delle nozze, non mangia. Anche se è magra come Maria Elisabetta, c'è sempre un ideale ulteriore di snellezza a cui appellarsi.

– Aivobuto, – borbotta cercando di inghiottire in fretta l'ultimo tarallo al pepe. – Ecco. Arrivo subito. Prendo i disegni.

– Poteva prepararsi prima, – dice quella simpaticona, ma una voce rude la zittisce.

– Noi mangiamo, sa.

Rodrigo è sulla porta con un book di fotografie in mano. Ha portato immagini di peonie multiple e variegate, di tutte le sfumature possibili, dalle classiche rosa, bianche o crema, alle azzardate peonie violette, gialle, bordeaux, rosse. Maria Elisabetta lo guarda, e fa una risata chioccia da attempata sbarazzina.

– Ah, il bel vivaista, buongiorno!

– 'Giorno.

Indolente come un grosso felino, Rodrigo posa il book, e insieme osservano una serie di disegni di abiti da sposa, contenenti ciascuna materiale sufficiente per realizzarne almeno tre. Diametri che rivaleggiano con il famoso lampadario delle Treppici, basi di taffetà, raso, seta cruda, e poi pizzo, sangallo, tulle e volant, meringate, panna montata, perle, pizzi e ricami e intarsi e macramè. La Corbani li guarda, solleva un sopracciglio, obietta:

– Pensavo a qualcosa di piú... maestoso.

Stella e Rodrigo si guardano, con condiviso orrore. Piú maestoso? Ma la piccola Stella non vacilla, e prende due dei bozzetti:

– Potremmo unire questi due, che ne dice? Assemblare il fasto rococò alla sontuosità barocca. Raddoppiamo il diametro e inseriamo il pannello di broccato argento del disegno uno tra i panier di raso perlato del disegno due.

– Ma senz'altro. Cosí cominciamo a rendere l'idea della dissoluzione aristocratica di fronte al nuovo che avanza.

Da quel momento la trattativa scivola su binari ben oliati, fino a quando si arriva alla scelta delle peonie da mettere in testa. Stella e Rodrigo concordano sui boccioli rosa tenue delle Madylone, ma la fidanzata le trova slavate.

– Slavate? – Rodrigo ancora non si capacita dell'ignoranza delle spose.

– Sí. Scipite. No, le voglio viola, il colore della regalità. E sa cosa? – S'illumina tutta, per questa grande idea che ha avuto. – Le voglio finte!

– Scusi, ha detto finte? – Rodrigo si china minaccioso e Stella per istinto gli mette una mano sul braccio. Non picchiarla, che abbiamo bisogno di questo matrimonio.

– Sí, finte, finte! – Con entusiasmo. – Finte come l'Arcadia di Maria Antonietta, finte come la letteratura, finte come l'identità fasulla che ciascuno di noi porta come una maschera, e dietro questa maschera sa cosa c'è?

– Me lo dica pure.

– Nulla! La maschera sul non volto! Il nulla dietro la maschera! Ha letto Pirandello, lei?

– Solo quando non ho potuto farne a meno –. Rodrigo chiude il suo book e fa una breve carezza a Stella, che quasi si tramortisce.

– Ci vediamo, gnometta. Per i fiori della signora, chiama Tutto Plastic, a Piossasco.

Stella non gli risponde, ma con un'ulteriore svolta neurologica Maria Elisabetta lo afferra per una manica.

– Aspetta. Non voglio i tuoi fiori, ma forse voglio te. Che ne diresti di essere il mio ultimo spasso prima del matrimonio?

– Se non le dispiace, preferirei essere il primo dopo il matrimonio. Ci sentiamo, signora.

Stella gli è infinitamente grata, perché ha dato un motivo in piú alla tipa per sposarsi, ma da quella valorosa guerriera small size che è, non deflette dal dovere, e guardando severamente la sposa, afferma:

– Niente fiori finti sui miei vestiti, signora. E ora passiamo al velo.

– Ieri sera. Alle dieci e mezzo circa.

– Chi c'era alla cassa 3?

La responsabile del Carrefour si porta le mani davanti alle tette, come le statue della Madonna, ed esala un sospiro lacrimoso.

Dopo un rapido consulto, le sorelle Diamanti hanno optato per un approccio diretto e veritiero, e hanno spiegato alla signora che devono parlare con quella cassiera per ritrovare il perduto amore di Gemma. Semplice, efficace. Infatti la signora Gianna Nistretti si è ben guardata dal rimproverare le due ragazze alte, spiegando che loro non possono violare la privacy di un cliente, e che il Carrefour non è la succursale di un sito di incontri.

– Veramente? L'hai incontrato a Natale a Fiumicino e ieri sera era qui?

– Veramente. L'ha visto mia sorella.

– Io abito da queste parti, e ieri sera sono venuta a prendere delle acciughe. Da quando sono incinta mangerei solo acciughe.

– Mia cugina invece era fissata con le cipolline sottaceto.

– Io mangio piú volentieri pane burro e acciughe, e stavo davanti ai burri quando è passato lui. Aveva il carrello pieno e si dirigeva verso la cassa 3. L'ho riconosciuto perché lei mi ha fatto vedere la foto mille volte.

– Magari la cassiera lo conosce.

– Ma pure le altre, forse. Vieni che facciamo vedere la foto, ce l'hai la foto?

La foto fa il giro delle cassiere, dell'addetta alla gastronomia e della signorina che vende e pulisce il pesce. Tutte trovano attraente e figo il dottor Valenti, ma nessuna lo conosce. Tutte però s'impegnano a stare all'occhio se dovesse ricomparire. Le istruzioni lasciate dalle sorelle Diamanti sono: se ricompare, trovare un modo per farsi dire come si chiama, dove abita ecc.

– La tessera! – esulta Gianna Nistretti, che spesso ha delle idee. – Gli diciamo di fare la tessera e di compilare il foglietto.

– Gli uomini non fanno mai le tessere, – obietta Lorella, quella che ieri sera era alla cassa 3. Le altre confermano, una specifica:

– Solo i vecchietti, perché quelli c'hanno un tubo da fare e gli piace perdere tempo.

– Vabbè e voi lo convincete. Ditegli che è il millesimo cliente della settimana e se fa la tessera vince una confezione da sei di birra. Le pago io –. Gianna non si ferma davanti a niente, e Gemma si annota mentalmente che se mai si sposerà, la inviterà al matrimonio.

Gemma e Carolina escono dal Carrefour animate da

nuove speranze. Sapere di avere l'aiuto e la complicità di tutto il personale femminile di quel fiorente e frequentatissimo esercizio commerciale le mette di buonumore, e d'altronde non c'è mai voluto molto a mettere di buonumore le sorelle Diamanti. Di sicuro l'Uomo di Fiumicino sarebbe tornato al supermercato, e Les Girls avrebbero scoperto chi era.

– E se ci torna con una moglie? In fondo, quel giorno all'aeroporto ha detto «Amore» a una, al telefono.

– Se ci torna con una moglie, te ne fai una ragione e non ci pensi piú. Te ne liberi. Sei pronta per una nuova storia.

– Giusto –. Gemma si scopre, quasi, a desiderarlo. Se l'Uomo di Fiumicino è sposato, lei è libera. Libera da Cesare, e libera anche dal suo unico vero amore. Durante le ferie farà un viaggio in Scozia. Ha sempre sognato di fidanzarsi con uno scozzese.

Prima, però, bisogna risolvere la spinosa questione Linda. Il nuovo ultimatum di quella maledetta strega è di dieci giorni, dopo di che tocca a Palma Rosa.

Mentre tornano verso Il Palazzo degli Sposi, le ragazze cercano il modo di procedere. E il primo punto è: dirlo o non dirlo a Stella?

– Dobbiamo dirglielo per forza. Sennò continua a pensare che Gianmatteo è figlio di Kevin, e non va bene. Sarebbe un casino.

– Anche se sa che è figlio di suo padre, è un casino.

E, sarà l'aria frizzante di fine inverno, ma a questo punto a Gemma viene un'idea azzardata.

25.

Villa Libellula

– È come mettere tutto il matrimonio fra virgolette, capisci?

Maria Elisabetta Corbani è veramente entusiasta del Palazzo degli Sposi. È entusiasta anche di Lucia, che considera medaglia d'oro nella specialità «Ex di Tony Cosenza». Saranno nozze clamorose, spiega a sua sorella che la ascolta imbronciata mentre scelgono l'associazione benefica a cui destinare i regali di nozze.

– Capisci? Talmente... non so... talmente k... – Maria Elisabetta sta per dire «kitsch», poi si ricorda in tempo che ormai è una parola obsoleta. – Talmente camp da diventare una enorme citazione... La ragazzina, lí, mi farà un vestito e-splo-si-vo. Non ti dico altro. Esplosivo. E l'ultima idea di Lucia è fantastica, un gruppo islandese di vampiri che suonerà la Marsigliese in comune, cantandola in islandese.

– Ti farò una sola domanda, Betta: perché? Qual è il senso della Marsigliese cantata in islandese dai vampiri?

– Il senso è proprio la destrutturazione di senso, non lo capisci?

– Scusa, ma allora meglio in greco antico –. Maria Vittoria scatta come Rikki-Tikki-Tavi alla vista di un cobra. – Un coro greco che canta la Marsigliese in greco.

– Eccola lí, che cerca di farmi rientrare le tuniche dalla finestra. Che senso avrebbe in greco, scusa?

– Ma è ovvio, anche la Rivoluzione francese, come ogni forma di democrazia, ha le sue origini nella democrazia ateniese. Pensa a Eschilo. Pensa a «E il fuoco ed il baglior proceda, | sí che felice questa patria schiera | sempre per fausta sorte insigne vada».

– Scusa?

– Le *Eumenidi*.

– No. Le Eumenidi al mio matrimonio, no.

– Ah, perché Robespierre invece?

Prima che le due sorelle si cavino gli occhi, la loro madre, la tragica signora Corbani, entra nel cupo salotto di famiglia.

– Ragazze non urlate che papà si agita. Stanotte ha dormito male, gli è venuto il pensiero dei tassi.

– Avete problemi di soldi?

– No, grazie al cielo. Anche se dicono che sequestreranno tutte le seconde case.

– Chi lo dice?

– «Quello che non vi dicono», un sito che mi manda una gentile mail al giorno e...

– Mamma, te l'ho detto di stare lontana dai siti. Che tassi, allora?

– I tassi in soffitta. Dice che la notte urlano come se li sgozzassero.

– E chi li sgozzerebbe?

– I ragni.

– Non è possibile, un tasso è molto piú grosso di un ragno.

Vittoria sente che è arrivato il momento di intervenire nella conversazione. Ha appuntamento con Stefano fra un quarto d'ora, e non vorrebbe presentarsi a lui con parecchi capelli bianchi in piú.

– Scusate, io devo andare.

– Non vi fermate a pranzo? – La signora Corbani sembra sul punto di piangere.

– Io no, mami. Devo vedere Stefano.

– Neanche io. Raggiungo Tony a Como. Ah, non ve l'ho detto, ha comprato una villa. Per noi. Oggi vuole farmela vedere, poi riparte per Miami.

– Che cosa ci fa sempre a Miami? – chiede sua madre, che ancora spera di trovare nella vita di Tony Cosenza qualcosa che lo porti dritto in carcere per una ventina d'anni.

– Ha dei locali, tipo night. Una scuola calcio. E due ristoranti.

– Tutta roba per riciclare i soldi dei mafiosi, – sibila la signora Corbani, e tra l'altro ha perfettamente ragione.

Mentre aspetta Maria Vittoria seduto su una panchina nel Giardino degli Angeli, Stefano Valenti inganna il tempo esaminando la foto della Ragazza di Fiumicino. Ma come, non l'aveva cancellata? No, certo che no. Ha pensato che, come una lucina alimentata da una pila, si sarebbe esaurita da sola. Poco a poco avrebbe perso significato e si sarebbe smarrita nel mosaico di quadratini che compongono «Foto» sul display del cellulare. E invece per il momento la lucina brilla come la piccola Sirio all'inizio della sera.

Perché, dopo quell'incontro sconclusionato al Carrefour, la trecciolina gli ribolle nel sangue. Non era lei ferma davanti ai latticini, no, questa era bruna, aveva i capelli ricci e soprattutto era incinta e a Stefano non piace pensare che la Ragazza di Fiumicino sia incinta, gli pare piú adatta a comprarsi buste di rotelle di liquirizia.

Però c'è qualcosa nell'aria. La stessa sensazione di brezza nelle dita che gli arriva quando una molecola gli dimostra di sapere il fatto suo. Sí, c'è qualcosa, e quel qualcosa c'entra con la ragazza bruna del Carrefour. Forse potrebbe tornare lí e chiedere alle cassiere se la conoscono, se è una cliente notturna abituale. Per un attimo Stefano rinuncia al suo involucro accademico e si sente come quei tipi dei film, che fanno le pazzie per ritrovare ragazze sconosciute di cui sono innamorati.

Ma poi no. Nessuno va veramente a chiedere alle cassiere di un supermercato se si ricordano di una bruna alta e incinta. No no. Niente. Tanto domani riparte. Piuttosto, perché ci pensa? Perché sogna? Non è un ragazzino, lui. È un uomo di trentasette anni e ha Vittoria.

Già, Vittoria. Eccola che arriva. Mentre la guarda venire verso di lui, stupenda nel suo vestito lilla, Stefano capisce con una limpidezza straziante che il loro tempo insieme è finito, e che bisogna dirglielo.

– Bisogna dirglielo, Rodrigo, e tu sei la persona giusta.

– Sbagliato, – ribatte tranquillo il vivaista piú bello del Piemonte, sistemando meglio delle piantine di clematide.

– No, davvero. Sei l'unico che può farlo. Vedi, Stella ha... ecco... una grande opinione di te.

– Sí, lo so. Mi ha anche chiesto consiglio. Per questa storia di suo fratello e la tipa.

– Vedi? Sei un riferimento per lei. Ti vede un po' come un padre.

– Gemma, non dire idiozie. Quanti anni ha Stella? Trenta?

– Sí, quasi.

– Io ne ho trentaquattro.

– Non c'entra. Non è l'età che fa il padre. È il ruolo.

– Senti, ho da fare, e non ho nessuna intenzione di dire a Stella che quel bambino non è suo nipote ma suo fratello e che suo padre si scopava la tipa. Dài. Non c'entro niente.

Gemma si rende conto che Rodrigo ha ragione, ma non è intenzionata a mollare.

– Okay, va bene. Però fai almeno questo. Sii presente. Glielo dico io, ma tu sii presente. Stai lí e fai la figura maschile autorevole e positiva.

Rodrigo posa la pianta che ha in mano e fissa Gemma con nuova attenzione. Quella ragazza sta cercando di fregarlo, ma non capisce esattamente come.

– Cos'hai in mente?

Gemma decide di essere sincera. Almeno superficialmente.

– Nulla che possa farti danno. Tranquillo. La porto qui domattina con una scusa e glielo diciamo.

– Dici.

– Okay, dico. Ma con te presente. Cosí, se si agita, tu fai la figura maschile autorevole.

– Uffa, ma perché mi vuoi mettere in mezzo?

– Lo so io perché.

Vittoria si avvicina alla panchina, e senza dare a Stefano il tempo di parlare lo bacia come un'adolescente in spiaggia la notte di San Lorenzo.

– Ehi, – dice lui, appena riesce a districarsi. – Come mai tanto ardore?

– Sono felice che tu sei tu e non Tony Cosenza, – sospira lei, tirandosi giú la gonna che nell'entusiasmo si è parecchio ritratta. – Perché è bellissimo che noi due siamo persone sensate, normali, e con un cervello funzionante.

– Ah, beh, tu senz'altro. Io non so piú chi sono, veramente.

La donna avveduta, normalmente, quando l'uomo con cui sta comincia ad avere dubbi sulla propria identità, capisce al volo che l'addio è alle porte. Ma Maria Vittoria è troppo condizionata dall'andamento sentimentale delle tragedie greche. Se non la abbandoni su un'isola deserta o non le sgozzi i congiunti dando fuoco alla macchina, non si sente minacciata. Uomo sulla panchina con sguardo corrugato ma senza pugnale in mano? Non c'è da preoccuparsi.

– Senti qua, – dice infatti, senza badare alla frase sinistra, – sai cosa? Non andiamo a pranzo fuori. Andiamo a casa tua. Domani parti. Rotoliamoci un po'.

Stefano Valenti non appartiene alla razza degli eroi, e quindi tra una brutta scena di addio e recriminazioni, e una rotolata, non ha esitazioni.

Mentre si avviano abbracciati verso casa, Vittoria gli dice:

– E non mi chiedi che ha combinato mia sorella, da rendermi tanto felice di non essere lei?

– No, non te lo chiedo e se tu potessi non dirm…

– Ma va', che muori dalla curiosità. Sta andando a Como perché Tony le ha appena comprato una villa sul lago e vuole fargliela vedere. Cioè, ti sembra possibile? Comprare una villa, cosí, come fosse un braccialetto. A me fa paura. Sul serio.

Ed è proprio a causa della villa appena acquistata sul Lago di Como e del viaggio di Maria Elisabetta che a mezzanotte squilla il cellulare di Lucia.

– Ehh? – risponde lei, che sta vedendo un tristissimo film di Susanne Bier su Sky e non vorrebbe essere disturbata.

– Sono io. Tony.

– Sí. Avevo capito. Che vuoi?

– Luci sono in un guaio tremendo. Posso passare un attimo da te?

– Dove sei?

– Qui sotto. Mi apri?

Lucia maledice muta Tony poi mette il film in pausa, esce da on demand, spegne la tivú, s'infila le pantofole e una maglia sopra i leggins e la T-shirt con cui dorme, scende dal letto e, sempre maledicendo muta Tony, va ad aprire la porta. Lui è lí. Non lo vede da quindici anni, se non in foto. È Tony. Piú grande, piú grosso, con meno capelli, ma è Tony.

– Vieni. Che succede?

– Lucia, tu sei l'unica che può aiutarmi.

Ah, e quand'eri tu, l'unica persona che poteva aiutarmi, dov'eri? pensa ma non dice lei. Poi se lo porta di sopra, lo sistema su un divano e accende il bollitore.

– Camomilla? Tisana?

– Minkia no, dammi un uiski, un cognac, qualcosa di forte.

– Non ce l'ho. Camomilla? Caffè?

– E fammi 'sta camomilla. Come cazzo fai a non avere un superalcolico in casa?

– Semplice, non bevo. Sta' fermo –. Tony ha cominciato a pasticciare con tutto quello che c'è sul tavolino, agitatissimo.

– Ti droghi, Tony? Sei in cosa... come si chiama... astinenza?

– No. Non mi drogo. Ma sto in un casino grande.

– Camorra?

– No. Basta con 'sta fissa della camorra. È una cosa privata. E tu sei l'unica con cui ne posso parlare, perché... Boh, non c'entri niente, e mi conosci da tanto tempo. Da prima, mi conosci.

– Non mi sto commuovendo. Allora? Che succede?

– Ascolta. Ho comprato una villa sul lago di Como. Una casa pazzesca. Villa Libellula. Una roba stranissima. Figa. Costa un botto.

– Bravo. E quindi?

– E quindi stamattina dopo che ho chiuso il business ho chiamato Elisabetta e le ho detto: vieni su a vederla. Prendi la macchina e vieni. Al compleanno le ho regalato una Porsche Cayman S colore personalizzato, la voleva acquamarina e porcozzio gliel'ho fatta acquamarina. Settantamila euro. Prendi 'sta cavolo di macchina e vieni su a vedere la villa. E lei è venuta. Mi ha chiamato che partiva verso le due, e quindi tipo per le quattro e mezza era lí. Quattro, quattro e mezza. Metti cinque se si fermava in autogrill. E infatti è arrivata alle quattro e mezza, precisa.

– E...?

– Io c'ero. Avevo lasciato la porta aperta, perché quando è arrivato Mirko non l'ho chiusa.

– Chi è Mirko?

– Il meccanico. Del paese. Mi ha dato una sistemata al Ferrari che ha un fanalino rotto.

– LA Ferrari. Non IL Ferrari.

– Sí vabbè, non scassare. È arrivata precisa e ci ha beccati in pieno, Luci.

– Beccati? Chi?

– E chi secondo te? Io e Mirko. Me lo stavo sbattendo alla grandissima, piazzati sul divano nella sala e minkia sta proprio lí, la sala, appena entrati. Cioè, è entrata e io stavo… sí, insomma. Hai capito.

Lucia spegne il bollitore, versa l'acqua nella teiera con dentro due bustine di Sogni d'Oro, e si siede. Questa è veramente una novità.

– Tony. Mi stai dicendo che sei gay?

– Non scherzare. Ti pare che sono gay? Ho sempre avuto un casino di donne e tu lo sai, per colpa di 'sta cosa ci siamo lasciati noi due. Oh, ma lo sai che ancora mi dispiace?

– E se non sei gay, perché ti stavi sbattendo Mirko sul divano?

– Boh. Per la novità. Cerca di capire, ho quarantacinque anni, giusto? Sono quasi trent'anni che faccio sesso con le ragazze. Di tutto, ho fatto, ma alla fine, è sempre la stessa cosa. È bello, bellissimo, per carità, specialmente quando la tipa è nuova, c'è tutto un fermento, ti sembra chissà che, che hai trovato la meglio, che durerà per sempre, e invece dopo un po' passa. Diventa normale. Uguale.

– A meno che non ci sia l'amore.

– L'amore c'è, eccome. C'è sempre, l'amore. E pure forte. Io mi innamoro come un asino, Lucia. Ma dopo passa.

Lucia sospira, e lascia perdere. Inutile spiegare a Tony che quello che lui scambia per amore è solo la ciliegina sulla torta, e che la torta non l'aveva, né l'avrebbe, assaggiata mai.

– Comunque sia. Hai deciso di provare i maschi?

– Non è che ho proprio deciso. È capitato. Cioè, cercavo qualcosa di nuovo, e quando Mirko mi ha messo una mano sul pacco, ho pensato, beh, vediamo un po' com'è.

– E com'era?

– Diverso. Però figo. Diverso figo. Mi piace. Per un po' mi ci voglio dedicare.

– Okay, ma tu lo sapevi che stava arrivando la tua fidanzata. Non è che ti ha fatto la sorpresa. Lo sapevi. L'hai invitata tu. E ti sei messo a fare sesso col meccanico senza neanche chiudere la porta?

– E che ti devo dire! – Tony si alza, indignato per tanta pignoleria. – È successo! Stavamo lí, e ho pensato, daje, ci provo, e poi mica mi sono messo a calcolare, e arriva questa, e arriva quella, e se mi vede Gesú piange...

– Capisco non calcolare Gesú, ma la tua fidanzata...

– Ma quale fidanzata, Luci! Non capivo piú neanche come mi chiamavo, minkia papà! Non è che mi mettevo a fare tutti i pensierini del cazzo!

– Sí, ma con un minimo di raziocinio.

– Me ne frego io del coso, del raziocinio!

Lucia beve un lungo sorso di camomilla. Inutile cercare di ragionare con Tony. Qui il matrimonio Corbani-Cosenza rischia di brutto, e l'unica cosa importante è salvare il soldato Matrimonio.

– E quando è arrivata lei cos'è successo?

– Te lo puoi immaginare. Urla, strilli, e tutta la solita roba. Come quando Sciantal mi ha beccato con Pippi, o Pippi con cosa... Guya. O Martina con Wanda. Uguale, però peggio. Solo perché era un ragazzo, ha strillato il doppio delle altre.

– Ma che strano. E poi? Se n'è andata sbattendo la porta?

– Magari. Mirko se n'è andato sbattendo la porta. Lei è rimasta e mi ha messo in croce. Lucia... – Tony si gira verso di lei e le prende le mani. – Tu mi devi aiutare. Elisabetta vuole sposarmi lo stesso.

26.

Elvis o Clementina tira calcioni

Nonostante la tempesta emotiva che incombe sulle famiglie Martinelli e Diamanti, personificata da Linda Capello e suo figlio Gianmatteo, Carolina deve scrivere, e anche in fretta, la Storia di noi due di Nicky e Arturo, secondo le esplicite richieste della committenza: rendere buonissima l'amante, e cattivissima la moglie depredata del sacro coniuge, e mettere in splendida luce Arturo, uomo meraviglioso che ha fatto la scelta giusta con coraggio e lungimiranza.

Cosí eccola qui, alle sette del mattino. Kevin dorme ancora, ma lei è già al tavolo della cucina: caffè, biscotti e la luce accesa, perché fuori è ancora buio.

– Penny, tu che faresti?

Penny Lane sbadiglia e sbatte la coda sugli appunti che Carolina ha preso durante l'incontro con Nicky.

– Non mi servono a niente, questi. Raccontano una storia troppo banale. La moglie invecchia, ha pensieri, il marito si guarda intorno, e intorno c'è la giovane collaboratrice adorante e con due belle tette. Tutto qui. Se c'era proprio un caso in cui era meglio evitare la Storia di noi due…

Penny china la testa fra le zampe e chiude gli occhi.

Va beh, pensa Carolina, che parla coi gatti ma solo fino a un certo punto. Dovrei concentrarmi sui cinquecento euro, e non riflettere sull'etica del mondo, che tanto è fluttuante e soggettiva come i sogni. C'è una sola strada per uscirne con classe. Esagerare.

Quel giorno mentre viaggiava sulla metro che l'avrebbe portata al suo nuovo posto di lavoro, Nicky provava una sensazione di attesa trepidante. Si sentiva emozionata e felice come la mattina di Natale, quando sgattaiolava fuori dal suo lettino per andare a vedere cosa c'era sotto l'albero. Sí, lo sentiva, la vita stava per farle un regalo meraviglioso!

Ed eccolo lí, il suo regalo: seduto dietro la scrivania, c'era l'Ente Supremo della Laterizi Universali Pulfero, ovvero Arturo Pulfero, il suo nuovo capo. Ma... quell'uomo piangeva.

Incredibile. Quel bellissimo uomo che indossava uno splendido completo di sartoria in lino bluette, aveva il viso solcato da due lunghe lacrime, la fronte aggrottata, una piega amara della bocca e un pugno stretto fino a conficcarsi le unghie nei palmi.

«Dottor Pulfero? Sono... sono Nicky Nicoletti, la sua nuova segretaria...»

Lui annuí trattenendo i singhiozzi.

«Mi... mi... scusi... ma... non ce la faccio piú!»

Nicky d'istinto posò la sua nuova borsa Carpisa Special Edition per terra e si precipitò accanto all'uomo.

«Non faccia cosí... parliamo... mi dica cosa la fa soffrire tanto».

Lui indicò una foto incorniciata sul piano della scrivania: «Mia moglie è una strega!»

Nicky lo fissò incredula: come quella vecchia serie che piaceva tanto a sua nonna. Ma la donna circondata da quella cornice non era bionda, simpatica e con il nasetto mobile. Era una creatura malvagia, con occhi crudeli, denti aguzzi, e un sacco di zampe di gallina.

«Capisco, povero Arturo... mi scusi, volevo dire povero dottor Pulfero!»

«No, no, chiamami Arturo. Ho tanto bisogno di un'amica, Nicky. Lei, Adalberta...»

In verità la ex di Arturo si chiama Aurora, ma Carolina si rende conto che Aurora non è e non può essere un nome da cattiva. Mentre Adalberta le pare perfetto.

Arturo scoppiò di nuovo in singhiozzi, e Nicky insistette con dolcezza: sentiva che il dolore di quell'uomo aveva bisogno di un dolce porto in cui trasformarsi quanto prima in passione.

«Adalberta è crudele, pensa solo ai bambini, e li alleva per diventare naziskin! Abbiamo tre maschi, e ha già regalato a tutti delle baionette! E poi... mi taglia le tasche dei vestiti e mi spalma il miele nelle scarpe».

Nicky lo fissò sconvolta. «Non è possibile, ma perché lo fa?»

Arturo la guardò esitando. Poteva confidare a Nicky il suo terribile segreto? Sí, perché Nicky era evidentemente la sua anima gemella, confezionata nei cieli in tutta fretta quando si erano resi conto che con Adalberta avevano toppato alla grande.

«Perché Adalberta è

Carolina non sa proprio cosa potrebbe essere Adalberta in modo da:

A. soddisfare la cliente cioè Nicky;
B. non mandare in bestia il cliente cioè Arturo;
C. evitare che Aurora la denunci per calunnia, plurime offese e reiterata menzogna.

Poi riflette che basta mettere sotto il titolo *Nicky e Arturo* la frase «liberamente ispirato alla loro storia». Magari anche «molto liberamente ispirato». Con un sospiro soddisfatto, si alza ed esce sul terrazzino per controllare i minilimoni. Sono quasi pronti. E in quel momento preciso Elvis o Clementina le rifila un paio di energici calcioni. Torna al lavoro, mammi.

Anche Stella sta andando al lavoro, e il suo arrivo è parecchio sensazionale. Una mirabile Jaguar azzurra metallizzata la depone davanti al Palazzo degli Sposi, prima di proseguire per Milano. Gemma e Rodrigo la stanno aspettando davanti al vivaio e la guardano scendere stupefatti. Piú stupefatto Rodrigo, meno Gemma, perché lei sa che Holga, la modella di Cherasco, ogni tanto nei suoi andirivieni dall'abbagliante mondo fashion dà un passaggio a Stella. Signore delle stupidine, pensa Gemma veloce, fa che Stella sia un po' sveglia per una volta nella vita, e dice alla ragazza che si avvicina:

– Ehi. Saluta Jack Lee anche da parte mia!

Stella la guarda senza capire ma per fortuna anche senza parlare, e Gemma continua, rivolta a Rodrigo:

– C'è questo cinese pazzo di lei che vuole portarsela a Shanghai e ogni tanto manda l'autista a prenderla per accompagnarla al lavoro. Non sa piú cosa fare per te, eh, Stellina?

Stella la fissa perplessa. – Ma no, era Holga, la mia coinquilina.

– Ah già, – Rodrigo ridacchia. – Già che vivi con Holga, quella di Pizzi Pazzi.

– Sí, siamo amiche da quando lei ancora si chiamava Olga e faceva gli spot per i trattori della ditta Macchine Agricole Vidussi.

Gemma decide che mai, mai piú cercherà di aiutare quella decerebrata. Ora ci manca solo che si offra di...

– Se vuoi una volta te la presento.

– No, per carità, le modelle fanno un casino di storie, e quando le porti a cena guai se arriva in tavola un carboidrato. Allora. C'è Gemma, qui, che deve dirti qualcosa. Dove lo facciamo? Venite in serra o al bar?

– Grazie per il garbo e la delicatezza, Rodrigo. Entriamo da te, va'.

Una volta comodamente sistemati fra sacchi di concime e bottiglioni di miscele velenose, Stella non perde tempo.

– È per Linda? È venuta? Non ne abbiamo saputo piú niente.

– Calma. Sí, Linda è venuta, qualche giorno fa. Non te l'abbiamo detto perché c'è stato uno sviluppo imprevisto. Bello e brutto nello stesso tempo.

– Morta? Ferita gravemente? È diventata muta?

– No no, sta benissimo. Almeno fisicamente. Ma dev'essere piuttosto scossa. Perché è stata smascherata.

– Cioè? – Di colpo, Stella si accende come l'insegna del paradiso. – Non è di Kevin. Dimmi che il bambino non è di Kevin. Era tutto un imbroglio?

– Sí, era un imbroglio, in un certo senso. Però... ecco, non del tutto. Perché insomma... il bambino...

– Questo dannato bambino la vostra amica l'ha fatto con tuo padre, – completa Rodrigo, che vuole sveltire le operazioni perché ha visto arrivare il furgone del grossista di cactus.

– Mio padre? – Stella sbarra gli occhi e osserva incredula Gemma che urla:

– Ma sei scemo? Ma ti sembra il modo? Altro che figura maschile di riferimento! – dando un pugno alle costole di Rodrigo.

Rodrigo le afferra la mano con una mezza idea di staccargliela, e mentre loro si guardano come demoni in un vicolo dell'inferno, Stella appoggia la fronte a uno dei sacchi di concime e dice: – Mi sento male, – e per la prima volta in vita sua sviene, probabilmente a causa della mancanza di colazione, e della serata alcolica fra ragazze che si sono sparate lei, Holga e una cugina di Andezeno.

Rodrigo non perde tempo a sentirsi in colpa, la prende in braccio, la posa su una panca, le mette sotto i piedi qualcosa che glieli alzi, e le fischietta speranzoso *La danza delle Spade* di Aram Chačaturjan per darle una scossa e riportarla in sé.

– Piantala di fischiare. Prendi del cognac, chiama un dottore! Stella! Stella!

Ma Rodrigo ha fatto tutto quello che può per la ranocchietta svenuta, ora deve proprio andare, perché il tipo del furgone agita le braccia gridando: – E allora, ci sei o non ci sei?

– Occupatene tu, che quello non aspetta, – dice a Gemma, mentre Stella riapre già gli occhi.

A volte abbiamo il tempo di assorbire i colpi della vita, altre volte dobbiamo metterli da parte e occuparcene dopo. È il caso di Stella: tra poco è prevista una riunione di staff per esaminare alcuni possibili clienti, e dunque non può elaborare con calma la notizia che suo padre ha fatto un figlio con Linda Capello, figlio che costei ha cercato di rifilare a Kevin, non riuscendoci solo perché la madre di Gemma li ha visti sfarfallare in un capanno degli attrezzi.

Neanche Gemma ha il tempo di elaborare il fallimento del suo piano per coinvolgere Rodrigo nella vita di Stella, e non è nemmeno sicurissima che sia stato davvero un fallimento.

Lucia, d'altra parte, non ha tempo di riflettere sulle sensazionali rivelazioni della notte precedente, culminate in Tony che ancora dorme avvilito su un divano al piano di sopra. Tutto dev'essere lasciato in sospeso, e bisogna prendere posto nella sala riunioni, dove già sono piazzate come divinità di una graphic novel Maya e Clorinda.

– Salve, – dice Maya.

– Com'è, – dice Clorinda, e poi la riunione ha inizio.

– Abbiamo qualche richiesta per i matrimoni di settembre. Comincerei da questa, – Gemma ha davanti il Mac, e apre una finestra. – Rosanna e Maurizio. Infermieri entrambi. Alle Molinette. Vogliono un matrimonio a tema «Serie medica».

– Cioè? Entrano in chiesa in barella? – Lucia è incredula.

– No, però vogliono arrivarci in ambulanza. Pare sia la moda di quest'anno, arrivare in ambulanza e anche poi andarsene in ambulanza.

– Con un mazzo di flebo attaccate dietro?

– Non siamo ancora ai dettagli. Per ora mi sono presa questi appunti: l'abito della sposa deve richiamare le crocerossine dell'Ottocento. Arrivo in ambulanza. Sposo vestito da primario con stetoscopio al collo.

– Ti fermerei prima di arrivare al menú nozze a base di minestrina e pollo bollito. E le bomboniere… santo cielo. Siringhe piene di confetti?

– Beh, abbiamo solo accennato, ma credo che con un po' di energia positiva potremo indirizzarli verso i settimanali delle pillole in vetroresina con vedute di Venezia.

– Che belli. Va bene, prendiamo Rosanna e coso, ma solo se siamo sicuri di trovare l'ambulanza.

– Mio cugino fa il volontario della Croce Rossa. Se fanno un'offerta… – Maya si produce in un bel pallone di chewing gum.

– In sangue gliela farei fare, l'offerta, – ringhia Lucia. – Altro?

– Gilberto e Orazio. Unione civile. Matrimonio medievale. Percorso classico: il Ricetto di Candelo per la festa, armature, cinghiale arrosto, versione menestrelli dei successi di Sanremo.

– Sí, va bene, il matrimonio medievale ormai lo organizziamo in un battibaleno.

– Gilberto però vuole vestirsi da Lady Marian di Robin Hood.

– Stella? Si può fare?

– Basta che abbia un punto vita.

– Maya e Clorinda?

– Io ormai il trucco medievale lo faccio pure a occhi chiusi, – sbadiglia Maya. – Viso bianco, ombretto verde e nero, bocca rosso ribes. La barba ce l'ha o ha fatto la luce pulsata?

– Ce l'ha. Lunga. Fai conto un frate.

– Ah, – Maya non si scompone. – Modello Conchita Wurst.

– Per la pettinatura, tocca rasare la fronte, – mastica Clorinda, sbirciando la foto. – Sennò cuffia e via.

– Gilberto è spontaneamente calvo.

– Figata.

– Menú?

– Il solito, – Gemma fa scorrere un paio di pagine. – Catering del ristorante Secoli Bui di Avigliana. Se però volessero una cosa particolare e fossero disposti a spendere, ho trovato un posticino interessante: il Covo delle Fattucchiere, una bottega bio di Caluso. Fanno tutto nei calderoni, dal primo al dolce –. Gemma picchietta sul computer, soddisfatta.

– Carrozza?

– Carretto, vorrai dire. Tutto il repertorio medievale, però attenzione perché vogliono qualche extra: un assalto dei briganti mentre fanno le foto dopo la cerimonia, e lí chiamerei come sempre gli Sbandieratori di Asti che hanno già i costumi da briganti, e un'apparizione sacra al taglio della torta.

– Una?

– Apparizione sacra. La Madonna possibilmente, o sennò anche un Arcangelo.

– Capito. 'Sta roba qui gliela facciamo pagare carissima. Altro?

– Ah, sí, vogliono l'archetto intagliato. Dicono che poi lo tengono in soggiorno. Devo dire che in generale l'archetto sta andando fortissimo, perché alla fine un archetto intagliato sta bene con tutti gli stili d'arredamento.

– Occhio che Ikea non ci freghi l'idea. Lo dici tu a tuo cognato?

– Sí, gli devo giusto parlare.

Stella sobbalza, e dice: – Non mi ci far pensare che mi sento male di nuovo.

Maya e Clorinda, all'unisono, si accendono di curiosità. – Che succede? – chiede una delle due.

– Ne parlate dopo –. Lucia è ferma. Se è riuscita a mandare avanti un'azienda che comprende quattro femmine estroverse è solo perché: primo lei invece è un muro, secondo impedisce con ferocia le chiacchiere personali durante le riunioni.

Gemma prosegue. – Chiamo anche Carolina perché vogliono la Storia di noi due. Una torbida passione medievale fra il duca e il suo scudiero.

Lucia, a proposito di duca e scudiero avrebbe parecchio da dire, ma si trattiene. – Benissimo. Altre richieste?

– Sí, – Gemma esita... – Ci sarebbe un... ecco... una richiesta insolita per aprile dell'anno prossimo.

– Dài, spara. Non ci spaventiamo di niente, no, ragazze?

Stella alza le spalle. Lei per oggi si è già spaventata abbastanza. Maya e Clorinda cambiano chewing gum.

– Un matrimonio normale. Chiesa con fiori di stagione. Sposa giovane con abito bianco. Sposo in grigio. Parenti. Pranzo in un buon ristorante. Affittare una Mercedes. Quartetto d'archi in chiesa. Il gruppo in cui suona lo sposo per la festa.

Un pesante, incredulo silenzio cala sul Palazzo degli Sposi. Poi Lucia sospira: – Ci sarà la trappola da qualche parte, vedrai. Le zie sono criceti?

– Eh?

– No, perché tempo fa ho letto un romanzo in cui in una famiglia normale c'erano due vecchie zie che erano criceti.

– Quando li sento, chiedo.

27.

Inutile il richiamo della cassa 4

Poche cose contribuiscono alla fine dell'amore tra un uomo e una donna quanto la scoperta che lui fa cose con un giovane meccanico. È un'informazione che tende ad azzerare la passione, se non l'affetto. E infatti guardate Lucia: l'immagine di Tony che sbomballa Mirko su un divano ha spazzato via in un istante languori, rabbie e rimpianti. Veramente? Pensa mettendosi abbondanti dosi di crema al veleno d'api sul viso, veramente da quindici anni vivo una vita zoppa per uno a cui piacciono i ragazzi col ciuffo? Ma quanto ero scema? E per sottolineare il fatto di non esserlo piú, apre finalmente il profumo di Diana Vreeland che le ha regalato una sposa anni fa, e che era rimasto sempre sigillato sulla mensola del bagno. Inspira, si bea, spruzza, e va a pranzo al Bar Casalegno, dove tramortisce parecchi anziani.

Diverso è il caso di Maria Elisabetta Corbani, come lei stessa sta spiegando alla sorella, prontamente convocata alla caffetteria Rosa Mistica.

– Non ci penso neanche, a smontare tutto. Ormai si deve fare e si fa.

– Sei sicura? Una bomba del genere ti farebbe triplicare le vendite. Pensaci: «Tony Cosenza è gay! Maria Elisabetta Corbani devastata si chiude in un doloroso silenzio. Le nozze sono annullate».

– No. Voglio sposarmi con quel bellissimo vestito che mi sta facendo Stella Martin. Voglio la festa, e voglio la Porsche Cayman e la villa a Como.

– Non ti farà orrore quella casa, d'ora in poi? Io, se vedessi Stefano che scopa con un uomo nel salotto di una villa sul lago di Como...

– Stefano? Ah ah, non esiste proprio. È un uomo di tutti i giorni, quello. Tony è... epico. Scusa, sei tu la prima a dirmelo.

– Cosa?

– Gli eroi tragici, i greci... andavano con uomini e con donne, no? E con dee, animali e anche cespugli, se non ricordo male.

– Ah beh, certo, per quello sí. Sí sí. Cespugli però non saprei... Aspetta, vogliamo considerare Dafne un cespuglio?

– Non adesso. Adesso il punto è che queste piccole distrazioni non mineranno il profondo amore e i profondi interessi che ci legano. Tony ha ora piú che mai bisogno di una donna accanto. Sbadato com'è, rischia di farsi sorprendere con un gondoliere sotto il ponte di Rialto.

– Addirittura?

– Tu non lo conosci. Quando gli prende, non si tiene. E ha bisogno di una donna intelligente, superiore, con la cultura necessaria a contestualizzare il problema, e con una spiritualità sufficiente a farglielo trascendere. Ovvero, ha bisogno di me.

– E che t'importa, di cosa ha bisogno lui? Chiediti di cosa hai bisogno tu! Tuffati nella tua psiche, kardia, zumos!

– Ma va'! – Elisabetta è al quarto Hugo (aperitivo vegano doc), e ha le idee molto chiare. – Non voglio tuffarmi in quella roba. Sai cosa voglio io? Voglio la dimensione pop che mi darebbe avere un marito come lui. Fiumi di euro che scorreranno liberi nella mia vita, consentendomi di dedicarmi alla scrittura in luoghi da sogno che innalzeranno alle stelle la qualità del mio lavoro.

Queste ultime affermazioni le ha fatte ad altissima voce, e sua sorella le strattona di brutto un braccio.

– Non urlare. Quindi? Tutto a posto? Tutto continua come previsto?

– E no! No! No! Perché lui... – e qui per fortuna le viene un singhiozzetto e abbassa la voce a un bisbiglio incomprensibile. – ... nonmivuolesposarepiú...

– Come, non ti vuole sposare piú?

– Dice che ha capito di non essere fatto per legami stabili. Che è stufo di sposarsi, divorziare e pagare gli alimenti. Che vuole vivere libero.

– Ma chi è mai veramente libero, Betta? Cloto, Lachesi e Atropo dominano le nostre vite, e come dimostra l'archetipo di Edipo e della sua vana fuga da...

– Per carità, lascia fuori Edipo da questa storia. E anche le Moire, che Tony l'unica che conosce è la Orfei. Niente, non c'è bisogno, io so cosa devo fare.

– E cioè?

– Fargli paura. Ho già cominciato ieri, non appena sono riuscita a dominare la mia reazione biecamente istintiva, e a recuperare la mia superiorità intellettuale e morale nei suoi confronti. È roba che schiaccia, sai?

– Certo, capisco che lui di fronte a te si senta... non so... in colpa?

– Userei piuttosto il termine «annichilito». È stato sempre cosí. Io lo sovrasto. Sono piú vecchia, piú intelligente, piú colta, piú elegante e piú immortale di lui. Tony sa che i libri durano piú dei goal. La gente legge ancora libri scritti nel 1801, ma chi si ricorda i goal segnati anche solo nel 1960?

– E quindi?

– Non vorrebbe piú sposarmi, ma mi sposerà lo stesso, perché non avrà il coraggio di rompere. Tutto lí. Io domino! Sono mater e magistra! Me ne porti un altro! – urla alla ragazza del bar, ma sua sorella fa energicamente segno di no.

– Andiamo, Betta. Non sono convinta che sia una buona idea, la tua. Forse lui preferirà fare coming out.

– Coming out? E di che? Non è mica gay. È solo curioso. Ben presto ricomincerà a inarcarmi sulla moquette.

– Okay. Andiamo.

– SULLA MOQUETTE DI CACHEMIRE, prezzo a richiesta!

E le sorelle Corbani escono seguite dagli sguardi avidamente vegani dei clienti.

– Capisci? Lo vuole sposare lo stesso. Si è fissata.

Maria Vittoria guarda Stefano che si prepara la borsa per partire. Come avrete capito, non è il tipo di donna che prepara lei la borsa, e neanche il tipo di donna che chiede: – Hai preso i fazzoletti il dentifricio le mutande il caricatelefono?

No. Lei considera la preparazione della borsa una faccenda che un maschio adulto può sbrigare in autonomia e preferisce dedicare quel momento a estirpare al suo fidanzato un impegno matrimoniale.

– Poveraccio.

– Beh, dài. Per lui è una protezione. Pensa se si sapesse. Che crollo d'immagine.

– E che picco di serenità.

– Perderebbe un sacco di sponsorizzazioni e spot. Cioè, Tony Cosenza è l'essenza del maschio, pubblicizza solo prodotti tipo corn flakes a forma di tette.

– Esistono?

– Certo. Ci sono bianchi e al cioccolato, secondo i gusti di lui.

– Non so, mi sembra una pessima idea, sposare uno per forza.

– Beh... – e qui Maria Vittoria comincia a sparare le sue cartucce, – tutti i matrimoni sono una piccola forzatura rispetto al corso naturale della vita. Ma portano nuova energia, nuova linfa, smuovono le coordinate, resettano le priorità. Le forzature sono necessarie, ogni tanto. Anche andare in prima elementare è una forzatura rispetto al corso naturale della vita di un bambino di sei anni, eppure...

– No.

– No cosa?

– No sposarci anche noi. Non avrebbe senso, dài. Non lo vuoi veramente. Non lo hai mai voluto.

E soprattutto, pensava Stefano, non lo voglio io, che in questo momento voglio solo una cosa: salutarti in fretta, cosí prima di partire passo un attimo al Carrefour.

– «Mai» non esiste nel pensiero umano. E quindi ti lascio una riflessione da elaborare mentre saremo lontani. Che senso ha, non sposarci? Non vivere insieme? Siamo adulti, e fare i fidanzatini lontani è una piccola vigliaccheria contemporanea. Torniamo a una visione piú solida dell'esistenza. Piú rurale. La gente si sposa. Crea delle famiglie. Va avanti.

Questo sarebbe il momento perfetto per dire a Vittoria che forse lui a dicembre si è innamorato di un'altra ma se n'è accorto soltanto adesso. Bisogna ammettere, però, che non è una cosa facilissima da dire. Perciò Stefano pronuncia le fatali parole:

– Non so, forse hai ragione, ma non è adesso il momento di parlarne. Devo andare, sono in ritardo. Guarda, sta arrivando il taxi.

Fortunatamente, anche oggi Vittoria non può accompagnarlo, avendo una seduta ineliminabile dall'estetista. Ma non importa. Perché lei possiede un utilissimo udito selettivo, e della risposta di Stefano ha sentito solo:

«Forse hai ragione».

E poi, applicando all'istante la ancora piú utile memoria selettiva, la frase è diventata:

«Hai ragione».

Perciò bacia Stefano con ardore e vola dall'estetista, dove si ripromette di affrontare i misteriosi meandri del Trucco Sposa.

Intanto Stefano sale sul taxi e chiede alla tassista di portarlo un attimo al Carrefour prima di andare a Caselle.

Mentre l'auto copre la breve distanza da via Varallo (era in via Varallo, vero, la casa di Eva e Adele?) al supermercato, Carolina rilegge la Storia di noi due di Nicky e Arturo. Non è il suo capolavoro, ma può andare. Se ricordate, si era bloccata al momento di trovare l'aggettivo giusto per descrivere Adalberta, la moglie di Arturo, in modo negativo ma non criminale, e si era rifugiata dai minilimoni in cerca d'ispirazione. La vista dei volenterosi agrumi l'aveva aiutata a trovare la condizione giusta per Adalberta, e aveva ripreso di slancio:

Arturo la guardò esitando. Poteva confidare a Nicky il suo terribile segreto? Sí, perché Nicky era evidentemente la sua anima gemella, confezionata nei cieli in tutta fretta quando si erano resi conto che con Adalberta avevano toppato alla grande.

«Perché Adalberta è una fan di wrestling, adora John Cena e la violenza è il suo credo. Adalberta non abbraccia i nostri figli, li placca. E quando facevamo ancora sesso, ne uscivo costantemente fratturato». Arturo chinò la testa, posandola in grembo a Nicky, che per fortuna quel giorno indossava una morbida gonna di peluche.

«Oh, Arturo! Trova sollievo! Trova sollievo in me!»

Arturo aveva trovato subito il sollievo, poi Carolina ha dedicato una pagina alla complessa personalità di Adalberta, che a parte questa rovinosa passione per il wrestling, è comunque un'ottima madre, se non si vuole esprimere un giudizio di parte sulla risoluzione di allevare i figli come naziskin. Questo per evitare che, se mai si fosse imbattuta in quella Storia di noi due, la povera Aurora/Adalberta non si fosse sentita sminuita nella sua dignità di genitrice. Lo sviluppo successivo della storia era stato architettato in modo del tutto menzognero, per far sí che Nicky apparisse agli occhi della sua mamma e soprattutto delle zie, molto censorie, come una ragazza dotata di coscienza e rispetto per i legami matrimoniali altrui. Ed è proprio questo passaggio che Carolina sta rileggendo:

«No, Arturo, mi spiace ma il nostro sogno d'amore non può realizzarsi». Nicky si asciugò una lacrima, togliendosi il corsetto con gli spunzoni

(Usciamo dalle due pagine, espressamente richieste dalla committente, in cui Nicky fa provare ad Arturo le ebbrezze del bondage).

togliendosi il corsetto con gli spunzoni. «Dobbiamo smettere di vederci, e anche di frustarci. Devi tornare a casa, e riprendere la tua triste e monotona vita matrimoniale, per amore dei tuoi figli».

«Ma sono naziskin», singhiozzò Arturo. «Hanno il poster di Hitler in camera».

«Non importa. Sono sangue del tuo sangue... o almeno... questo è quello che ti ha sempre detto Adalberta, e hanno bisogno di te. Vai da loro. E quando li bacerai, stasera, pensa che quel bacio è anche un po' mio».

Ancora tre pagine, e se Dio vuole Nicky acconsente a sposare Arturo, e la Storia di noi due arriva alla sua felice conclusione.

Carolina sospira, pensando a quante brutte cose devono fare le persone per guadagnarsi da vivere. Poi pensa a quante brutte cose fanno le persone anche se non è necessario per guadagnarsi da vivere, e questa riflessione la porta, come barchetta sulle ondine di un mare tranquillo, a pensare a Linda Capello, al piccolo Gianmatteo, a sua suocera e suo suocero e a tutta quanta la storia.

Sa già, Carolina, che difficilmente Kevin troverà una soluzione. Non è da lui, trovare soluzioni a complessi problemi etici. Kevin inventa, non risolve. Per fortuna, pensa Carolina mettendo una mano sulla bozzetta energica che potrebbe essere un ginocchio o un calcagno di Elvis o Clementina, per fortuna ci sono anch'io, che ho idee piccole ma utili. E un'idea per risolvere questa perfida tegola ce l'ho.

Gianna Nistretti controlla i suoi schedari all'interno dell'ufficetto a box che sta in un angolo del Carrefour. Nessuno sa cosa ci sia in quegli schedari, che cosa schedino le schede e a che serva consultarli. Gianna tiene gli schedari di ferro chiusi a chiave, e ogni due o tre giorni, svolge il compito esoterico di aprirli. E mentre fa girare le schede, niente riesce a distrarla, meno che mai quelle incapaci che stanno alle casse e che s'impantanano continuamente tra sconti, offerte, punti e confezioni danneggiate e che la chiamano ogni volta per farsi aiutare, spiegare e sbrogliare. Va bene tutto, va bene sempre, ma quando sto agli schedari no, care. Aggiustatevi.

Cosí ignora lo sbracciamento della ragazza alla cassa 4, che ha davanti a sé una vecchina. Il dialogo già se lo immagina:

VECCHINA Sono sicura che questo è in offerta... costa 90 centesimi.

RAGAZZA Mi spiace, signora, questi sono a prezzo pieno. Un euro e cinquanta. Vede? Ammorbidente al cactus. È in offerta solo l'ammorbidente all'ortica.

VECCHINA No, mi scusi sa, ma era nel cestone delle offerte. Io l'ho preso dal cestone delle offerte.

RAGAZZA (rinunciando alla battaglia) Guardi, chiamiamo la responsabile... (pigiando l'interfono) Nistretti alla cassa 4...

Nistretti finge sordità improvvisa e continua a ravvivare l'ordine alfabetico delle schede.

In realtà la ragazza della cassa 4, parecchio fisionomista, non sa come richiamare l'attenzione della Gianna sull'uomo che si aggira fra le corsie con l'aria di uno che vuole chiedere qualcosa a qualcuno, ma non sa bene né cosa né a chi. È lui! È quello della foto di quelle due dell'altro giorno! È lui! Ma lei ha dieci persone in coda e non può fare nulla. E quella cafona della Nistretti non risponde al suo appello. In un disperato tentativo di aiutare il dio dell'Amore a far incontrare il ragazzo e la ragazza, Cassiera 4 grida forte:

– Signore! Sí, lei! Posso aiutarla?

Stefano si sente puntati addosso gli occhi di tutti gli abitanti del Carrefour (tranne quelli di Gianna Nistretti) e non desidera altro che fuggire lontano.

– No, niente, io... cercavo... niente...

E schizza fuori, lasciando l'impressione di essere un aspirante ladro colto sul fatto.

Solo a quel punto, mentre già Stefano oltrepassa la porta, Gianna alza lo sguardo, e lo vede. E lo riconosce. Esce dal gabbiotto come una centometrista da finale olimpica, gli corre dietro e lo blocca appena uscito.

– Ehi! Ehi lei!

Stefano si volta, ormai certo di essere stato scambiato per un taccheggiatore. Appoggiato alla portiera del taxi, guarda male l'affannata signora che lo rincorre.

– È il millesimo cliente della settimana... ha vinto una confezione da sei di birra... Scusi... l'ho visto solo adesso.

– Ah! Bene. Ma non posso ritirarla. Datela al milleunesimo. Sto partendo.

– Ma può ritirarla quando torna... lei è di zona?

– Sí, ma ci vuole un po'. Tra l'altro... – ride, e scuote la testa. Che bei capelli! – Sto tornando in Germania. Lavoro lí. E in Germania la birra non manca. E ora mi scusi, ma perdo l'aereo.

– Dove? – chiede disperata Gianna. – Perché anche mia figlia lavora in Germania. A Berlino, – inventa Gianna, proprio lei che figli non ne ha né ne ha mai voluti, preferendo la vita libera della Responsabile di Supermercato Single.

– A Gottinga –. Stefano è già sul taxi e chiude la portiera. Curiosa, 'sta tipa.

Ansante ma soddisfatta, Gianna pensa che avrà qualcosa da dire alle ragazze. Non sono buone notizie, ma sono pur sempre notizie.

28.

Burro, salvia e parmigiano

– La tua fidanzata è sotto.

Lucia chiude la chiamata mentre Tony fa un salto sulla sedia, e quasi si strozza con una forchettata di spaghetti.

– Non andare. Non dirle che sono qui. Di' che sono morto.

– Tony –. Lucia è salita un attimo a vedere cosa stesse combinando Tony e lo ha trovato in cucina che si preparava una pasta in bianco. È la sua merenda, o forse la colazione, visto che ha dormito fino alle tre. Ormai da giorni vive rintanato in casa sua, a dormire, lamentarsi, mangiare, e tenere occupato il computer. Per il momento non manifesta alcuna intenzione di schiodarsi.

– Credevo che da qualche parte sotto i capelli un minimo di cervello ce l'avessi. La cosa migliore che puoi fare è sposare quella donna e anzi ringraziarla.

– No. Non voglio sposarla, non voglio piú sposare nessuno.

– Ti darebbe una copertura, un'immagine pubblica migliore. Tony Cosenza ha scelto una donna intelligente, colta, matura... hai tutto da guadagnarci.

– No. Dai matrimoni non si guadagna mai niente. Non mi voglio piú sposare. Vai giú e diglielo.

– Io? Sei scemo? Almeno diglielo tu.

– Gliel'ho già detto. Ma lei niente, continua a mandarmi messaggi sul cellulare dicendo che sposarla mi conviene. È lei, la mafia, non i miei amici.

– E io? Hai pensato al danno che mi fai?

– Tu che c'entri?

– C'entro. Grazie a queste nozze ci stavamo risollevando, se le annullate per me si metterà di nuovo male. Diranno che porto sfortuna. I social disfano reputazioni in un lampo. Diventerò quella che «chi va da lei non arriva a mangiare i confetti».

– Beh, mi spiace, Luci, ma non posso sposarmi per forza. Dài, non è giusto!

– Non sarà giusto, ma credo tu non abbia scelta. Se lei si vendica raccontando tutto? O peggio ancora ti mette in un romanzo?

– Posso sempre negare. Mi faccio vedere in giro con qualche gnocca. Due gnocche.

– Sappi solo che è arrivata con due avvocati. La solita tizia che gioca sul cellulare e una certa matrimonialista, Marta Bianc…

– No! La Biancone no!

Tony si è alzato di scatto, e sembra pronto a scappare a piedi, diretto verso la prima frontiera. – La Biancone è la peggiore, ha rivoltato coso, Gerardo Rovetti, come un calzino vecchio. Deve passare alla ex praticamente tutto quello che guadagna coi film! È un mostro, una donna malvagia!

Lucia lo guarda con moderata pietà. Non tanta, ma un pochino sí, soprattutto quando lo vede spingere via la pasta in bianco e sussurrare:

– Non mi va piú.

29.

We love you, Sirius Black

– Non lo so. Lucia si è chiusa nella sua stanza con quelle tre e sono rimaste dentro un'ora. Quando se ne sono andate gli si era sfatta la messa in piega a tutte.

– È successo qualche casino che non si sposano piú? Lei l'ha beccato con un'altra?

– Boh. Ho bussato, dopo, ma Lucia mi ha urlato «sparisci» e quindi non so. Domattina ci dirà qualcosa.

– Non ci posso pensare che ho passato ore a disegnare quella specie di catafalco di vestito e non potrò mai vederlo vivo.

– Rifilalo a un'altra.

– E a chi, dài. Se non lo prende lei…

– Lo vendi a Lady Gaga.

Uscendo dal lavoro, Gemma e Stella si dirigono verso casa di Kevin, dov'è indetta una riunione straordinaria per decidere cosa fare con Linda. Quella dannata creatura, invece di sprofondare nelle voragini dell'inferno, è ancora a Santa Brigida a casa della zia.

– Ma il bambino? – chiede Carolina, gettando i cappotti delle sorelle sul divano. – Che fa, lo tiene chiuso in casa? Perché se in paese lo vede qualcuno, è fatta.

– Quella è una stronza, l'avrà imprigionato nel sottoscala come la zia di Harry Potter, – si disgusta Gemma.

– Chi è la zia di Harry Potter? – chiede Stella, che non legge mai nessun libro.

– Zia Petunia, la sorella di sua madre, quella che lo alleva…

– Alt –. Ancora una volta, Kevin dimostra la sua innata capacità di intuire quando bisogna bloccare una conversazione delle sorelle. Sa, per esperienza, che da zia Petunia a Sirius Black è un attimo, e se Gemma e Carolina si mettono a spiegare Sirius Black a Stella viene notte.

– Ragazze, abbiamo pochissimo tempo. Che facciamo con questa storia del figlio di Linda?

Sono seduti in cucina, attorno al tavolo. Tra loro si adagiano confortevoli e confortanti Ringo, Nescafé, tisane, un pezzo di ciambellone comprato dalla panettiera di corso Verona.

– Cioè, Kevin, tu lo sapevi che papà aveva una storia con Linda?

– Scusa sei cretina? Ti pare che lo sapevo? Se lo sapevo, avrei fatto qualcosa.

– E mamma? Secondo te, sospettava?

– Scherzi. Mamma non sospetta mai di nessuno. Mamma la freghi con specchietti e collanine, come i pellirossa. Linda le sta pure simpatica, la invita sempre a casa.

– Le piace piú lei di me. Sarà un colpo ancora piú brutto. Pensa a quanti caffè le ha fatto –. Carolina è affranta.

– E fette di torta... – rincara Gemma.

– E quando è partita per Roma piangeva pure.

– Ci resterà proprio di merda, che papà la tradiva con lei. Probabilmente lo lascerà.

– E certo che lo lascerà –. Gemma è definitiva. Se scopri che tuo marito ha fatto un figlio con un'altra, lo lasci. Non c'è tanto da ricamarci su.

– Non è detto... – Kevin è maschio, e sa molte cose in piú. – Lui piangerà, chiederà perdono, ci sarà tutta quella roba lí e lei magari lo perdona.

– Io sarei contenta, – s'illumina Stella. – Certo, magari poi la loro vita diventerà un po'... non so...

– Spinosa, – propone Gemma.

– Scusate, – Carolina apre un Ringo e lecca la crema. È arrivato il momento di tirare fuori il suo asso, dalla sua manica. – Ci sarebbe un'altra soluzione semplicissima. Lasciamo credere che il bambino sia di Kevin. Diamo un po' di soldi a Linda, e Kevin fa tutte le cose che dovrebbe fare suo padre. Cosí Palma Rosa resta tranquilla. Cioè, non puoi distruggere la vita di una donna di sessantadue anni, no?

Questa proposta dà il via a una discussione accanitissima, che farebbe ascolti da sogno se trasmessa in tivú. Stella è favorevole, Gemma è incerta, perché da un lato comprende e condivide la posizione di Carolina. Le sorelle Diamanti vedono sempre con favore qualunque possibilità di alleviare le pene, diminuire il dolore, lenire le ferite. Sono accanite fan delle soluzioni clementi. Dall'altro, però, si chiede perché debba rimetterci proprio sua sorella, che non c'entra niente.

– Diventeresti la zimbella del paese. Pensa solo Leonarda, – Gemma evoca la paurosa figura della giornalaia, una donna che vive per spettegolare.

Carolina alza le spalle. Non ci vede nulla di tragico, a diventare lo zimbello di Santa Brigida.

– No, non se ne parla proprio, – Kevin tronca la discussione. – Voglio tanto bene alla mamma, ma passare per padre di mio fratello no. Cioè, dài. No. Che figura ci facciamo io e Carolina?

– Ecco, sei il solito egoista, pensi sempre prima a te, io io io! – Stella attacca, come da tradizione.

– Ah sí? Sono egoista? Fammi capire: io sono un uomo fedele, lo sono dalla prima volta che sono uscito con lei, e non è stato sempre facilissimo, a volte ho avuto delle tentazioni, sapete com'è, la cliente che ci prova esiste, non è un'invenzione dei media, ma mi sono preso un impegno e ci sono stato dentro. E quindi non ci penso proprio a mandare tutto a puttane solo perché mio padre si è zompato…

– Kevin! Papà è papà! – strilla Stella.

– Okay. Lasciamo stare. Ma di questa cosa non voglio sentir parlare.

– Quindi? – Gemma apre un Ringo anche lei, perché

poche cose aiutano la concentrazione quanto spaccare i Ringo e leccare la crema.

– Quindi domani vado su e parlo a papà. Gli dico che deve affrontare lui questo problema, perché il casino l'ha combinato lui, e noi non c'entriamo niente.

– E tua mamma?

– Ci deve pensare lui, a mamma. È sua moglie, non nostra.

L'affermazione è indiscutibile, e le ragazze approvano il piano. Per fortuna, perché i Ringo sono finiti.

Mentre percorre velocissima i pochi metri che separano casa sua da casa di Carolina, dopo aver salutato Stella che sempre camminando velocissima percorre gli altrettanto pochi metri che separano casa sua da casa di Kevin, Gemma sente suonare il cellulare, e vede apparire il magico e tanto desiderato nome: «Gianna Nistretti». Il suo cuore comincia a battere come un metronomo impazzito. Se la chiama, è perché ha scoperto chi è lui. Sennò non la chiamerebbe. Per com'è fatta Gemma, l'idea di un'informazione parziale, incompleta e deludente, non le attraversa neanche il cervello.

– Gianna? Ciao.

– Ciao. Allora è passato. Prima. Verso le sei.

– E... ? Chi è?

– Purtroppo non lo so. Quella deficiente della cassa 4 se l'è fatto scappare senza chiedergli niente, – risponde Gianna, alterando vistosamente la realtà. – Ma io l'ho inseguito fin per strada.

– E gli hai chiesto chi è?

– Non potevo, cosí di brutto. Cioè, non è che puoi inseguire un cliente e chiedergli chi è, cosí, senza motivo. Ho usato il trucco del millesimo cliente, ma mi ha detto che non ritirava il premio perché stava partendo.

– Ma vive qui o no?

– Sí e no. Vive qui, in zona, ma lavora in Germania.

– E che fa?
– Non lo so, mica potevo fargli il terzo grado. Però ho saputo dove, – conclude con la squillante nota del trionfo.
– E cioè?
– Gottinga.
– Gottinga? E che posto è?
– Boh. Mai sentita.
– Vabbè, ora la cerco. Altri indizi?
– Nulla. Era in taxi. Zainetto rosso.
– Sí. Lo so. Okay, allora grazie.
– Comunque ti dico una cosa, che me la sento sulla pelle e io sono un po' sciamana come mia nonna. Quello è venuto a cercare te. E se tu cerchi lui, e lui cerca te, prima o poi vi trovate.
– Grazie, Gianna. Mai dovesse ricomparire...
– Tranquilla, sto all'occhio.
Ma, come abbiamo visto, non è vero.
Se vuole ritrovare Stefano Valenti, Gemma deve inventarsi qualcosa lei.

Quella sera Stefano maledice se stesso e la sua incapacità all'intrigo. È arrivato fino al Carrefour, è entrato, e poi è rimasto lí, come paralizzato, incapace di trasformarsi nel protagonista di un film francese, quelli un po' imbranati ma adorabili che fanno le cose piú sceme per ritrovare la ragazza intravista sul Metrò. E infatti la ritrovano, e tutti ridono e piangono e c'è pure Brigitte Fossey in un cameo. Invece lui è scappato come un leprottino e per colmo di sfiga ha vinto un six-pack di birra. Ma come si fa, a vincere sei lattine di birra se lavori in Germania? Almeno fossero state sei lattine di pelati. Niente, è un disadattato alle piccole cose della vita. Agli amori a prima vista. In piú si è pure mezzo impegnato a sposare Vittoria. Ma lui non vuole sposare Vittoria. È una donna con tante qualità, ma sposarla significherebbe condannarsi a una vita intelligente a base di tragedie greche.

Mentre l'aereo vola verso il cielo invernale della Germania, pieno di costellazioni luccicanti, Stefano pensa che non è fatto per l'amore, e che se riuscirà a lasciare Vittoria non si farà mai piú coinvolgere in una storia. Molecole e avventure, questa sarebbe stata la felice vita di Stefano Valenti.

30.

Spille, fili e gessetti

– Le cade benissimo… si guardi.

Con questo classico incoraggiamento da sartoria Gianluigi Martinelli invita il geometra Balducci a rimirarsi nel grande specchio a figura che sta in fondo al laboratorio. In realtà, c'è ben poco da cadere, perché Balducci è un uomo fatto a botte, e l'unica cosa che può fargli un indumento è fasciarlo. Ma lo specchio dei Martinelli è compatibile col luna park, ovvero allunga un pochino, con grande e inconsapevole soddisfazione di tutti i clienti, maschi e femmine.

– Bello. Forse le maniche un po' lunghe?

Anche questo è un classico da sartoria. Il cliente trova sempre da ridire sulla lunghezza delle maniche, troppa o troppo poca.

– Gliele accorcio un filo, – promette Gianluigi, che non le toccherà neanche, perché sono perfette cosí.

I pantaloni li hanno già provati, e quindi venti minuti dopo il geometra si allontana, certo che per le sue nozze potrà sfoggiare uno splendido abito grigio metallizzato dal taglio impeccabile. Gianluigi raduna spille, fili, metri e gessetti prima di aprire la porta di comunicazione e affacciarsi nel laboratorio attiguo dove Palma Rosa sta infiocchettando un paio di damigelle per lo stesso matrimonio, quando a sorpresa quella stessa porta si apre e compare suo figlio sulla soglia.

– Ehi, chi si vede!

Capita raramente, o forse mai, che Kevin metta piede

in sartoria, un piccolo avvenimento. C'è anche Carolina? Si fermano a cena? Come sta il piccinino?

– Tutti bene, grazie. Non lo sappiamo, se è un piccinino o una piccinina. No, Carolina non c'è. Sono venuto per parlare con te, devo dirti una cosa.

– Ahia. Hai la faccia scura. Sono brutte notizie.

Gianluigi si siede di schianto, mentre passa in rassegna tutte le possibili calamità avvenute o incombenti.

Kevin richiude accuratamente la porta di comunicazione con l'altro laboratorio. Poi si avvicina al padre, e non indora la pillola. Non è da lui.

– Papà, ma com'è che tu avevi una storia con Linda Capello?

– Linda? La tua ex? Ma cosa dici. E quando mai? Chi è che ha messo in giro 'sta cazzata?

Il resto già lo sappiamo: negazioni, proteste, ammissione, lacrime, suppliche di non dirlo a mamma. E ancora Kevin non ha menzionato Gianmatteo. Da quel bravo artigiano che è, fa le cose con attenzione, e prima di far esplodere la bomba, la fabbrica con cura.

– Papà, c'è una cosa che non sai. Linda ha un bambino. Tuo. E l'ha portato qui in paese. 'Sta cretina voleva farmi credere che fosse mio, ma non è possibile. E infatti è tuo.

L'infartone è in agguato, a giudicare dal cremisi a venuzze che invade la faccia e ogni altra parte visibile del sarto Martinelli. Ma Kevin fa appena in tempo a provare un attimo di rammarico e rimorso che Gianluigi si porta una mano sul cuore come un attore del cinema muto e stampandosi un sorriso ebete in faccia dice:

– Un figlio mio. Ha avuto un figlio da me. Ma allora mi ama!

– Papà, dài!

– Dov'è adesso?

– Da sua zia. E minaccia di dire tutto a mamma. Bisogna fermarla.

Senza neanche rispondere, e con uno scatto che fa onore al suo stato di forma, Gianluigi si precipita nella stanza accanto dove Palma Rosa sta impacchettando un indumento per una cliente, la attraversa, apre la porta sulla strada e vola in direzione della panetteria Dolce Forno di Ernestina Capello, zia di Linda.

Kevin lo guarda incredulo. Che cos'ha in mente? Anche Palma Rosa lo guarda incredula.

– Che gli è preso a tuo padre? Dove va?

– Mamma mi sa che ho combinato un casino –. Kevin rimpiange con tutto il cuore di essersi immischiato in quella faccenda. Doveva lasciar fare alle ragazze. Loro avrebbero saputo sbrogliare le cose con… come si dice… con tatto, ecco.

– Che casino? – Palma Rosa guarda insospettita Kevin. Vede suo marito entrare al Dolce Forno, tre negozi dopo il loro, e intuisce che in questo casino c'entra la Capello.

– Kevin, non dirmi che ti sei messo nei guai con Linda. Ma come? Con tua moglie che aspetta un bambino!

Kevin sospira, e rimpiange acutamente di non essere nel suo laboratorio a costruire un inginocchiatoio finto barocco per il vescovo di Novara.

– No, mamma, tranquilla. Vedrai che non è nulla. Adesso, appena torna papà, ti spiega lui.

Non sono parole atte a rassicurare una madre, e Palma Rosa fa la cosa piú logica, quella che avremmo fatto anche io o voi al suo posto. Si volta verso la signora Corsetti a cui sta consegnando una gonna a godet di rasatello nero e dice:

– Me la paga poi. Scusi ma ho una cosa da fare.

Con uno spintone sposta Kevin dalla porta del laboratorio, e si precipita anche lei nella panetteria Dolce Forno.

Appena la vede entrare, Ernestina Capello, senza perdere un colpo nella conta dei panini al latte per il compleanno del figlio di Roberta (quello che va sempre in giro vestito di rosa) dice:

– È andato di sopra. Passa da qui, – e le indica la porta dietro il banco.

Di sopra c'è in effetti Gianluigi, insieme a Linda: discutono a bassa voce e con aria di tempesta, mentre accanto a loro un bambino gioca coi Lego. Un bambino uguale preciso sputato a Kevin.

– Chi è quello?! – urla Palma Rosa, come se avesse visto Freddy Krueger dietro la finestra.

Gianluigi si volta verso la donna che è sua moglie da trentacinque anni ed esclama: – Mio figlio! – tutto trepido di rinnovata paternità extraconiugale. – È figlio mio e di Linda. Ho un figlio di tre anni! Sono papà!

– Uca, – precisa a scanso di equivoci Gianmatteo, incastrando mattoncini.

– Imbecille. Sei già papà da un sacco di tempo, c'hai due figli, Kevin e Stella, e questo bambino è figlio a Kevin, cretino. Che gioco fai, Linda Capello?

Linda sospira, e si accende una sigaretta.

– Mi fate ricominciare a fumare, porca paletta. Allora, bocce ferme. Anni fa Gianluigi e io abbiamo avuto una breve relazione. Purtroppo quella impicciona di Valeria ci ha visti, e prima o poi te l'avrebbe detto, quindi tanto vale. Sono rimasta incinta e siccome piú o meno in quel periodo Kevin mi aveva mollata, me ne sono andata a Roma. Fine della storia.

– Eh no, fine un corno –. Kevin ha seguito sua madre per evitare che questa penosa faccenda si trasformi da sagra di paese in cronaca nera. Ed è arrivato appena in tempo per sentire quella malfidata dare la sua versione molto, molto soft. – Ha cercato di rifilare il bambino a me, che se non era per Valeria…

– Modera le parole, che sennò a Giammi vengono le turbe a sentirsi rifiutato, – Linda prova un po' in ritardo a indossare i panni della brava mamma. Poi prova anche a indossare quelli della brava persona:

– L'ho fatto per non dare un dispiacere a Palma Rosa.

– Ma quale dispiacere e dispiacere. Gianluigi, è vero?

– Sí. Vedi, tesoro…

– E non chiamarmi tesoro! – strilla Palma Rosa. – Se ero tesoro non mi tradivi con una ragazza che per noi era come una figlia!

– Guardate che da sotto si sente tutto –. Ernestina si è unita al gruppo, dopo aver chiuso la panetteria e aver appeso il cartello «Torno Subito». – È meglio se andate a parlarne a casa vostra che non avete vicini.

– Si deve sapere invece! Che tua nipote è una...

– Attenta a come parli, Palma Rosa Martinelli, che ti alzo le mani!

– Quella mi girava per casa!

– E tu non ce la dovevi far girare!

– E voi la dovevate educare, che in quella famiglia siete tutte zingare!

Kevin, Linda e Gianluigi osservano affascinati lo scambio di opinioni fra le due donne, poi Gianluigi torna protagonista.

– Si deve sapere sí! Si deve sapere! – Gianluigi Martinelli ha completamente smarrito il senno, come e piú di Orlando. – Si sappia! Linda, io ti amo e voglio vivere con te e il nostro piccolo... – e qui s'interrompe, perché effettivamente non sa il nome di suo figlio.

– Gianmatteo, – fornisce Linda, che intanto sta mettendo su una caffettiera da sei.

– Vedi, gli hai messo il «Gian», come papà suo! Tesoro, – e qui si volta verso Palma Rosa che gli rifila uno sberlone preciso.

– La smetti con 'sto tesoro! Maiale!

– Palma Rosa, – si corregge prudente lo schiaffeggiato. – Mi spiace, ma da tanto covo una segreta infelicità. Non ti amo piú. Quando ti dico che vado a trovare mia sorella suora in realtà ho convegni con una prostituta di Gassino.

Di fronte a questa orribile verità, tutti ammutoliscono. Tranne zia Ernestina che si porta le mani alle orecchie sussurrando: – Gesúgiuseppemaria.

– Amore! Mi parla d'amore questo! All'età nostra! Ma

fatti furbo, balengo d'un cretino! Vai, vai, accomodati. E quanto a te... – Palma Rosa si gira verso la sua ex prediletta e Kevin capisce che fra poco udrà cose che nessuno dovrebbe sentir dire dalla propria madre. Perciò la prende per un braccio e la trascina verso la porta.

– Mamma, lascia perdere. Andiamo a casa.

– Non prendete il caffè? – chiede Linda, tirando fuori due pasticcini dalla credenza.

31.

Come un pentolino nell'armadio

– Stella? Sono io. È successo un casino.

– Hai visto? Lo sapevo. Tu non sei buono a gestire queste cose!

Stella si tira su di scatto. È sdraiata sotto un cespuglio di chaenomeles e non ci si dovrebbe mai alzare di scatto quando si sta sdraiati sotto un chaenomeles. Per via delle spine.

– Ahia!

– Che c'è?

– Nulla. Che ha detto papà?

– È andato dritto filato da Linda e le ha chiesto di vivere con lui.

– Cosa?

– Dice che vuole iniziare una nuova vita con lei e il bambino. Vuole trasferirsi a Roma e aprire una sartoria lí. È uscito di testa di bruttissimo.

– E mamma? Sarà distrutta. Stasera appena smonto vengo su.

– Mamma è fuori peggio di lui. Sta prenotando dei viaggi on-line. Dice che vuole approfittare per visitare l'India, che l'ha sempre sognato. Secondo lei 'sta storia dura pochi mesi e poi papà tornerà e lei dovrà ricominciare a cucinare due pasti al giorno. Dice che deve cogliere l'occasione perché poi quando si ripresenta.

– Quindi non è distrutta?

– Anzi, sembra che ha preso le vitamine.

– Allora stasera non c'è bisogno che salgo.

– Boh. Io adesso sono in laboratorio, ho detto a mamma di chiamarmi se ha bisogno. Ho solo paura dell'effetto ritardato.

– Va beh, vediamo. Ciao che è finita la pausa pranzo.

Stella riattacca e guarda Rodrigo.

– I miei sono impazziti. Papà vuole andarsene con Linda Capello e mamma vuole partire per l'India.

– Buono. Finché fanno cose nuove, sono vivi, no?

Rodrigo, anche lui sdraiato sotto il chaenomeles, saggiamente non si alza. Uno sguardo all'ora, però, rammenta a entrambi che la pausa pranzo è, effettivamente, finita.

Strisciano fuori con cautela e si sistemano i vestiti. Poi Stella lo guarda con occhi sfavillanti. – Grazie, Rodrigo.

– Ma di che. Ti senti meglio?

– Oh sí, meglissimo. Sono sette anni che aspettavo di fare l'amore con te.

– E dirmelo?

– Non sono cose facili da dire. Tu neanche mi vedevi.

– Ti vedevo, ma non ti consideravo sotto questo aspetto. Invece è stato carino.

– Non l'hai fatto solo per farmi superare lo choc di mio padre?

– All'inizio sí, ma poi mi è piaciuto. Adesso però vai che ho da fare. Devo concimare le acidofile, controllare le camelie e altra roba.

– Ok, vado. Immagino che la cosa non si ripeterà, eh?

Rodrigo alza le spalle. – Non so, basta che poi non ti fai delle idee.

Stella riflette, e di colpo si sente adulta.

– Meglio di no, allora. Io sono una sciocchina, e le idee me le farei di sicuro. Invece se non succede piú, forse è la volta buona che ti supero. Magari vado veramente a lavorare a Milano.

– Shanghai.

– No no, Shanghai era Milano. Mi vogliono assumere da Après un Rêve. Non ci volevo andare per te, ma a questo punto, sai cosa?

Intanto escono dalla serra, e scricchiolano sul terreno gelato, verso l'uscita del vivaio.

– Piú di cosí non posso avere, tanto vale andare avanti. Sennò faccio come Lady Oscar con Fersen, mentre magari da qualche parte c'è il mio André.

– Chi sono questi?

– Ma tu cosa guardavi da piccolo alla tivú?

– Niente. I miei erano contrari. Facevo i puzzle educativi.

– Ah, mi dispiace. Cioè, non so come hai fatto a crescere cosí figo, con un'educazione del genere.

Rodrigo scuote la testa. – Ciao, allora. E fammi sapere se 'ste nozze rivoluzionarie si fanno oppure no, a proposito di Lady Oscar.

– Ma allora, sai chi è. Mi hai sempre presa in giro? – Stella è esterrefatta. Rodrigo le fa l'occhiolino, si volta e torna verso la serra.

Sulla porta del Palazzo degli Sposi c'è Gemma che si guarda attorno come gli indiani nei film di indiani, con la mano dritta sopra gli occhi.

– Che fai?

– Controllo se la strada è libera.

– Libera da cosa?

– Dalla Corbani e dai suoi avvocati. Tony Cosenza vorrebbe andarsene, ma ha paura di incontrarla.

– È ancora a casa di Lucia?

Sí, Tony Cosenza è ancora a casa di Lucia. È rimasto acquattato lí in cucina come un pentolino nell'armadio, ma non può restarci per sempre. E non solo perché i suoi molti affari reclamano la sua presenza: stasera, ad esempio, è profumatamente pagato per intervenire in diretta in uno show televisivo, e non vuole dare buca. Anche perché deve raggiungere Milano, e non può farlo se non esce dal Palazzo degli Sposi. E poi ha una certa voglia di rivedere Mirko. Il suo excursus nel mondo intrigante dell'amore fra maschi è stato troppo breve, ed è finito bruscamente. Vorrebbe riprendere le fila. Ma non desidera, per nessun motivo e a nessun costo, rivedere Maria Elisabetta Corbani.

Rassicurata da Gemma e Stella che hanno perlustrato i dintorni come allieve di Davy Crockett, Lucia sta spiegando a uno smunto Cosenza che no, Maria Elisabetta non è lí, no, non sta arrivando, no, la sua presenza non è segnalata in zona.

– Cosa ti ha detto? Cosa le hai detto? Cosa vuole fare?

– Sposarti. Lei e quelle maledette avvocate continuano a mandarmi messaggi che dicono di proseguire nell'organizzazione delle nozze, sennò mi fanno causa per inadempienza di qualcosa. Io proseguo. Anche perché pagano come se piovesse.

– Causa a te ma 'ste stronze che causa vogliono farti 'ste brutte troie.

– Non sono stronze, sono avvocati. Per loro fare causa è facile come respirare. Volersi bene, no, è piú difficile.

– Lascia perdere.

– Comunque, vogliono fare causa a me, ma soprattutto a te, Tony. Per qualsiasi cosa. Hanno conoscenza della materia e hanno fantasia. Si va dall'influenza indebita su persona fragile a sfruttamento della buona fede a furto di personalità.

– Furto di cosa? Che personalità?

– Non lo so, non ho capito niente di quello che dicevano, solo che cosí a occhio faresti meglio a sposarla e non pensarci piú. Vogliono portare in tribunale anche il meccanico.

– Mirko? E per cosa?

– Molestie. Guarda che oggi, come tiri fuori le molestie, hai già vinto la causa.

– Ma molestato chi?

– Te, e chi sennò.

– Non mi ha molestato, è stato piacevole!

– Non importa Tony, sposala.

Tony Cosenza è sfinito da questa brutta avventura, ma

non del tutto intronato, e quindi improvvisamente ritrovando qualcosa dell'antica improntitudine, dice:

– Tu vuoi farlo il matrimonio, eh? Tu mi ci mandi, tra le grinfie di quella pazza. Tu te ne freghi, se mi rovino la vita.

– Perché, tu te ne sei fregato, di rovinare la mia?

– E basta con questa storia!! – Tony prende un piatto e lo scaglia per terra. A differenza di Pattinatrice Stanca, il piatto è di ceramica, e si rompe. – Ti ho mollata quindici anni fa e ancora stai a farmi sentire in colpa? E capirai! La gente molla continuamente la gente! È la vita, porca puttana! Le robe finiscono, non mi smarronare piú, dài!

– Guarda, a me non me ne frega piú niente di te, anzi, meno male che mi hai lasciata in tempo cosí fra tutte le corna che mi hai messo mi sono risparmiata almeno quelle col meccanico.

Silenzio ostile. Approfittiamo del silenzio ostile per esaminare la posizione di Lucia: vorrebbe o no che il matrimonio Cosenza-Corbani andasse in porto? Prevale in lei l'interesse o l'affetto?

Prevale, tutto sommato, l'indifferenza. Ora che si è liberata sia del peso dell'amore che di quello del rancore, è disposta a vedere la rovina del Palazzo degli Sposi senza particolare patema d'animo. Preferirebbe che il matrimonio si facesse, ma se proprio Tony non ne vuole sapere, è disposta ad aiutarlo, perché in fondo, che importa? Si trova in una condizione di languido fatalismo parecchio estraneo alla tragedia greca: non cerca né vendetta né giustizia, e l'unica cosa che desidera veramente è vedere come sarà la sua vita finalmente libera da quell'uomo.

Si salverà, Il Palazzo degli Sposi? Fantastico.

Andrà in rovina insieme a quei due disgraziati dei suoi Conti in Banca? Pazienza, qualche cosa inventerà.

– Comunque, – è lei a mettere fine al silenzio ostile, – a me importa poco se il matrimonio si farà o no.

– Dài, Lucietta. Aiutami. Liberami da quella donna.

– Non saprei proprio come.

E cosí alla fine Tony risale sull'orribile Porsche gialla che ha parcheggiato tra i cespugli dietro al Palazzo, e parte per Milano. Lucia, Gemma e Stella lo guardano andare via.

– È inutile. Vincerà lei, – Lucia scuote la testa.

– Dici? Lo costringerà a sposarlo? – Gemma ha simpatia per Tony, apprezza il suo approccio possibilista alla vita.

– Spero di sí, – Stella sospira. – Altrimenti troviamole noi un altro marito. Io quel vestito a qualcuno devo rifilarlo.

– Un vestito non può essere la ragione di un matrimonio, – protesta Gemma.

– E perché no? Non è peggiore di tante altre –. Lucia se ne torna nel suo ufficio e le ragazze la guardano. Che maestra di vita, il capo. E loro che non imparano niente.

Sarebbe un ottimo momento per una riflessione su se stesse, tipo mindfulness, ma purtroppo l'atmosfera sedata e pensierosa viene spezzata dall'ingresso di una ragazza con un braccio ingessato, seguita da una donna piú adulta e apparentemente malvagia e da due grossi cani nel ramo pitbull.

32.

Slot e Machine vanno in visita al Palazzo degli Sposi

– E quindi voi non stamperete quel libello ignobile, altrimenti vi faccio finire tutte quante all'Ucciardone!

– Ma noi… – Gemma cerca di ribattere, perché Stella è ammutolita con la bocca aperta, in cui potrebbero entrare indisturbate mosche o altri insetti volanti.

– Noi un corno! E voglio subito qui anche quell'incosciente delinquente che l'ha scritto, altrimenti chiamo Giuliana Zanchi.

Gemma vorrebbe chiedere chi è Giuliana Zanchi, ma teme di saperlo. E infatti la signora conclude:

– Il mio avvocato! – aggiungendo, rivolta ai cani: – Buono Slot, buona Machine, non ancora, non aggreditele, siz!

Per un istante fuggevole, rapido come l'ultimo volo della farfalla, Gemma si chiede com'è successo che gli avvocati adesso sono tutte donne, niente piú Perry Masons in giro? Ma sa che la sua attenzione deve concentrarsi su Aurora Pulfero o ex Pulfero, e su Nicky Nicoletti, che annuisce con impareggiabile ardore.

– Sí, ti prego Gemma, non stampatelo. Rinuncio alla Storia di noi due. Naturalmente pagherò lo stesso, ma non la voglio piú, ho sbagliato, ho sbagliato molto.

Aveva sbagliato sí, Nicky, che quando aveva ancora tutte e due le braccia sane aveva mandato entusiasta in lettura la Storia di noi due alla sua migliore amica, la quale l'aveva a sua volta inoltrata a un'altra migliore amica, e purtroppo di migliore amica in migliore amica, per uno di quei vorticosi giri di perfidia ignorante che contraddistinguono molti giri di migliori amiche, quella Storia di loro due era finita nella mail di Aurora Pulfero. Aurora Pulfero, madre di tre figli maschi bulli e di due cani maschio e femmina, pit bull perfettamente integri, non aveva gradito.

Poco le importava, ormai, di aver perso Arturo, e non aveva niente contro quel matrimonio in sé. Lo considerava, credo giustamente, l'inizio per il povero Arturo dell'infelicità vera, quella spessa, che intasa le arterie.

Ma la Storia di noi due in cui lei si chiamava Adalberta e allevava figli naziskin, no, non poteva tollerarla. Inoltre non si parlava di Slot e Machine, e se c'erano due che meritavano una Storia di loro due, quelli erano i suoi cani adorati. Quindi aveva aspettato Nicky sotto casa sua, le aveva rotto un braccio picchiandoci forte sopra un mattone forato recuperato nella Laterizi Universali Pulfero, e aveva incaricato Slot e Machine di saltarle addosso e, senza propriamente azzannarla, farle balenare questa possibilità.

Poi era stato tutto in discesa. Una volta uscita dall'ospedale, Nicky aveva spontaneamente acconsentito ad accompagnare Aurora al Palazzo degli Sposi, dove aveva avvalorato con ripetuti cenni di assenso il resoconto dei fatti. Lei era, e sarebbe sempre stata, perfettamente d'accordo con Aurora su ogni possibile argomento.

– Benissimo, – Gemma è guardinga, ma non troppo spaventata. – Non è ancora stato mandato in stampa e quindi non c'è problema.

– E ringrazi il cielo che non mando a monte il matrimonio e non do fuoco a questo schifo di palazzetto del confetto.

– Non ti credevo cosí, Aurora, – sussurra Nicky, che ha completamente rivisto le sue convinzioni su vincitori e vinti.

– Non mi rivolgere la parola sennò ti spacco l'altro braccio.

Con questa buona battuta di commiato Aurora Pulfero se ne va, e Nicky scoppia a piangere, scuotendosi come un arbusto alle prese con la bora.

– Su… su… – dice Stella ritrovando la parola. – È andata via, tranquilla, ripigliati.

– Ma quale ripigliami! E adesso come facciamo col vestito da sposa?

Stella sospira. – Eh già. Le maniche diventano un problema.

Gemma cerca di essere d'aiuto. – E una mantellina? Sai bianca, corta, tipo quella del Papa. Che copra il gesso.

– No –. Stella scuote la testa decisa. – Coinvolgiamolo, il gesso. E se lo coprissimo tutto di perle?

– O diamanti? – propone, tra i singhiozzi, Nicky.

33.

Entschuldigen Sie, kennen Sie diesen italienischen Professor?

Quella sera a cena a casa di Gemma, lei e Stella si ritrovano a parlare di Cesare, una specie di logico sviluppo narrativo rispetto alla triste storia di Nicky, Arturo e la terribile Aurora. Vi farà piacere sapere che il suddetto Cesare non si è mai piú fatto vivo, e che da amici comuni Gemma ha appena saputo che la convivenza con Federica è un successo stellare. Uniti dall'amore e dalla comune passione per l'autosalone e il suo contenuto di lucenti auto nuove o a chilometro zero, parlano già di fare un figlio, e Gemma lo racconta a Stella ridacchiando, perché immagina questo bambino come un neonato a quattro ruote.

– Pensa che carino, una specie di maggiolino con le ruotine...

– Che invece di fare «uè uè» suona un minuscolo clacson.

Si sbellicano, le incoscienti, e intanto si raccontano gli sviluppi dei loro amori impossibili, per nulla amareggiate dal confronto con la solida realtà affettiva di Cesare e Federica.

– Ma è stato come lo sognavi? – chiede Gemma.

Stella si ferma, il cucchiaio di minestra con le stelline a mezz'aria.

– Non ci posso pensare e non ne posso parlare. L'ho messo da parte, è successo, l'ho messo da parte perché non succederà piú.

– Sicura?

– Sí. Cioè, l'ha fatto per consolarmi, e gli è piaciuto. Chiudiamola cosí.

Gemma ci riflette, tutto sommato è d'accordo.

– Tanto, con Rodrigo non è possibile niente di reale, – dice, aggiungendo una grattata di parmigiano alla minestrina.

– Non per me, comunque. Arriverà prima o poi una, non so... una tipo la strega Grimilde.

– Sí, può darsi, è il karma di certi uomini far disperare ragazze brave e restare poi fregati da una pessima.

Dopo la minestrina, mangiano le lenticchie e un po' di frittata, mandarini. E dopo il caffè, Gemma prende il Mac e lo apre.

– Gottinga. Il tipo lavora a Gottinga.

Stella è stata informata dell'operazione Carrefour e delle sue conseguenze, e non è del parere che possano essere utili a tavolino. Secondo lei è meglio andare.

– Fai prima a incontrarlo. Quanti abitanti ha, questo posto?

Gemma ha aperto «Gottinga» su Wikipedia.

– Centoventunomila e un po'. È famosa per un monumento alla Notte dei Cristalli.

– Cos'è?

– Una cosa del nazismo. E anche per la sua università... Ehi... Potrebbe essere un professore universitario.

– Aveva gli occhiali? Dei libri in mano?

– Non aveva gli occhiali però ha preso in mano un libro, al bar di Fiumicino. E l'aria da professore ce l'aveva. Professore figo. Come quello di inglese che avevamo alle medie, ti ricordi?

– Allora vai a farti un giro in questa università e chiedi a tutti: «Scusi, conosce un professore italiano?»

Stella è entusiasta della sua idea. Gemma non sa dire «Scusi, conosce un professore italiano?» in tedesco, ma si ricorda che un'amica di Carolina sa il tedesco, e conta di farselo scrivere da lei su un pezzo di carta, e poi leggere forte.

– E poi posso far vedere la foto in giro. Nei bar del centro, cose cosí. Lui è un tipo figo, e vivrà di sicuro in centro.

Stella è d'accordo.
– E poi potrebbero esserci dei posti dove vanno gli italiani. Un ristorante italiano.
Entusiasmo da parte di entrambe. Sicuramente ci sarà un ristorante italiano e sicuramente lui andrà a mangiare lí molto spesso.
Continuando a leggere la voce «Gottinga», trovano in effetti la trattoria Salvatore, e poi il ristorante Fellini, e la pizzeria Domenico e altri ancora.
– Ce n'è un casino. Dovrai passarteli tutti.
– Se ho sfiga. Magari invece lo becco al primo. E comunque lo trovo, lo trovo di sicuro. O all'università, o al ristorante, oppure se c'è una libreria italiana, o...
– ...o in un negozio che vende golf di cachemire italiani, – completa Stella, osservando la foto. – Mi sembra portato per il cachemire.
È deciso: sarà facilissimo rintracciarlo.
– Sí, ma poi? Cosa gli dico?
Stella riflette. – Lascia parlare lui. Mettiti davanti. Proprio davanti a lui precisa. E vedi cosa dice.
– Scusa però, – Gemma si blocca mentre legge notizie sulla Lega anseatica. – Prima di Natale era a Roma. Che ci faceva?
Stella alza le spalle, e fruga nel cestino delle merendine in cerca di cioccolata. – La gente va a Roma. Ci vanno tutti, non vuol dire niente.
– Ok. Allora devo solo farmi dare qualche giorno di ferie da Lucia, e trovare un aereo.

E pensare che proprio quella sera, proprio in quel momento, la sua gita a Gottinga potrebbe diventare inutile, perché Stefano è messo nelle condizioni di essere lui a trovare Gemma, nel piú semplice dei modi.
È al telefono con Vittoria, che gli ha appena raccontato della sparizione di Tony Cosenza, e della feroce decisione di Elisabetta: lo ritroverà e lo sposerà.

– Non sente ragioni, amore. Ha detto alla tipa, alla wedding planner, di andare avanti sparata: deve continuare a organizzare tutto nei minimi particolari.

– Beh, giusto. Alla peggio, se quel giorno Tony non si presenta, può sposare un altro. Ce l'ha lo sposo B?

– Il cosa?

– Niente. Lascia perdere.

– Non fare il sarcastico che mi urti. I miei sono distrutti, poverini.

– Sanno del meccanico sul lago di Como?

– Ma no, ti pare? Papà è omofobo, lo sai. Per via del fratello di mia madre. Lo zio Pier.

– Non ho presente.

– Ma sí, te l'ho detto mille volte. Era un commentatore di politica vaticana per «La Voce del Ticino». Un uomo molto intelligente, ha conosciuto personalmente papa Wojtyła e anche papa Ratzinger. Solo che gli piacevano i seminaristi. C'è stato un mezzo scandalo a Bellinzona, e mio padre non gliel'ha mai perdonato.

– Che c'entra tuo padre, scusa?

– Aveva affari a Bellinzona ma ormai tutti lo chiamavano il cognato del busone.

– Che brutta cosa –. Stefano cerca con tutte le sue forze di non ridere, perché con Maria Vittoria non è mai ben sicuro di cosa si possa ridere e di cosa no.

– Comunque. I miei hanno saputo che il matrimonio è a rischio e ora sono lacerati dal conflitto.

– Che conflitto?

– Quello tra il desiderio che il matrimonio salti, e l'orgoglio ferito dei Corbani all'idea che un ex calciatore molli la figlia a un passo dall'altare.

– Altare?

– Si dice cosí. Non si può dire «a un passo dalla scrivania dell'assessore».

– Giusto.

– Se fosse stata lei a lasciarlo, allora brinderebbero, ma

vedere mia sorella che si affanna come una baccante per cercare a tutti i costi di sposare quel buzzurro li strema.

Stefano non sa bene come commentare questa informazione, ma per fortuna Maria Vittoria procede spedita verso la parte della telefonata che piú le interessa.

– E comunque la ex di Tony è bravissima. Non ha per niente perso la calma. Credo che mi rivolgerò a lei anch'io.

– Ah, ti sposi, Vicky?

Dall'altra parte della linea scende un silenzio gelido come il cuore di pietra di un uomo di pietra. Dopo una veloce riflessione, Maria Vittoria Corbani, donna intelligente, decide di ignorare il commento. Sua sorella le ha insegnato parecchio nel campo «faccio come voglio io e tu finirai per cedere».

– Sí caro. Con te. Diciamo l'anno prossimo, magari in autunno. Ti ho mandato il link del sito. Aprilo, e dai un'occhiata. «Il Palazzo degli Sposi». Aprilo.

Stefano però non lo apre. Non lo scarica neanche dalla mail. Non vuole saperne niente. E siccome non lo apre, non trova, nella pagina «Il nostro staff», una sobria fotografia di Gemma, senza trecce ma comunque riconoscibile. Se lo facesse, scoprirebbe chi è e come si chiama, si meraviglierebbe molto del fatto che le onde del destino l'abbiano sospinta verso di lui, e ne trarrebbe logiche conseguenze. Ma non lo fa. Non apre il link, non vede Gemma, e torna a scomporre e ricomporre molecole, senza immaginare di esserci passato a tanto cosí.

34. Revenge

Come le streghe di Macbeth, le già citate Moire o le tre cime di Lavaredo, ormai la Corbani senior, l'avvocato Greco e l'avvocato Biancone formano un terzetto compatto, votato all'annientamento di Tony Cosenza. Eccole sedute alla Rosa Mistica a ingurgitare tisane, e a fare elenchi di possibili cause da intentare all'ex capocannoniere della Serie A, quando il telefono di Maria Elisabetta squilla. È la Cartigli, bisogna rispondere. Esauriti i primi saluti, Clarice Aretusi, la editor di Maria Elisabetta, passa al sodo.

– Senti Elisabetta, volevo farti una proposta.

Pausa. Maria Elisabetta Corbani intuisce che da qualche parte nascosta in quella pausa c'è una grana.

– Vedi, siamo rimasti tutti molto colpiti dalle righe in cui racconti la morte di Olivio.

– Morte di Olivio?

– Sí. Splendida. Poetica, intensa. Anche un registro nuovo, rispetto al solito.

Ovvero, pensa Clarice, è scritta decentemente e ha un senso, a differenza di tutto il resto che meno male che sposi Tony Cosenza sennò di 'sto libro vendevamo 1300 copie a voler essere ottimisti.

– La scena di Olivio che muore… sí –. Maria Elisabetta non ricorda nessuna scena di Olivio che muore. Non l'ha mai scritta. Eppure, se c'è, vuol dire che l'ha scritta. Ciò che esiste, è stato fatto. Può essere che l'abbia scritta in un momento di furore creativo cosí intenso da portarla al deliquio? Una furia artistica che le ha obnubilato la mente?

Tanto che ora neppure la ricorda, come quella gente che ammazza altra gente e poi rimuove, e afferma con sincerità la propria innocenza. Sí, è cosí. Ha scritto la scena della morte di Olivio, sí. – Certo. La ricordo benissimo. La morte di Olivio.

– Ecco, visto che abbiamo ancora una quindicina di giorni prima di dare il libro in stampa, che ne diresti di riscrivere qualche pagina su quello stesso registro? Come una specie di interludio onirico, una sospensione chopiniana.

– Cosa?

– Chopin, Fryderyk!

– Mmm... sí. Capisco. Non saprei...

– Solo qualche pagina. Aggiungerebbe una rara profondità a un testo tanto ricco, complesso, esacerbante...

– Grazie. Non so. Sí, può darsi. Vediamo. Dici che piacerebbe ai supplementi letterari?

– I supplementi letterari si svenerebbero di passione.

Nessuna scrittrice resiste all'idea dei supplementi letterari che si svenano di passione, ed Elisabetta promette. Dice che andrà a rileggersi la morte di Olivio e poi manderà le pagine rifatte.

– Ho scritto un paio di pagine strepitose sulla morte di un personaggio, – annuncia alle due avvocate, senza riuscire a nascondere il proprio stupore.

– Brava, – Marta Biancone annuisce senza entusiasmo. Considera Maria Elisabetta Corbani una scrittrice di rara insipienza. Maria Consolata Greco non legge un libro dall'83, quindi annuisce ancora piú convinta. – Ma adesso concentrati. Quando sei arrivata a Villa Libellula, il meccanico com'era messo?

– Oh Signore, – Elisabetta sospira, e descrive.

– Potremmo considerarlo «offesa al comune senso del pudore»? – s'interroga la Biancone. – E aggiungerei un «procurato danno», che non fa mai male.

– Scusa, ma erano in casa. Il pudore si offende anche in casa propria?

– Se la casa è dotata di finestre e davanti abita qualcuno, sí.

– È una villa sul lago.

– Alberi? Su cui potessero essere arrampicati dei bambini?

– Un momento, – Maria Consolata Greco non riesce a seguire la Biancone sulla strada dell'annientamento totale di Tony Cosenza. – Tutto questo, se non sposa Maria Elisabetta. Se la sposa, si mette tutto a tacere.

– Per il momento. Magari fra tre anni ti stufi, vuoi divorziare, e allora zac! Lo roviniamo. Hai fatto delle foto, quel giorno?

– Ma ti pare? Sono rimasta scioccata!

– Facciamogli pagare anche una terapia per te.

– Ok, sentite, preparatemi un elenco di tutte le cause e le denunce che possiamo fargli se non mi sposa. Poi glielo mandiamo, e stiamo a vedere.

– Noleggerà un tight in meno di mezz'ora –. Marta Biancone chiude il tablet, e allontana con disgusto la sua tisana zenzero e calendula. – Non si può avere una cioccolata calda, qui dentro?

Non vi dico la meraviglia di Maria Elisabetta Corbani, quella sera, quando apre il file di *La vera storia di Vera Storia* per rileggersi la morte di Olivio, e la morte di Olivio non c'è. Niente. Scruta fra le righe, come se cercasse una perlina caduta sotto il letto, ma non la trova. Oh che mistero misterioso. Riflette. Com'è possibile che nel mio file non ci sia, e in quello che ha la Aretusi sí?

Prende il cellulare, e chiama quella maledetta Carolina Diamanti.

– È la Diamanti? Sono la Corbani.

Che bell'approccio, pensa Carolina, che ha iniziato l'editing di un saggio di Clotilde Castelli su una poetessa croata e quasi quasi rimpiange Vera Storia.

– Sí, sono io signora Corbani, come sta?

– Starei meglio se non mi fosse sparita una scena del romanzo. Nel mio ultimo file la scena della morte di Olivio non c'è. Come mai invece in quello che lei ha mandato alla Aretusi sí? Lei ne sa qualcosa?

– La morte di Olivio? – prende tempo Carolina, che si chiede perché mai le è venuto in mente di mettere mano a un romanzo altrui.

– Sí. Un paio di pagine che non trovo nel mio file. Invece in quello che ha visto lei c'era, giusto?

– Eh, sí. C'era. Come no. Sennò, scusi, come farebbe adesso a esserci?

– E allora perché nel mio non c'è?

– Ah, non so. Credo… forse… forse era in un file successivo, che lei ha mandato alla Cartigli e che poi ha cancellato per sbaglio?

– Non dica stupidaggini –. Maria Elisabetta è una scrittrice miserabile e una donna priva di generosità, ma non è stupida. Quindi capisce che la spiegazione possibile è una sola.

– L'ha aggiunta lei, la scena della morte di Olivio?

– Eh… sí. Solo poche righe. Non volevo disturbarla. Cioè, la scena ci voleva, perché a un certo punto Olivio è morto, ma prima faceva il karaoke e…

– Come si è permessaaaa?! – la interrompe l'autrice, che ha già le vene del collo gonfie. – Io la denuncio!! Lei ha commesso un reato e forse anche piú di uno! Leso diritto d'autore! Appropriazione indebita d'identità letteraria!

– Ha ragione, mi dispiace, ma vede, le avevo già rotto tanto le scatole e sa, a volte gli editor lo fanno, aggiungono una parola qui, una lí… pensi a Carver, i suoi libri li ha scritti quasi tutti quel tipo, Gordon Lish.

– Carver? – Lí per lí, Corbani non ricorda chi sia questo Carver, e comunque non le interessa, e si prepara a sversare di urla la maledetta Diamanti, quando la maledetta Diamanti continua:

– Comunque guardi, basta toglierlo quel pezzo. Sono intervenuta solo lí. Si taglia.

Ed è qui che Maria Elisabetta si trova davanti a un bivio: chiamare la Aretusi, dirle di cancellare quelle righe apocrife e non dare mai piú di tutti i mai un lavoro a quella, oppure... stare zitta e muta visto che le suddette righe apocrife le hanno vinto lodi abbondanti? E soprattutto visto che gliene hanno appena chieste altre simili?

Maria Elisabetta Corbani, dopo un attimo di esitazione, imbocca decisa una delle due diramazioni.

– Mi stia bene a sentire, – esordisce.

Mentre Maria Elisabetta Corbani imbocca decisa uno dei rami del bivio, Linda Capello cammina veloce lungo il binario 17 della stazione Porta Nuova. Trolley da una parte, Gianmatteo dall'altra, arriva leggermente ansante alla carrozza 7, e prende posto al 3B. Si appoggia allo schienale e prega, come non ha pregato mai. Prega che il treno parta il piú in fretta possibile, prima che Gianluigi Martinelli riesca a raggiungerla. Non vuole vederlo mai piú nella sua vita, Gianluigi Martinelli, e se riesce a liberarsi di lui probabilmente non metterà mai piú piede a Santa Brigida, e difficilmente si spingerà oltre i Castelli nei suoi viaggi futuri. Cosí imparo, pensa, cosí imparo a guardare troppo *Revenge*. Io non sono come Emily Thorne. La mia vendetta è già finita, altro che quattro serie per un totale di oltre novanta puntate. Volevo distruggere Carolina e Kevin, portare lo scompiglio, annientare Palma Rosa, lasciare il mio marchio su quelle vite, e cosa ho ottenuto? Un sarto ultrasessantenne che vuole venire a vivere con me. Sua moglie è contenta, Carolina non ha battuto ciglio, e quel maledetto Kevin, l'uomo che mi è piaciuto di piú in tutta la mia vita, mi guardava come si guardano le cimici in autunno.

Questo pensa Linda Capello, che ha adottato la sempre valida arma della fuga di nascosto. Dopo tre giorni d'ininterrotto tampinamento da parte di Martinelli, che si è trasferito all'unico B&B di Santa Brigida, il Ciliegi in Fiore, in attesa (crede lui) di partire per Roma con lei e aprire forse una sartoria in Vaticano. Dopo tre giorni in cui ha invano tentato di spiegargli che no, non vuole iniziare una nuova vita con lui.

– Non era una cosa seria fra noi, dài. L'ho fatto solo perché ero incazzata con tuo figlio.

– Ma mi dicevi «amore»!

– E che vuol dire. Amore si dice, quando si fa. Ma poi…

– Non importa. Io ti amo. Abbiamo un figlio. Ti prego, riproviamo a far funzionare questo rapporto.

– Ma far funzionare cosa? Ci siamo visti tre volte. Torna a casa, che Palma Rosa è una brava donna.

– Io non amo Palma Rosa, amo te.

– E che palle!

Tutto inutile. Gianluigi non aveva desistito, e in piú continuava a cercare di farsi chiamare «papà» da Gianmatteo che comprensibilmente non ne voleva sapere. Cosí quel mattino alle cinque e mezzo Linda era uscita di casa di soppiattissimo, e aveva raggiunto l'auto di Vincenzo, un suo ex opportunamente ricontattato. In cambio di attenzioni fisiche precise e mirate, Vincenzo aveva acconsentito a portarla furtivamente a Porta Nuova dove avrebbe preso il Frecciarossa delle 7 e 05 per Roma. Adesso non si sente affatto sicura. Quello è capace di arrivare.

Solo quando il treno si muove indolente per uscire dalla stazione, Linda si rilassa. Manda un messaggio a Luca, perché venga a prenderli a Termini, e con il cuore in subbuglio ammette che fare la cattiva in una storia è molto impegnativo, e dà poche soddisfazioni.

– Babbo? – chiede Gianmatteo alzando quel suo faccino cosí Martinelli da spezzare il cuore.

– Babbo viene a prenderci, tranquillo.

– Babbo vero? – Gianmatteo diffida, visto che è tre giorni che un signore che non sa chi sia continua a dirgli «Sono io il tuo papà».

– Babbo vero, sí –. Con un sospiro, Linda mette un

cartone sull'iPad per suo figlio, e manda un altro messaggio, a quel certo funzionario Rai. – Domani pausa pranzo insieme?

La vita riprende, lei non si è fatta male, non è successo niente.

– Non le ho detto ancora di sí.

Carolina e Kevin bisbigliano, tipo in chiesa, ma in realtà sono nel salotto di casa Martinelli, dove si sta svolgendo una scena di rientro fra i ranghi che meriterebbe di essere dipinta dal Tintoretto. Non appena saputo della partenza di Linda, Gianluigi non ha perso un attimo. In caso svanisca il suo sogno d'amore, l'uomo si rifugia spesso nella realtà che gli torna piú comoda, e per Gianluigi la realtà piú comoda coincide perfettamente con l'abbondante perimetro di sua moglie Palma Rosa. Non si è precipitato a inseguire tramite Freccerosse la fuggitiva, e invece ha radunato i pochi effetti personali che aveva portato al Ciliegi in Fiore e si è presentato alla porta di casa. Che per lui non si è aperta. Da dentro, Palma Rosa gli ha urlato:

– Vattene! Sto partendo per una crociera ai Caraibi!

– Vengo con te!

– Vai a Roma, vai, cretino!

Cosí Kevin aveva dovuto abbandonare a metà una coppia di comodini fake rococò che stava finendo di rococheggiare, e aveva chiamato Carolina:

– Sei pronta? Passo a prenderti che andiamo su. I miei stanno facendo casino.

– Ok, però forse sarebbe meglio se venisse Stella.

– L'ho chiamata ma tua sorella mi ha detto che oggi è andata a Milano.

– A Milano?!?!

– Sí, a parlare con quelli di Après un Rêve. Ci sta pensando.

– Ah, ok, allora sono pronta.

E cosí era stata Carolina ad accompagnare Kevin, e a

portare a termine insieme a lui una complessa trattativa in seguito a cui Gianluigi era stato riammesso in casa.

Ed eccoli, in piedi e separati solo dal tavolo da pranzo, il padre e la madre, che si rinfacciano senza cenni di stanchezza trentacinque anni di rancori matrimoniali, mentre Kevin e Carolina bisbigliano tranquilli fra loro.

– E perché non le hai ancora detto di sí?

– Perché non so se ho voglia di fare lo scrittore fantasma.

– Che ci vedi di brutto?

– Scrivere di nascosto, mi sembra una cosa miserabile.

– Scusa, a scrivere quel pezzetto ti sei divertita?

– Abbastanza... NO ASPETTA PALMA ROSA!

Nonostante una pancia ormai ingombrante, Carolina scatta a togliere di mano a sua suocera un coltello di ceramica con cui ha appena minacciato di evirare il marito. Forse non tutti sanno che i coltelli di ceramica sono taglientissimi, e a Palma Rosa sarebbe bastato un piccolo errore per portarsi via qualche dito.

– E DÀI PA'. FATELA FINITA!

Kevin trattiene suo padre che minaccia di buttarsi dalla finestra, e una volta sventati altri gesti di violenza assortiti, lui e Carolina riescono a ottenere un accordo fra le parti, secondo cui la convivenza riprenderà sulla base di un assoluto asservimento e azzerbinamento perenne di Gianluigi che mai, sia chiaro mai, finirà di scontare le sue colpe. In cambio Palma Rosa non smetterà di fornirgli pasti, abiti puliti e collaborazione sartoriale, e rinuncerà alla crociera nei Caraibi, in quanto la sua assenza costituirebbe una pericolosa finestra di libertà per il reietto.

– E non andrai mai piú a trovare tua sorella suora! – precisa Palma Rosa, tirando fuori la pentola per il risotto. – E stasera risotto coi funghi.

Gianluigi odia il risotto coi funghi, e sa che questo è solo l'inizio.

– Buonissimo, tesoro.

– Mamma... – Kevin si sente in dovere d'intervenire,

perché detesta la mancanza di logica. – Papà non andava a trovare zia in convento, andava a puttane. Adesso potrebbe andare davvero da zia, se vuoi punirlo. Un bel pomeriggio dalle suore.

– Ci penserò. Affetta le cipolle, Gianluigi. Vi fermate a cena, ragazzi?

– No, grazie, – dicono in coro Kevin e Carolina.

Fermi davanti alla macchina parcheggiata nel cortile di casa Martinelli (finalmente in pace) Kevin e Carolina si guardano.

– Come si fa a non diventare cosí? – chiede lei, inclinando leggermente la testa verso la cascina bassa lí accanto.

– Ci vuole il Divino Amore, – sussurra Kevin, facendo scattare la serratura della portiera.

– Noi quello ce lo abbiamo.

– E quindi stai tranquilla. Entra, che voglio prendere le ali di pollo piccante prima che chiuda il girarrosto.

Sistemato cosí il loro futuro, mentre scendono lungo morbide curve verso la città, Kevin e Carolina discutono di impegni professionali.

– È una grande responsabilità. Se quello che scrivo non va bene? Guarda il casino che è successo con Nicky.

– Lí tu non c'entri. Non è colpa tua se la ex del suo fidanzato è una killer.

– Non dovevo accettare. Lo dovevo capire che non era una buona Storia di noi due.

– Però mi ha chiesto l'archetto!

– Ma chi? Nicky?

– No, lui. Il marito. Futuro marito. Vuole un archetto matrimoniale con un intaglio a laterizi.

– E cosa sono i laterizi?

– Mattoni, tegole… ha una fabbrica di laterizi, e vuole celebrare il suo business.

– Beh, se tu puoi fare un archetto con intaglio a laterizi, io posso scrivere finte pagine Corbani. È la vita, no, Kevin? Cioè, il lavoro.

– Esatto. Pensa a quante cose potrai comprare per Clementina o Elvis con quei soldi.
– Non voglio comprare troppe cose per Clementina o Elvis. Saranno bambini frugali.
– Guarda che ne nasce solo uno, o una.
– Per adesso.
Kevin prende atto, e ne trae la logica deduzione.
– Allora sarà meglio che dici di sí.

35.

Fracas, di Robert Piguet

– Sarà meglio che dici di sí, a una condizione, però!

Gemma saltella sul cemento azzurro del Triangolo perché intravede una di quelle geometrie che piacciono a lei, in cui con una mossa sola fai felici almeno tre o quattro persone.

Lei, Carolina e Stella sono sedute o in piedi, alternativamente, nei pressi di una panchina del Triangolo, il già citato giardinetto di cemento che accoglie i bambini di Regio Parco, le loro bambole, biglie e tricicli.

Mangiano un gelato, avvolte da una fresca sera di primavera, mentre Kevin è rimasto a casa, e sta lavorando insieme a Pablo alle ultime cerniere e guarnizioni gommose dell'automobile di legno pieghevole. Sta venendo benissimo, e se non alla Subaru, di sicuro alla Mattel saranno interessati.

– Cioè?

Carolina ha appena raccontato alle sorelle l'interessante proposta di lavoro che le ha fatto Maria Elisabetta Corbani: riscrivere qualche pagina di *Vera Storia*, pagine che verranno poi universalmente attribuite alla Corbani stessa.

– Cioè mi è venuta un'idea per sistemare tutto.

Gemma spiega alle altre due quello che le passa per la testa. Le altre due ci stanno, come sempre.

– E cosí potrò chiederle un venerdí e un lunedí per andare a Gottinga!

Carolina, informata del progetto Gottinga, lo ha approvato senza riserve.

– Prova a farti un giro nei supermercati vicino all'università. Lo vedi che i supermercati c'entrano, con voi. Bar, supermercati, cibo, caffè... ahia. Mii, se scalcia questo o questa.

– Ehi, nipote, non avere fretta, che io devo andare un attimo a Gottinga, – Gemma fa la voce severa che, nel suo immaginario, si adatta a una zia.

– Hai già pensato a come vestirti? – chiede Stella. – Vuoi che ti studio un look?

– Secondo me devi vestirti esattamente com'eri quel giorno a Fiumicino, – dice Carolina. – Cosí sei sicura che ti riconosce.

Gemma sospira. – Lo vedi che non ragioni? Era dopo Natale. Faceva un freddo becco. Avevo il piumone. Adesso guarda, è aprile, stiamo mangiando un gelato. Non posso vestirmi uguale.

– In Germania farà freddo, – insiste sua sorella. – Lí non è come qui.

Stella controlla sull'iPhone. – 23 gradi, a Gottinga.

– Va beh. Almeno pettinati uguale.

– Avevo le trecce. Casomai mi vedo meglio con i capelli raccolti.

– Non scherzare. Trecce –. Stella è decisa. – Chiediamo a Maya di farti delle trecce che in Germania se le ricordano fino alla fine della Germania.

– Tu, piuttosto. Come va con Milano?

Sono passate un paio di settimane dalla gita di Stella, e la trattativa con Après un Rêve è arrivata alla stretta finale. Stella deve solo accettare i termini del contratto e dare il preavviso a Lucia.

– Ormai è tutto deciso. Mi darebbero pure la casa. Con un'apprendista francese.

– E Holga?

– Si troverà un'altra inquilina. Mica è difficile.

Gemma e Carolina tacciono, un fatto strano, per le sorelle Diamanti. È che sanno che Stella fa bene ad andare a Milano, che l'allontanamento da Rodrigo è di rigore, ma come può una cosa giusta essere tanto sgradevole? Dove sta la bellezza della scelta migliore?

– Ma lui, in questi giorni? – chiede Carolina, alla ricerca di un appiglio.

– Niente. Ieri sono andata in vivaio per il matrimonio «Fuoco e Ghiaccio», ma c'era la nuova stagista.

– LA NUOVA STAGISTA? – Gemma inorridisce. La stagista rappresenta l'Anticristo, agli occhi delle amiche di Stella. Se appena appena è un po' carina, e purtroppo spesso lo sono, la stagista finisce inevitabilmente ripassatissima da Rodrigo. Fa parte dello stage, come imparare a potare le ortensie.

– Eh sí –. Stella alza le spalle, rassegnata. – E prima che me lo chiediate, sí, è bellina. Quindi...

Carolina annuisce. – Okay. Vai a Milano. Dài, che sarà mai. Quaranta minuti di treno. Puoi tornare tutti i week-end.

– Beh, spero di no. Spero di rifarmi una vita.

Carolina sospira: Stella ancora non se n'è fatta una di vita, e vuole farsene un'altra.

Carolina sospira, e Tony Cosenza singhiozza al telefono, in vivavoce, perché Lucia Lombardi, mentre lo ascolta, si sta preparando per uscire con Diego e Lino. Proprio loro, sí, che l'hanno invitata a una cena di Calcetto gay.

Il Calcetto gay è un calcetto normalissimo, come tutti gli altri calcetti, solo che i giocatori sono tutti gay, e per orgoglio etnico hanno scelto una divisa rosa, maglia e pantaloncini. Una volta al mese dopo la partita c'è la cena del calcetto, e Diego (centrale) e Lino (esterno sinistro) hanno proposto a Lucia di partecipare.

– Ci sono un sacco di ragazze, dài.

– Oltre ai giocatori?

– Spiritosa. Sorelle, amiche... dài che ti diverti. Ogni tanto viene anche qualche amico etero. Magari ti fidanzi.

Lucia avrebbe voluto rispondere che lei di fidanzati che

frequentano i Calcetti gay preferirebbe non collezionarne altri, ma non può perché il segreto di Tony è chiuso in lei come il mistero in quello là, e quindi si è limitata a grugnire e a dire «Okay, vengo».

E cosí eccola che si prepara, e guardate quanto è carina, con quel vestito di velluto color geranio, il mascara e il kajal, rossetto, profumo, tacchi. Da quando non soffre piú per Tony, Lucia ha imboccato la strada del Fascino Felice, e chissà dove la porterà.

– Tony, su, lasciala.

– Non mi molla, Luci. Non mi molla.

– Te l'ho detto, fregala. Fai coming out. Piantala tu. Fai una conferenza stampa, di' che sei gay e...

– Non sono gay. Sono aperto.

– Immagino. Senti qua, Tony. Non c'è altra soluzione.

– Ma ci pensi a Martine, Pippi e cosa... Sciantal? Mi chiederebbero ancora piú soldi. Per i bambini e tutto, sai lo choc del padre...

– Aperto.

– Esatto, del padre aperto... quelle robe lí. Decine di migliaia di euri di psichiatri per tutti.

– Ma va', al giorno d'oggi i bambini col babbo gay sono normalissimi. In che mondo vivi, Tony?

– Cazzo ne so. Io non so niente, ma c'ho ancora l'istinto del goal, e l'istinto del goal mi dice che i miei giri di soldi non gradirebbero. Fidati, Luci. Un macello. Oh, Lucia, non riusciamo a capire, io e Manlio, se mi costa di piú fare coming out o sposare la Corbani.

Manlio, l'avvocato di Tony, ormai passa con lui tredici ore al giorno, e perde chili a ogni telefonata con Marta Biancone.

– Senti, starei delle ore a parlare con te dei tuoi problemi, ma purtroppo devo andare. Su, asciugati gli occhi, soffiati il naso e guarda qualcosa di bello su Netflix.

Steso sulla pelle di bufalo che adorna il suo divano sedici posti nell'attico a picco su Brera, Tony Cosenza fissa incredulo il telefono muto. Questa non è la sua Lucia, no no no.

E infatti non è la sua Lucia. È la Lucia di nessuno, per il momento, ed è in questa inedita ma conturbante versione, mentre entra a passi piccanti nella pizzeria Mario's House di Nichelino, che la nota un signore un po' felino nell'aspetto, seduto a tavola con Benedetta Leandri e una ragazza che assomiglia molto a Fiordiluna, l'amichetta di Penna Bianca in fumetti Disney che non tutti conoscono.

– Signora Lombardi. Lucia.

– Lucia! – ribadisce Benedetta Leandri, che sembra parecchio vispa rispetto al pacchetto di lacrime e Kleenex che era uscito due mesi prima dal Palazzo degli Sposi.

– Ehi. Ciao Benedetta, buonasera architetto...

Si avvicina, chiedendosi quale contorcimento del tempo e dello spazio abbia portato proprio qui, stasera, lei e lui.

Baci, abbracci, presentazione di Fiordiluna, e l'inevitabile domanda:

– Lei è qui con... – leggermente incredulo, Giacomo Leandri accenna alla rumorosa tavolata a cui è diretta Lucia.

– Con il Calcetto gay, sí. Scusate, magari dopo ci prendiamo il caffè insieme.

– Sí, sí –. Benedetta è raggiante come la Colomba dello Spirito Santo. – Ti devo parlare...

E accenna discretamente a Fiordiluna, che sta esaminando incantata l'elenco delle pizze.

Lucia annuisce, ma annuendo guarda il padre di Benedetta, che annuendo guarda lei. È un uomo intuitivo e ha capito, anche lui, che questa Lucia non è la stessa Lucia di qualche mese fa, e che il cambiamento non sta soltanto in tacchi e make-up.

– Hai sentito che profumo divino? – dice Benedetta, guardandola mentre raggiunge i calcettisti.

– Fracas, di Robert Piguet, – cinguetta Fiordiluna. – Prenderei una Malefica con tanto peperoncino.

36.

Quel punto di azzurro

– Posso venire un attimo? Ti devo parlare di un paio di cose.

Lucia, con gli occhi a simbolo del dollaro, ha iniziato la mattinata con una breve visita ai Conti in Banca, che ha trovato entrambi abbastanza di buonumore. Le prenotazioni effetto-Tony continuano a fioccare, e miracolosamente le turbolenze che minacciano il matrimonio dell'anno non sono ancora arrivate sulle pagine di «Tutto Divi» o «Vippissimi Scandal», quindi lei continua a brillare nel firmamento delle wedding planner. Certo, ancora manca il top player, tipo un matrimonio veramente di lusso, per qualche figlia di ricconi persi, ma insomma, dài, va meglio.

Gemma è sulla porta, e per un istante, guardandola, Lucia ha l'impressione di vedere una messaggera degli dèi, non importa quali dèi, dell'Olimpo, del Paradiso o del Valhalla, comunque un'intermediaria tra mondi confinanti. E infatti le fa, senza preamboli, una domanda abbastanza da messaggera degli dèi.

– Vuoi salvare o no Tony da Maria Elisabetta Corbani?

Lucia ha già risolto questo dubbio interiore in due momenti successivi: la scorsa notte, facendo l'amore con il padre di Benedetta, e stamattina, osservando la relativa stabilità di Conto 1 e Conto 2.

– Sí. Voglio salvarlo. Ma non saprei come. Se dico alla Corbani che non voglio piú organizzare il matrimonio, primo mi lancia le sue avvocate ai polpacci, e secondo se lo fa organizzare da qualcun altro.

– Lo so io come. Anzi, lo sa mia sorella. Ma non posso dirti niente, è una faccenda molto riservata. Sai, segreti editoriali, quelle cose lí. Però, se ci autorizzi, Carolina può portarsi a casa il risultato.

– Va bene. Non faccio domande e vi autorizzo. Possibilmente, dovrebbe ottenere che la Corbani paghi lei, a me, una penale.

Gemma sogghigna, uguale in tutto e per tutto a una appena uscita da un film di Tarantino.

– Casomai in un secondo tempo.

– Ok. Allora guarda, oggi è il giorno giusto. La sposina cannibale è in giro con Sung a fare le prove per le foto, e poi passa di qui. Di' a Carolina di venire nel pomeriggio.

– Bene, e ora passiamo alla seconda cosa. Ho bisogno di due giorni di permesso. Uno è domani, l'altro dopodomani.

Lucia sobbalza incredula. Gemma non le ha mai chiesto permessi, e come le viene in mente di volersi prendere domani e dopodomani, adesso che i matrimoni di maggio sono in piena frenesia, e premono come bestiame nel selvaggio West, e da un momento all'altro sfonderanno la staccionata?

– E per cosa ti serve, questo permesso?

– Devo andare a Gottinga.

– E cos'è?

– Una città, in Germania. Ci devo proprio andare, Lucia. Vedi, a Natale, mentre ero a Fiumicino, bar Partenze Nazionali…

Lucia la blocca. Meno ne sa, meno si irrita.

– Un uomo?

– Un uomo, sí.

La vita funziona cosí, che a volte tutto s'incastra a formare un puzzle perfetto, e cosí, se la notte scorsa Lucia non avesse abbandonato i Calcetti gay (che non se la sono presa per niente) per seguire l'architetto Leandri, adesso forse negherebbe il permesso a Gemma (che se lo prenderebbe comunque, ormai la conosciamo).

Ma visto che l'ha seguito, e dopo aver accompagnato Benedetta e Fiordiluna sono andati a casa sua, dell'architetto, e hanno avuto quello che entrambi si meritavano, allora Lucia si accende una sigaretta, e chiede a Gemma:
– Ce l'hai già il biglietto?

– Il pino te lo sconsiglio.
Kevin è negativo sul pino come materiale per ripiani. Lo dice chiaro a Rodrigo, mentre guardano la nuda parete della serra, che ospiterà una grande scaffalatura destinata alle piante grasse. Kevin ha accompagnato Carolina al Palazzo degli Sposi, non ha capito per quale intrigo suo e delle sorelle, e non lo vuole neanche capire, e ne ha approfittato per passare al vivaio.
– Perché, cos'ha il pino che non va?
– Legno dolce. Non farei uno scaffale di legno dolce. Se vuoi spendere tanto, facciamolo di rovere o teak. Altrimenti il compensato va benissimo. È robusto, e regge il peso.
– Compensato? – Rodrigo fa una smorfia di disprezzo. – È quello che si usa per gli aerei, col traforo. Si spezza a guardarlo.
– Quella è la balsa. Il compensato è fortissimo.
– La balsa. Hai ragione.
Rodrigo e Kevin discutono amichevolmente di legni per un po', poi Kevin dice qualcosa che sposta il peso della giornata.
– Altrimenti se mia sorella lascia la casa ti recupero uno scaffale fantastico che ho fatto per lei, di mogano, una meraviglia. Ha i piani sfalsati, potentissimo.
– E perché lascia la casa, tua sorella?
– Pare che vada a lavorare a Milano.
– Ah. Quindi ha detto di sí, a quelli di Après un Rêve?
– Boh. Credo di sí. Non so. Continua a cambiare idea, prima sí, poi no, poi non so. Sempre stata cosí, anche da piccola, per decidere i gusti del gelato ci metteva delle ore...
– Ma alla fine decideva.

– Non ci giurerei.

Rodrigo sta zitto per un po', poi chiede a grande sorpresa.

– Tu stai bene, da sposato?

– Io non sono sposato.

– Sí ma convivi, aspetti un figlio.

– Ah, è vero. Sí, direi di sí.

Altra pausa. Kevin segna delle misure sul cellulare, Rodrigo morde un bastoncino. Poi è lui a parlare.

– Io da sposato stavo malissimo, perché con mia moglie mi annoiavo.

– Ti credo allora.

– Tu non ti annoi, sempre con la stessa donna tutto il tempo?

– No –. Kevin è succinto, e non va matto per i discorsi personali, ma Rodrigo è un uomo che ascolta musica classica, ed è in grado di sfondare il muro del riserbo maschile.

– Ti posso chiedere una cosa scema?

– Tanto tra dieci minuti me la sono dimenticata.

– Pure l'amore si costruisce? O lo trovi già fatto?

Kevin ci pensa un attimo. Non è una domanda da prendere alla leggera.

– L'amore… dipende quale. Certi sono come i mobili che compri dai cinesi. Porti a casa, usi tre mesi, e poi si butta. Certi sono come i mobili dell'Ikea, che fai un casino di fatica a montarli e poi sono bellissimi ma dopo qualche anno i cassetti tipo si sfondano.

– Ah –. Rodrigo sembra soddisfatto della risposta. – Vedi? Non è roba che dura. O se dura, ti stufa, come i mobili delle zie.

– Tranne certe volte, che magari trovi un armadio o un comò al mercatino dell'usato, e capisci subito che di quello non ti stancherai mai, se lo modifichi un po'. Devi sempre modificarlo un po'. Tipo una credenzina che abbiamo noi, che l'abbiamo dipinta di azzurro, prima era carina ma potevamo stufarci. Adesso è una roba che non mi stanco mai di guardarla. Non lo so perché. Sarà quel punto di azzurro.

Rodrigo annuisce, e chiude.

– Okay, allora lascia perdere quello di tua sorella, fammelo nuovo che cosí la misura è perfetta. Compensato va benissimo.

Kevin è d'accordo, e di amore non si parla piú.

37.

Dominatrix piemontese

– Mongnyŏn kkot kat'ae. Chamkkanman... – dice Sung Chan-koo a Maria Elisabetta Corbani, sistemandola sullo sfondo di una magnolia in fiore.

Elisabetta non capisce, e quindi non sa che Sung si è appena innamorato di lei. Come ricorderete, a Seul lo aspettano la dolce Choi Eun-hee e un certo numero di piccoli adorati figli, ma questo non ha mai impedito a Sung di provare violente passioni per parecchie di quelle che gli capitano a tiro. Abbiamo detto che si è fatto qualche pensiero su Lucia, che ha il fascino mediterraneo e un'anima segreta, ma adesso sente che questa donna urticante potrebbe conquistarlo a lungo termine.

Stanno provando inquadrature e sfondi naturali, monumentali ed eccentrici in giro per la città, per selezionare poi i piú adatti al book del matrimonio. L'assenza dello sposo è rilevante, ma Sung si è portato un manichino che sostituisce egregiamente Tony.

La scrittrice e il fotografo sono quindi soli, nella frizzante primavera piemontese: ora lui la piazza davanti a un faggio pendulo non ancora provvisto di foglie, e passa un braccio flaccido del manichino attorno alle ossute spalle della scrittrice.

– Utji mara! – dice Sung, con una certa severità. Elisabetta non capisce, ma a causa della certa severità, comunque esegue.

– I speak English, – gli dice lei. – Can you speak English? We could talk in English.

– Uri-nŭn hal su itjiman, na-nŭn sirŏ, – risponde con garbo Sung, e la Corbani rinuncia alla comunicazione verbale. Lei si sposta piú o meno a caso, lui fotografa con impegno, passano dal faggio pendulo a una bicocca diroccata, dalla bicocca diroccata a un distributore comunale di acqua frizzante, finché la futura sposa protesta:

– Avrei un certo appetito. Non si potrebbe mangiare qualcosa? Conosco un ristorantino qui dietro che…

Sung la interrompe, e fa qualcosa che non ha mai fatto in vita sua. Parla italiano.

– Niente ristorantino. Seguimi nel mio piccolo appartamento e cucinerò per te lo Juk.

Maria Elisabetta trasecola: ma come? Questo idiota è tutta la mattina che le dice sillabe incomprensibili, e adesso parla come Dante? Dante piccolo e giallo? E si permette di provarci con lei? Ma vogliamo scherzare?

– Senti qua, roditore asiatico, riportami subito in agenzia e non ti azzardare. E augurati che le tue foto siano molto molto buone, altrimenti le mie avvocate ti porteranno via anche i buchi dei tuoi calzini di poliestere!

Incantato, Sung ripone la macchina e si avvia verso la sua Škoda, seguito da Elisabetta. Una dominatrix piemontese, Dio, da quanto tempo la sognava!

Ma due ore dopo, seduta di fronte a Carolina Diamanti, nella Panic Room del Palazzo degli Sposi, Maria Elisabetta non è per niente dominatrix, e sembra anzi la classica bestiolina furiosa ma innocua perché chiusa in gabbia. Non può far male, e neanche far ricorso alle avvocate, questa volta.

– Piccola sudicia ricattatrice, – sta sibilando a Carolina, che si rammarica per il sudicia.

– Non credere che la tua pancia mi faccia impressione. Anche le cretine restano incinte.

– Anzi. Di piú. Signora Corbani, non litighiamo. Io sono pronta a scrivere tutto quello che vuole, e a dimenticarmi tutto quello che ho scritto un secondo dopo averglielo consegnato. Ma lei deve rinunciare a sposare quella persona. Che non nomino, perché piú siamo discrete meglio è per tutti.

– Lurida ricattatrice schifosa, non credere di cavartela...

– A che serve tutto questo livore? Facciamo l'affare sí o no?

– Non firmare niente!

Come una delle sue predilette Antigoni e Cassandre, Maria Vittoria fa un violento ingresso sulla scena, chiamata da una concitata telefonata della sorella mezz'ora prima.

(Telefonata mezz'ora prima:

«Vittoria vieni subito qui che mi ricattano».

«Eh?»

«Ricattano! La capisci questa parola? O non è abbastanza greca per te? Muoviti!»

«Ma le avvocate?»

«Le avvocate non devono saperne niente! Fatti venire un'idea, presto».

«Ma su cosa? Cosa stai dicendo?»

«Sbrigati! Poi ti spiego»).

Abbastanza preoccupata, Maria Vittoria ha lasciato precipitosamente il suo quieto studiolo all'università, e si è fiondata al Palazzo degli Sposi, per fare il summenzionato violento ingresso.

– Non firmare niente!

– Buongiorno... – Carolina si posa una mano sulla pancia, cercando di placare Elvis o Clementina, che sta scalciando furiosamente, irritato o irritata da tutte quelle donne che strillano.

– Buongiorno te lo do io, infame arrivista ipocrita.

– Senta, se lei continua a insultarmi, le pagine che le hanno chiesto se le può scrivere da sola.

Maria Vittoria non capisce: che pagine?

– Che pagine adesso te lo dico che pagine. Lei esca, per favore, che ho bisogno di conferire con mia sorella.

Carolina esce, e raggiunge Gemma nel suo ufficio, dove lei e Lucia sono in ansiosa attesa.

– Allora? – Lucia si accende una sigaretta col mozzicone dell'altra. Ha promesso a Giacomo di smettere, e prima che lui le chieda «Dammi una data» cerca di immagazzinare piú nicotina possibile.

– Allora si sta consultando con sua sorella.

Lucia la guarda, e fa il breve sorriso felice di chi sa di avere il biglietto vincente.

– Sorelle Corbani contro sorelle Diamanti. Non c'è partita.

Ed è cosí che, alle cinque di un pomeriggio di primavera, Maria Elisabetta Corbani rinuncia al suo fidanzamento con Tony Cosenza, ottenendo in cambio la muta e discreta collaborazione di Carolina che, senza pretendere nulla piú che un equo compenso, riscriverà parti della *Vera storia di Vera Storia*. Il patto è stato siglato da una scrittura privata firmata dalle rispettive sorelle, e da un leggero versamento di sangue preteso da Maria Vittoria, che ha imposto alle contraenti di farsi un piccolo taglio sul braccio come tragiche troiane contemporanee. Le avvocate Greco e Bianconi sono state avvertite che l'episodio matrimonio è archiviato, e che possono gettare nella piú vicina stufa tutte le carte e le ingiunzioni ingiunte a Tony Cosenza. A nulla sono servite le loro strilla, l'autrice si è chiusa in un rigoroso silenzio, e ha dichiarato chiusa per sempre quella parentesi della sua vita.

Alle sei la Corbani sta tornando a casa, e per la prima e ultima volta in questa storia, entriamo anche noi nella romantica mansarda affacciata sui Murazzi, il luogo in cui vive e crea. Pareti cariche di libri, tappeti, drappi, dipinti messicani, tutto è come ce lo aspettiamo, compresa una piccola cucina molto scenografica e poco usata. Seduta al tavolo inutilmente postindustriale, Maria Elisabetta stasera si sente sola. Alla fine, era contenta di sposarsi, e si aspettava molto da quella discesa matrimoniale nella cultura pop. E adesso? Corrugando gli occhi perché è presbite ma rifiuta di ammetterlo, scruta il bigliettino che si è messa in tasca, e su cui è scritto il numero di telefono del fotografo coreano di cui non ha piú bisogno. Come fotografo, perlomeno.

– Non posso darti i particolari, amore, ma volevo dirti che Maria Elisabetta non sposa piú quell'ex calciatore.

– Bene. Mi sembra un'ottima cosa per tutti e due.

– Senti, me ne frego, e qualche particolare te lo do. Dopotutto sei il mio fidanzato.

– Ecco, a questo proposito...

– Sí, lo so, non ti piace la parola «fidanzato». Ascolta, è stata tutta colpa di quella tizia, la ex di Tony, e della sua assistente, una certa Gemma, una cretina che non ti dico, che ha una sorella che fa la redattrice. Insomma, questa tizia, la sorella dell'assistente, ha ricattato Betta perché quelli della Cartigli...

– Alt. Stop.

Prima o poi tutti nella vita ci troviamo di fronte a questo dilemma: come lasciare il proprio fidanzato o fidanzata o marito o moglie? Di persona? Con un bigliettino sul tavolo della cucina? Con una mail? Addirittura un sms? Per telefono? Via Skype? Farglielo dire da un amico o amica come quando avevamo tredici anni? Ciascuno lo risolve come può, secondo il proprio grado di coraggio e rispetto, ma a volte invece non è una scelta, è una specie di onda anomala che ci travolge, e va a finire che lo facciamo al momento e nel modo sbagliato, tipo la vigilia di Natale o all'imbarco dell'aeroporto mentre stiamo partendo per una vacanza insieme. Succede.

Stefano Valenti lo fa adesso, a fulmine sereno, per telefono, durante una tranquilla chiacchierata, in un momento in cui non prova neanche una particolare avversione per Maria Vittoria, eppure è adesso che Stefano, senza neanche prendere una chiara iniziativa, si ritrova a dire:

– Io credo che sia meglio lasciar perdere, mia cara.

– Lasciar perdere cosa? Ti stavo parlando di mia sorella…

– Lo so, ma io non ti ascoltavo. Ho paura che sia finita. Credo sia meglio se la smettiamo qui.

– Ma cosa? Di cosa parli? Cosa devo smettere?

– Ti sto lasciando, Maria Vittoria. È finita. Noi due, io e te, ci lasciamo.

– Non dire stupidaggini per favore. Figurati se io e te ci lasciamo. È assurdo. Stiamo benissimo insieme.

La conversazione dura ancora a lungo, l'esito ce lo immaginiamo, perché uno non scompone molecole da anni senza essere in grado di scomporre un fidanzamento. Cosí possiamo lasciare Stefano a districarsi piano piano dalla ragnatela di questa lunga storia, e ritrovarlo qualche ora dopo mentre assapora muscolo dopo muscolo quella sensazione mista che provi quando ti sei liberato di un enorme peso ma sei consapevole di averlo scaricato addosso a qualcun altro. Un po' spiace. Povera Maria Vittoria. Povera, povera Maria Vittoria. – Vabbè, dài, è uno schianto di ragazza, faranno la fila per sostituirmi. Magari un collega. Un egittologo. Un analista di giambi. Chissà. Mah.

Con un sospiro sobriamente beato, Stefano recupera in cucina uno scatolone che conteneva dieci barattoli di antipasto piemontese inviatogli da sua madre il mese prima, e inizia a riempirlo di Cose Che Gli Ha Regalato Maria Vittoria e Che Non Gli Sono Mai Piaciute. Lui non è il tipo d'uomo che continua a tener memorabilia dei vecchi amori sparsi per casa perché gli brucia ammettere i fallimenti. Lui si libera dei loro residui e fischiettando, pure. Cosí, dopo aver deposto nello scatolone le *Tragedie* di Eschilo raccontate da Federico Buffa, un bronzino di Riacino formato candela, una lampada di sale grezzo rosa dell'Himalaya e un pullover di cachemire a quadri verde chiaro e verde bosco (ha ragione Stella, è portato per il cachemire, ma non per i quadri), piú altri oggetti e libri sgraditi, apre il Mac e comincia a eliminare foto, file e mail. E quando si imbatte nella mail col link del Palazzo degli Sposi, resta un attimo incerto, e quasi quasi lo apre, cosí, con la curiosità del sopravvissuto nei confronti dello scampato pericolo. Vuole vedere che faccia ha, questa tenditrice di trappole matrimoniali. Ma in fondo, chi se ne frega. Scrolla le spalle e clicca sul cestino. Fine. Insieme a tutto il resto, anche la Ragazza di Fiumicino finisce nello spazio interstellare.

38.

Schwanengesang

La Ragazza di Fiumicino in questo momento sta avendo uno choc rapace, con becco acuminato e artigli affilati. Davanti a lei, una mail che contiene il riepilogo del suo volo, quello che la porterà da Orio al Serio a Francoforte e poi da lí a Gottinga con un veloce treno tedesco, 7 ore e 34 minuti per andare a giocarsi la vita, e cercare il Divino Amore, perché, le ha spiegato Carolina mentre l'aiutava a preparare la valigia, se lo trovi con cosí basse possibilità di riuscita, se nonostante questo riesci a trovarlo, allora non può che essere il Divino. Ma c'è un limite alle basse probabilità di riuscita, e Gemma si rende conto che perdere l'aereo va oltre questo limite. E solo adesso, alle ore 12 e 30, si accorge che il suo aereo è alle 14 e 30, e non alle 4 e mezzo come ha creduto con convinzione fino a quando le è venuto in mente di controllare.

Controllare, controllare, Gemma non lo fa mai, pensa sempre di ricordarsi tutto, di avere sinapsi collegatissime, pensa al suo cervello come alla Metro di Londra, tante linee, tante fermate, rosse, gialle, verdi, blu, tutte a pieno ritmo, pronte e infallibili, e invece no, ha sbagliato ora, l'ora piú importante degli ultimi... boh... dieci anni. L'ha sbagliata, e adesso perderà l'aereo. In preda al panico piú assoluto, chiama suo cognato, pensando che se c'è qualcuno che può portarla a Orio al Serio in tempo quello è lui, l'uomo che ha inventato l'automobile di legno pieghevole.

– Kevin ciao senti poi ti spiego ti prego ti prego puoi

portarmi all'aeroporto in un'ora ma subito cioè partendo adesso ti prego ti prego poi ti spiego.

– Eh, no. Stavo per chiamarti io, stiamo andando all'ospedale. Carolina c'è. Ci siamo. Metto il vivavoce.

L'abisso si spalanca davanti a Gemma come la bocca del pescecane di Pinocchio: se perde l'aereo non arriva a Gottinga, se lo prende si perde la nascita di suo o sua nipote.

– Carolina ma… adesso?

– No. Solo qualche contrazione, roba piccola. Andiamo cosí per controllo ma mi rimandano a casa sicuro. Non mi si sono ancora rotte le acque. Vai tranquilla. Quando torni Elvis o Clementina saranno ancora impacchettati. Vai.

– Tanto non posso farcela. Se non trovo qualcuno di velocissimo che mi porta…

– E allora trovalo. Ah, una doglietta. Niente di che. Vai, ci sentiamo quando sei in aeroporto.

Già, e allora trovalo. Sempre stata cosí, Carolina. Per lei le difficoltà erano sempre immaginarie, e bastava ignorarle per superarle. Senza pensare, obbedendo all'assenza di ragione che governa i momenti fondamentali della nostra vita, Gemma fa il numero di Rodrigo. E miracolosamente Rodrigo risponde: non sta piantando, né potando, né travasando, sta discutendo con Stella del bouquet per un matrimonio a tema «vecchio West».

– La sposa, – gli sta dicendo Stella, agitando il blocco con gli schizzi, – avrà un vestito corto con le frange, camperos tempestati di perle e un cappello col velo da sposa.

– Come quel film con le gemelle? – la stupisce Rodrigo.

– Quello era *Il cowboy con il velo da sposa*.

– Beh, ma essendo un cowboy di sicuro il velo ce l'aveva sul cappello da cowboy… scusa un attimo, è Gemma.

– Non ce la possiamo fare, non ce la possiamo fare.

– Ce l'hai il passaporto? – chiede Stella, girandosi verso Gemma. Lei è seduta davanti, vicino a Rodrigo, Gemma dietro perché ha bisogno di spazio per sbattersi, agitarsi e disperare.

– Stella! Ma dove vivi? Non serve piú il passaporto.

– Ce l'hai quello che serve? La patente? La carta d'identità?

– Ho tutto, meno il tempo per arrivare.

– Ce la fai, ce la fai...

Rodrigo guida come guidava a diciassette anni, quando faceva le gare illegali di notte con macchine altrui, prese in prestito e restituite poche ore dopo. Tutti gli altri frequentatori dell'autostrada Torino-Milano ricorderanno quel giorno come il primo segno dell'imminente apocalisse.

– Il gps dà 41 minuti a Orio al Serio –. Stella da mezz'ora tiene in mano il telefono, e consulta Google Maps senza capire troppo di quello che Google Maps le sta dicendo.

– Ma l'imbarco è un'ora prima.

– Dicono sempre cosí, – commenta succinto Rodrigo, superando un autoarticolato a sinistra.

– Rodrigo! Non mi serve a niente arrivare a Gottinga da morta!

– Ancora non l'ho mica capito cosa ci vai a fare lassú.

– A cercare un tipo.

– Che conosci?

– No.

– Ah.

Rodrigo ha soddisfatto in pieno la sua scarsa curiosità, e si concentra su un nuovo tentativo di spingere la sua vecchia Audi oltre i propri limiti.

– Stella...

Gemma si sporge in avanti, e cerca di distrarsi un attimo dalla voragine che ha nello stomaco e che sibila «non ci arrivi, lo perdi... lo perdi... »

– Allora? Hai dato una risposta a quelli di Milano?

Stella stringe leggermente le labbra, simile a un elfo che ha ricevuto brutte notizie dal mondo degli gnomi.

– Ancora no.

– Fino a quando puoi tirarla in lungo?

– Oggi mi hanno chiamata tre volte. Se alla prossima non rispondo, mi sa che lo prenderanno per un no.

– Eh, mi sa anche a me. Quindi? Risponderai?

– Boh. Rodrigo, che faccio, rispondo?

– A chi?

– A quelli di Après un Rêve…

– A me lo chiedi?

– Cosí, per avere un parere. Mi trasferisco a Milano?

– Paga?

– Super.

– E come la metti con Lucia?

– Lucia capisce.

– Ma tu ci vuoi andare?

– Se lo sapevo, non lo chiedevo a te.

– Sei tu che lo devi sapere.

– Secondo te è una buona cosa per me?

Rodrigo s'infila fra due moto provocando la comparsa dei primi capelli bianchi nella ragazza di vent'anni che guida una delle due, poi ringhia la sua risposta.

– Sí, è una buona cosa per te.

– Quindi vado.

– Che palle, Stella! Decidi da sola non sei piú una bambina! E se non sai decidere tira una moneta, ma non mettere di mezzo me.

Ti odio ti odio ti odio, pensa Stella. Ti odio ti odio ti odio mio amato che ti amo ti amo ti amo ma forse da adesso con un po' di impegno ti odio piú di quanto ti amo, pensa Stella.

E anche Gemma pensa ti odio, con quasi pari intensità. Ti odio Rodrigo Calbi che non capisci niente, e vorrei vederti sprofondare tra le fiamme dell'inferno, ma solo dopo avermi portata in tempo a Orio al Serio.

Da quel momento nessuno parla piú, mentre i tir si scansano, i suv pregano, le Panda si fermano ai bordi della strada, e perfino un'unica solitaria Ferrari sfrecciante in direzione Oleggio, come erba patita si scolora.

Alle 14 l'Audi sviene davanti alle porte dell'aeroporto e Gemma scende, non saluta, corre. Nell'assurda speranza che la facciano ancora salire a bordo.

Rodrigo e Stella aspettano in silenzio di vederla riemergere distrutta da quelle stesse porte.

Aspettano.

In silenzio. Lei perché devastata, lui perché ha le cuffiette e ascolta Schubert.

E continua ad ascoltare Schubert anche quando è ormai evidente che Gemma non riapparirà. Continua quando ripartono e tornano indietro, questa volta alla velocità degli esseri umani e non degli dèi dell'Olimpo.

Ascolta Schubert anche quando il telefono di Stella inizia a lampeggiare e la vede rispondere e parlare, e succede adesso, mentre Stella risponde, e lo guarda brevemente, e la vede parlare senza sentirla, e la vede annuire come una bambina sgridata, con due incredibili ma autentici lacrimoni che le scivolano lungo le guance, e lui sa che lei sta dicendo «Sí, va bene, giovedí, datemi solo il tempo di... », in quel preciso mucchietto di momenti le sue cuffiette gli mandano Standchen D 957 n. 4 da Schwanengesang, e Rodrigo Calbi accetta la sua epifania. Approfittando della coda al casello, prende il telefono dalle mani di Stella, apre il finestrino e lo scaglia verso la brughiera lombarda, a perdersi con tutto il suo contenuto, Après un Rêve compreso.

E siccome a muoverci lungo la nostra esistenza sono tanti piccoli mulinelli uguali e contrari, mentre Rodrigo spiega a Stella coi fatti, piú che con le parole, come mai le ha tolto di mano l'iPhone 7 che si era appena comprata, e mentre l'infermiera Paola spiega a Carolina, anche lei piú coi fatti che con le parole, che il suo piccolo inquilino o piccola inquilina sta facendosi largo verso il mondo e di corsa anche, ignara di tutto questo Gemma vola verso la Germania, e ignaro di tutto questo Stefano viaggia verso l'Italia, senza fretta e senza ansia, perché il suo tempo in

Germania è finito. Dopo aver salutato chi doveva salutare, aver fatto grandi valigie, aver regalato quello che non ci stava e aver restituito le chiavi, e addio Gottinga bella io vado via, prende il treno che lo porta all'aeroporto di Francoforte.

39.

Conforme al mio desiderio parte terza

L'aeroporto di Francoforte è il piú grande aeroporto della Germania, terzo in Europa e undicesimo nel mondo, possiede tre terminal e cinque sale per il check-in. Quindi togliamoci dalla testa che Gemma e Stefano possano casualmente incontrarsi. Troppi bar, ristoranti, negozi, librerie, corridoi, bagni, bancomat, terrazze. L'aereo di Gemma arriva agli arrivi, l'aereo di Stefano parte dalle partenze. L'aereo di Gemma arriva alle 15 e 25, quello di Stefano parte alle 18. Lei arriva da Orio al Serio perché il volo era in offerta. Lui vola da Francoforte a Caselle, perché è piú comodo. Non c'è speranza.

E infatti non s'incontrano. Lei scende dall'aereo, passa attraverso il terminal diretta alla stazione interna dell'aeroporto, dove prenderà il treno delle 16 e 30 per Göttingen (siamo in Germania, e Gottinga si chiama Göttingen). Lui arriva alle 16, scende dal treno, e attraversa la stazione diretto al terminal.

S'incontrano per caso sulla scala mobile, mentre vanno in due direzioni diverse, come in un brutto spot? No.

Eppure l'ora è buona, sono terribilmente in zona stazione tutti e due, sono lí, lui che va verso l'aereo, lei che va verso il treno... possibile che... che proprio non...

ECCOLO! Il professore si è fermato davanti a un distributore, per prendere una barretta di cioccolato, ha bisogno di cioccolato e il display è invitante, colmo, trabocca di tavolette incartate nei colori squillanti del piacere. È lí, mette tre monete da un euro nella fessura, e alle sue spalle, purtroppo alle sue spalle, passa Gemma di corsa, tirando il suo piccolo trolley, e non nota affatto un signore davanti al distributore, non lo nota affatto, ma...

Le rotelle del suo trolley da poco prezzo inciampano e lei girandosi e abbassando lo sguardo vede, posato per terra, uno zainetto rosso.

Perché? Perché è appoggiato per terra?

È appoggiato per terra perché Stefano non lo aveva sulle spalle. Lo teneva con negligenza in mano, per il piccolo manico superiore, e per prendere le monete, infilarle nella fessura e recuperare la tavoletta blu, quella fondente extra, ha posato accanto a sé lo zaino, vicino al valigione Rimowa con ottime rotelle che non inciampano. Quindi Gemma lo vede, e resta per qualche istante inchiodata, e in quei pochi secondi capisce che tutto quello che hanno raccontato i fratelli Grimm e Andersen e Perrault è scrupolosamente esatto. Dalla bocca delle brave ragazze cadono perle, le casette hanno il tetto di cioccolato, i fagioli crescono fino al cielo, i brutti anatroccoli sono cigni, le zucche hanno bianchi cavalli che le tirano e i soldatini di stagno s'innamorano delle ballerine carillon.

È tutto vero, tutto vero, e Gemma, sapendo di essere lei stessa anatroccola e ballerina, resta lí e aspetta, senza fretta e senza ansia, che lui si chini verso l'apertura del distributore, recuperi la fondente extra, si tiri su, afferri lo zainetto, si giri leggermente verso sinistra. E la veda.

40.
La fiamma traballa, la mucca è nella stalla

Shhh... dormono tutti, o quasi

dorme Lucia, sola, perché va bene l'amore, o almeno qualcosa che potrebbe diventarlo, ma prima di dormire insieme... ce ne passa

dorme Maya, con la sua sorellina di quattro anni, e dorme Clorinda con il suo gatto di due

dorme Stella e dorme Rodrigo, dormono il sonno stupefatto di chi si addormenta, per la prima volta, insieme...

dorme Gemma e non dorme Stefano, che cerca disperatamente qualcosa da mangiare nel frigo bar dell'NH Hotel dell'aeroporto di Francoforte

non dorme Penny Lane, che è rimasta sola in casa, e con il cuore che batte si è infilata nel letto grande e aspetta che torni qualcuno

non dorme Maria Elisabetta Corbani, che sta scappando in taxi dalla casa di Sung. Non dorme Sung che ancora si sta chiedendo perché mai alla dominatrix non piaccia percuoterlo leggermente sulle natiche con un calzino pieno di uova sode

e non dorme neanche Tony Cosenza che gioca ad Arancia Meccanica con Mirko, interrompendosi ogni tanto per brindare a Marta Bianconi, che gli ha telefonato poche ore prima annunciandogli che «pace pace mio dolce tesoro», e a Maria Consolata Greco che gli ha telefonato pure lei, proponendogli di denunciare Maria Elisabetta per stalking. (Risposta: «Te lo scordi, sanguisuga»)

dorme invece Maria Vittoria Corbani, dopo aver passato una piacevole serata a parlar male di Stefano con le sue amiche e colleghe Claudia Rovelli (Letteratura ladina), Anna Maria Finzi (Poesia bizantina e gota) e Gigia Corradeghini (Storia dell'epigrafe)

dorme Gianluigi Martinelli, solo, perché sua moglie Palma Rosa sta correndo verso l'ospedale Sant'Anna insieme a Valeria Diamanti che ha lasciato, addormentato, Renato Diamanti, e dorme anche Linda Capello, giú nella remota città di Roma, ma non dorme Luca, il dentista, che sta consolando Gianmatteo per un brutto sogno

dorme, chissà dove, Flora Corsi, e dorme Eloisa Treppici che però sta per svegliarsi, a causa dell'intensa fame, e come Stefano andrà ad aprire silenziosamente il frigo

non dormono Carolina Diamanti e Kevin Martinelli, che stanno tornando al reparto maternità dalla sala parto. Lei è seduta sulla sedia a rotelle, lui la spinge, e tutti e due guardano il loro fagottino avvolto in una copertina bianca che, per adesso, dorme.

Shhh… shhh… buonanotte. Dormi anche tu.

Indice

Stampato per conto della Casa editrice Einaudi
presso ELCOGRAF S.p.A. - Stabilimento di Cles (Tn)
nel mese di giugno 2019

C.L. 24154

Ristampa							Anno			
0	1	2	3	4	5	6	2019	2020	2021	2022